설봉 新무협 판타지 소설

死神
사신

사신 6
설봉 新무협 판타지 소설

초판 1쇄 찍은 날 § 2002년 7월 5일
초판 1쇄 펴낸 날 § 2002년 7월 15일

지은이 § 설봉
펴낸이 § 서경석

편집장 § 문혜영
편집책임 § 장상수
편집 § 박영주 · 김희정 · 권민정 · 이종민
마케팅 § 정필 · 강양원 · 김규진 · 안진원

펴낸곳 § 도서출판 청어람
등록번호 § 제1081-1-89호
등록일자 § 1999. 5. 31
어람번호 § 제2-0111호

주소 § 경기도 부천시 원미구 심곡1동 350-1 남성B/D 3F (우) 420-011
전화 § 032-656-4452 팩스 § 032-656-4453
http://www.chungeoram.com
E-mail § eoram99@chol.net

ⓒ 설봉, 2002

값 7,500원

ISBN 89-5505-348-7 (SET)
ISBN 89-5505-410-6 04810

※ 파본은 본사나 구입하신 서점에서 교환하여 드립니다.
※ 저자와 협의하여 인지를 붙이지 않습니다.

설봉 新무협 판타지 소설

死神
산

6
물망불가(物亡不可)
남을 소홀히 하지 않네

도서출판
청어람

◇ 목차

第五十六章 신공(神功) / 7
第五十七章 암류(巖流) / 39
第五十八章 출도(出島) / 75
第五十九章 신마(神魔) / 107
第六十章　 혈원(血怨) / 137
第六十一章 은행(隱行) / 169
第六十二章 비사(悲死) / 201
第六十三章 구처(舊處) / 223
第六十四章 박장(拍掌) / 255
第六十五章 재개(再開) / 273
第六十六章 파란(波瀾) / 297

◆第五十六章◆
신공(神功)

세상이 온통 하얀색 일색이다.
눈발이 과녁을 향해 쏟아진 화살처럼 대지에 내리꽂힌다. 나뭇가지는 눈바람에 휘청거리고 꺼시시 앉아 있던 멧새는 푸드덕거리며 날아오른다.
날은 점점 깊은 추위 속으로 들어갔다.
거세게 다그치던 첫 추위가 제풀에 수그러드는가 싶더니 송곳처럼 날카로운 강바람이 연일 할퀴어댔다.
종리추의 침묵은 다른 사람들에게도 침묵을 강요했다.
그가 무슨 생각을 하는지는 아무도 몰랐다. 종리추는 머리도 씻지도 않은 채 며칠 밤을 꼬박 지새웠다. 처음 섬에 들어와 청면살수를 보았을 때처럼 물결이 넘실거리는 강에서 석상처럼 굳어져 움직일 줄 몰랐다.

"너무 걱정하지 말게. 무슨 결정이든 내릴 걸세. 추아가 무슨 결정을 내리든 앞으로의 인생에 후회는 하지 않을 결정이 될 걸세. 나는 약간의 도움만 줬을 뿐이야."

청면살수는 편안한 음성으로 걱정하는 사람들을 다독거렸다.

"무림을 떠나든 다시 돌아가든 후회없는 결정을 할 걸세. 내가 그랬거든. 후회… 후회… 한때의 인연을 버리지 못해 의제들의 인생을 망친 후회……."

종리추가 무림을 떠나려 한다는 정도는 짐작하고 있다.

적지인살이 들은 부분은 거기까지다. 소고가 익힌 최고의 무공 혈암검귀의 무공을 똥 닦개라고 비하시킬 정도로 무림은 관심 밖으로 멀어졌다.

"…알기에, 너무 고통스런 일이기에 말해 준 것뿐일세. 지금이 아니면 안 되는 말이기에. 결정을 하려면 지금 해야 하니까. 조금만 늦어도 안 되지. 모든 게 늦어지고 후회하게 되지. 자네는 모를 걸세. 하하, 한 파의 문주가 되지 못한 자는 짐작조차 못하는 고민이란 게 있다네."

적지인살은 중간에 나와 버린 자신을 원망했다. 서둘러 나와 버린 자신이 그렇게 원망스러울 수 없었다. 배금향이라도 남아 있었다면 무슨 일이 있었는지 알 텐데 그녀 역시 앉아 있을 자리는 아니었다.

종리추는 살혼부주를 철저히 무시했다.

살문이 멸문됨과 동시에 과거의 인연은 모두 땅속에 묻어두고 싶은 심정이었으리라.

그 마음을 왜 모르겠는가.

그렇다고 대형이 모멸당하는 자리에 앉아 있을 수만은 없었다.

"난 무림에 돌아가라고도, 은거하라고도 하지 않았네. 단지 지금은 생각나지 않는 부분, 하지만 꼭 지금 생각해야 되는 부분이 있기에 알려주려고 온 것일세. 어떤 결정을 내리든 마음은 편할 걸세. 지금은 가만히 놔두게. 혼자서 결정할 수 있도록. 하하, 추아와 나의 인연도 여기까지군."

청면살수와 공지장은 의미 모를 말만을 남긴 채 떠나갔다.

"도대체 무슨 일이 있었던 겐가?"

종리추의 침묵은 길어졌다.

몇 시간이면 끝날 줄 알았던 생각이 하루를 넘기고 이틀을 넘기고… 나흘 밤이 스며들었다.

"놔둬요. 놔두라고 했잖아요. 혼자 결정할 수 있게."

"놔둬야지. 저놈 고집을 누가 모르나."

말은 그렇게 나눴지만 적지인살과 배금향의 얼굴에는 수심이 가득했다.

그런 면에서는 어린이 한결 나았다.

"여긴 무림이 아니잖아요. 됐어요. 생각하다 죽은 사람은 없으니까 너무 심려 마세요."

어린은 오히려 적지인살과 배금향을 염려했다.

종리추가 침묵을 지키는 동안 남은 사람들은 병기를 손질하거나 무공을 수련했다.

혈살편복, 음양철극, 좌리살검, 구류검수, 혼세천왕.

그들은 종리추의 상념을 방해하지 않는 은밀한 장소를 찾아가 미치다시피 무공을 수련했다.

죽은 여덟 명… 역석, 쌍구광살, 산화단창, 천왕검제, 살문사살 등은

신공(神功) 11

같이 생활했던 시간이 일 년도 채 안 되지만 마음속에 스민 정은 십 년을 사귄 것처럼 깊었다.

그들이 죽었다.

살수는 언제 죽을지 모르는 운명이고 그러리라 생각은 했지만 막상 죽었다는 생각을 하자 무공 수련에라도 정신을 쏟아야만 하루를 버틸 것 같았다. 그렇지 않으면 들끓는 복수심을 견뎌낼 자신이 없었다.

역석과 친형제처럼 가까웠던 유구, 유회는 의외로 담담했다.

정리가 얕은 것은 아니다. 부족은 다르지만 종리추라는 주공을 함께 모신 후부터는 부족이 다르다는 생각을 해본 적이 없다.

그들도 복수심을 느낀다. 단지 역석의 죽음은 용사의 죽음이었고, 아부타의 품으로 돌아간 것이기에 안타깝지 않을 뿐이다.

"내가 남았어야 해. 네놈들에게 주공을 맡기는 것이 아니었어. 내가 남았더라면……"

모진아도 인상을 찡그렸다.

그가 질책하는 부분은 쫓기듯이 하남을 떠나온 데 있다.

그 역시 죽은 자들을 애석하게 생각하지 않는다. 무인이 싸우다 죽었는데 무엇이 안타까울까.

쫓겼다는 것… 그것은 주공의 얼굴에 먹칠을 한 것이고 질책할 만한 부분이다.

"다시 수련한다. 네놈들 실력으로는 주공을 모시지 못해!"

모진아는 나이가 마흔이 넘은 유구와 유회를 어린애 다루듯이 몰아붙였다.

종리추는 고민을 거듭했다.

그의 머리 속에는 '무(武)'라는 글자가 불가의 화두처럼 새겨져 떠나지 않았다.

―무림인이 무림을 떠날 때는 오직 죽었을 때뿐이다.
―검이란 요물이라 심사숙고한 끝에 잡아야 한다. 일단 잡으면 영원히 떨어지지 않는다.
―무림의 은원은 끝없이 반복된다. 선도 없고 악도 없다. 불구대천지수(不俱戴天之讎)를 죽이는 순간은 선(善)이 되나 죽은 자의 자식에게는 악(惡)이 된다. 불구대천지수를 죽이면서 불구대천지수가 되는 것이다.

무림에 떠도는 온갖 격언들이 상념을 마구 헝클었다.
그런 말들을 들었을 때는 무의미하게 지나쳤건만 이제 와 생각하니 하나같이 맞는 말들이다.
자신은 은거를 한다 해도 혈살편복 등은 무림에 다시 나가야 한다. 그들은 무림을 떠나서는 살 수 없는 사람들이다. 물고기가 물을 떠나서는 살 수 없듯이.
문제는 살문에 머물렀던 전력(前歷)이다.
그들은 다시 낭인으로, 표사로 돌아가지 못한다.
살수로서 보낸 지난 일 년을 잊어버리고 싶지만 무림은 결코 과거를 잊지 않는다.
무림삼정 중에 한 사람인 삼절기인은 그의 성명병기인 검도창을 다시 찼다고 한다. 살문이 제자들을 암습한 줄 알고 있으며 복수심에 불타 중원을 뒤진다는 소문이다.

혈살편복 등이 무림에 나간다면… 죽음뿐이다.

그들은 강하나 삼절기인을 상대할 수는 없다.

삼절기인뿐만이 아니라 묵월광에 죽은 무인들의 지인들 역시 살문을 표적으로 삼고 있다.

그것이 소고의 목적이었고 종리추의 의도였지만 남은 자들에게는 억울한 누명이다. 항변할 기회도 없는.

'결국… 다시 돌아가야 하는가. 무림이란 정말 죽는 순간에나 벗어날 수 있는 곳인가.'

무림은 과거를 잊지 않는다.

중요한 부분이다.

그런 부분 때문에 무림으로 돌아가더라도 정정당당히 문파를 개파할 수 없다.

지금까지처럼 살수 문파로 존재해야 하고 살얼음판을 걷는 인생이 되리라.

"휴우!"

한숨을 내쉬었다.

결정은 간단하다. 수하들의 목숨을 아랑곳하지 않는다면 은거하면 그만이고 그럴 수 없다면 무림으로 돌아가야 한다. 살수 문파로.

양자 간의 선택은 더욱 간단하다.

그는 수하들이었던 사람들의 목숨을 나 몰라라 할 만큼 철심장을 지니고 있지 않다.

결국 돌아가야 한다.

청면살수가 아니었다면 한참 뒤에나 생각했을 일을… 수하들 중 누군가 한 사람이 죽었다는 소식을 접한 뒤, 아니면 자식을 낳고 잘 살다가 어느 날 문득 그들은 어떻게 살고 있을까 하는 생각이 떠오를 무렵에야 생각이 났을지도 모를 일을 지금 생각하게 되었다. 다행인지 불행인지는 모르지만.

그는 정말 무림으로 돌아가고 싶지 않았다.

죽일 이유가 확실한 사람만 골라서 죽였다고는 하지만 아무 은원도 없는 사람을 죽이기는 싫었다.

죽이고 죽어야 한다는 자체가 싫었다.

소고의 의중을 알았을 때 죽음으로 내몬다는 섭섭함보다는 이것으로 인연을 끝낼 수 있다는 안도감이 더 컸다. 설혹 몸을 빼지 못하고 죽는 한이 있더라도.

'무림에 다시 발을 딛는다……'

생각이 더욱 깊어졌다.

깊어질 필요가 있었다. 지금은 처음 무림에 출도할 때보다도 한결 깊은 생각과 조심스러운 행동이 필요했다.

구파일방은 살문이 재건하는 것을 용납하지 않을 게다.

문파 명칭이야 다른 것으로 바꾼다 해도 종리추가 있고 십사전각 각주들이 살수로 있는 곳이면 어김없이 폭풍이 몰아친다고 봐야 한다. 특히 공동파와는 묵은 은원도 생긴 마당이다.

발을 디딜 곳은 살수무림밖에 없는데 그곳마저 용이하지 않다.

종리추나 십사전각 각주들이 무림에 발을 딛는 순간 죽음의 올가미가 씌워진다고 봐야 한다.

무림에서밖에 살 수 없는 사람들, 하지만 발을 디딜 공간이 한 뼘도 없는 사람들.

머리가 새하얗게 셀 만큼 고민을 해도 풀리지 않는 난제다.
'아직은 시간이 있어. 급히 서두를 문제가 아냐.'
종리추는 자리를 털고 일어섰다.

어린은 종리추가 입을 옷을 짓느라 손가락이 성한 곳이 없었다.
중원 의복은 남만 의복과 달리 바느질이 꼼꼼해야 한다. 손도 훨씬 많이 가고 조금만 마음이 헝클어지면 모양새가 나빠진다. 온갖 정성을 기울여야 제대로 된 옷이 나온다.
"중원에서도 바느질을 잘하는 여인이 따로 있단다. 서둘지 마라."
배금향은 어린이 바느질을 한다는 것이 믿기지 않는 듯 빙긋 웃었다.
'꼭 하고 말 거야. 상공이 입을 옷인데……..'
어린은 바느질에 몰두하느라 눈이 피로했지만 마음은 즐거웠다.
남만 여인들은 알지 못하는 재미… 그것을 알아가는 중이다.
문득 어린은 낯선 기척을 감지해 냈다.
남만에 있을 적부터, 종리추를 마음에 두면서부터 홍리족의 싸움 기술을 익혀왔다. 중원에 들어온 이후에는 모진아를 사부로 모시며 무공을 갈고닦았다.
그녀는 무공을 드러내지 않아서 그렇지 벽리군이나 배금향은 상대할 수 없는 고수다.
'어, 엄청난 고수! 내가 상대할 수 없는 고수야!'
어린은 상대에게서 흘러나오는 기도를 감지한 후 어깨를 움찔했다. 상대가 내뿜는 기도는 엄청나다. 적어도 내공만은 모진아보다 훨씬 강할 것 같았다.

등줄기에 식은땀이 흘러내렸다.
　고개를 돌릴 수도 없었다. 상대가 나타난 것을 눈치 챈 기미라도 보이는 날에는 무지막지한 살수가 날아올 것만 같았다.
　'이, 이럴 때는 어떻게 해야 되지. 어떤 무공으로……'
　어린은 실전 경험이 전무하다.
　급박한 상황이 되자 홍리족의 싸움 기술도, 모진아에게 배운 구연진해도 생각나지 않았다. 아니, 생각은 났지만 상대에게 타격을 줄 만한 자신이 없었다.
　턱!
　어린은 상대가 가까이 다가올 때까지 대처할 방도를 떠올리지 못했고 급기야는 목 뒤 아문혈(啞門穴)을 내주고 말았다.
　'헉!'
　헛바람이 목 안으로 잠겨들었다.
　아문혈을 살짝 눌러 전신을 마비시킨 상대의 손이 어깨를 어루만졌다. 귀중한 보옥을 다루듯이 살살……
　'무, 무엇을 하려고?'
　어린은 당황했다.
　어깨를 어루만지는 손길에서 상대의 의도를 조금은 눈치 챌 수 있었다.
　'누, 누구야!'
　힘껏 고함을 질렀지만 음성은 목 안에 잠겨 새어 나오지 않았다.
　상대의 손이 어깨에서 목으로 흘러들었다. 목덜미를 어루만졌다. 머릿결을 어루만지더니 다시 맨살과 맨살이 만났다. 그러다 불쑥 옷섶을 헤집고 앞가슴으로 들어섰다.

'헉!'

어린은 펄쩍 뛸 만큼 놀랐지만 그녀가 할 수 있는 행동이라고는 가만히 앉아 있는 것밖에 없었다. 상대가 손을 치워주기만 바라며. 그러나 상대는 손을 치우기는커녕 몽실몽실한 젖가슴을 어루만졌다.

'치, 치워!'

소리가 들릴 리 없다. 소리가 나오지도 않았으니…….

어린의 가슴은 낯선 자의 손에 무방비 상태로 유린되었다.

홍리족 여인들은 많은 사내를 거느리고 산다. 전쟁이라도 나서 노예로 끌려가면 몸을 허락하는 것 정도는 당연하게 여긴다.

하지만 어린은 많이 변했다.

중원에 들어와 산 것이 겨우 일 년을 갓 넘은 상태고, 그것도 사람들과 어울려 산 적은 거의 없지만 중원 풍습을 어느 정도는 깨우쳐 가고 있다.

굳이 중원 풍습을 말할 필요도 없다.

그녀는 종리추를 사랑했고, 종리추를 제외한 다른 사내에게 몸을 허락하는 것은 있을 수 없는 일이라고 생각하게 되었다.

남만에서 역석과 함께 따라온 비부.

그는 어린을 원한다. 어린을 위해 홍리족까지 떠나온 사내다. 어린을 향한 마음도 변함이 없다. 그녀를 위해서라면 목숨도 기꺼이 내놓을 만큼 헌신적이다. 중원에 들어와서도 오직 그녀를 위해 노예처럼 궂은일을 하고 있다.

남만에서라면 비부에게도 몸을 허락했을 게다.

많은 남편 중 한 명으로 받아들이는 게 당연하다.

그러나 그러고 싶지 않았다. 왜일까? 왜 그런 생각이 드는 것일까?

사내의 손이 젖가슴을 주물럭거렸다.
 어린은 비명이라도 지르고 싶었다. 갑자기 수치심과 모멸감이 스멀스멀 피어났다. 상대의 손길이 뱀의 살갗처럼 차갑게 느껴져 소름이 돋았다.
 상대는 서둘지 않았다.
 천천히… 웃옷을 벗겨 나갔다.
 '안 돼! 안 돼! 제발……!'
 어린의 말없는 저항은 낯선 자의 손길을 막지 못했다.
 웃옷을 완전히 벗겨내고, 젖가리개를 떼어내고… 상반신이 완전히 드러났다.
 '아!'
 어린은 종리추를 떠올렸다.
 누구란 말인가? 누구이기에 고수들이 득실거리는 섬에 들어와 대담하게 이런 짓을 할 수 있단 말인가? 비부? 비부라는 생각이 얼핏 들기는 했지만 비부는 이런 정도의 무공을 익히고 있지 않다. 그는 홍리족 가운데 역석의 뒤를 이을 용사로 추앙받았지만 지금은 어린조차도 이기지 못한다.
 "아름답군."
 상대가 말했다.
 "아!"
 어린은 정신이 번쩍 들었다.
 이 소리… 이 음성…….
 어린의 얼굴을 활짝 밝아졌다. 그리고 또… 자신의 입에서 음성이 새어 나온 것도 깨달았다.

어린은 벌떡 일어섰다.

몸이 움직였다. 아문혈이 풀렸다.

뒤돌아선 그녀의 눈에 산발한 귀신처럼 머리가 헝클어진 종리추의 모습이 보였다.

먹지도, 자지도 않아 피골이 상접한 모습이었으나… 세상에서 가장 아름다운 사내의 모습이 눈앞에 서 있었다.

"사, 상공!"

목이 메어 말이 나오지 않았다.

짓궂은 장난을 한 것도 새카맣게 잊어버렸다. 그가 자신 앞에 서 있다는 것만이 가장 중요했다.

"어린… 아름다워."

어린은 창피하지 않았다. 수치심도, 모멸감도 눈 녹듯이 사라졌다.

어린은 종리추의 품 안에 안겨들었다. 세상에서 가장 편안한 보금자리가 거기 있었다.

2

"무림으로 돌아간다."

종리추의 한마디는 의논이 아니라 명령이었다.

"언제 돌아갑니까?"

광부가 광기에 찬 눈을 번뜩이며 물었다.

그와 후사도는 아직도 몸이 회복되지 않은 상태지만 눈빛은 활활 불타올랐다.

그들이라고 이번 무림행이 초래할 결과를 예상하지 못하는 것은 아니다. 어떤 면에서는 종리추보다도 더 자세하게 무림의 생리를 꿰뚫고 있다.

무림은 그들을 잊지 않는다. 살문이 공격받았던 원인, 하남 무림에서 죽어간 많은 사람들의 사문(師門)이 복수의 칼을 갈고 있다. 이제 와서 아니라고 아무리 변명해도 통하지 않으리라.

신공(神功) 21

알고 있다. 그러면서도 무림으로 돌아갈 수밖에 없다. 살수가 되는 순간부터 죽음이 멀지 않았다는 것을 직감했으니 목숨에는 연연하지 않는다. 그러나… 혹시… 목숨이 붙어 있는 동안 여망을 이룰지도 모르지 않는가.

무림에서 살아야 하는 이유를 만족시킬 수만 있다면 천만다행이다. 그러지 못하고 개죽음을 당한다면 어쩔 수 없는 일이고. 적어도 해보지도 않고 숨어 살면서 한(恨)을 품는 것보다는 낫겠지.

치사하게 숨어 길게 사느냐, 섶을 지고 불속에 뛰어들망정 마음의 한을 풀어보려고 노력하느냐.

목숨이 걸린 선택이지만 생각할 필요조차 없었다.

광부에게도 편안했던 시절이 있었다.

인근에서는 제일 아름다운 여인과 혼인을 했고, 사내자식도 두 명이나 낳아 남부러울 것이 없었다.

호사다마(好事多魔)라.

광부 일가족에게 어둠이 들이닥친 것은 그가 노름에 손을 대면서부터였다.

"여보, 이 돈 어디서 났어요?"

"땄지."

"노름했어요?"

"그거 별것 아니던데 뭘. 운만 좋으면 단숨에 부자되겠어."

"여보, 그러다가……."

"걱정하지 마. 날 몰라? 일진이 사나워서 잃는다 싶으면 바로 일어서면 되지 뭐. 따면 하는 거고. 이렇게 남의 논 소작이나 짓다가는 이

놈들도 평생 소작농을 못 면해. 내가 알아서 잘 조절할 테니까 너무 걱정하지 마."

주변에서 흔히 듣는 말이 노름으로 신세 망쳤다는 사람들이다. 노름을 하는 자식은 낳지도 말라는 말도 있다.

'분수를 모르니까 그렇지. 잃으면 바로 일어서고 따면 하고, 어느 정도 땄다 싶으면 그만두는 거야. 그럼 잃을 게 없지.'

광부의 생각은 순진했다.

평생 농사만 짓던 광부가 노름을 알 리 있겠는가.

노름은 독성이 아주 지독한 독약이었다.

'오늘은 일진이 사나운데… 아냐, 한 판만 먹으면 잃은 돈을 모두 만회할 수 있어. 한 판만 제대로 먹으면……'

"할 거요, 안 할 거요?"

"하지 왜 안 해. 내 것도 돌려."

다음날은 상황이 더 안 좋았다.

"형씨, 돈이 떨어졌나 본데 그만 하고 물러서지?"

"이 사람이 어디서 반말지거리야!"

"허, 얌전한 줄 알았더니 성깔있네. 여보쇼, 노름판에서는 성깔보다는 돈이 있어야 돼. 돈 없으면 판 깨지 말고 물러나슈. 정 하고 싶으면 돈을 구해오든가."

돈은 쉽게 구했다.

노름판에서 돈을 빌려주고 염왕채를 뜯어먹는 자가 허름하기 이를 데 없는 초가삼간을 담보로 은자를 무려 닷 냥이나 빌려줬다.

"형씨를 가만히 지켜보니까 노름은 잘하는데 일진이 안 좋은 것 같아. 나도 투자를 하는 거니까 따거든 넉넉히 셈해 주쇼."

"고맙소."

광부는 진실로 고마웠다.

그날은 정말로 일진이 사나웠다.

은자 닷 냥이면 일 년을 넉넉히 살 수 있는 돈이건만 한 시진도 되지 않아서 털려 버렸다.

광부는 염왕채 사내를 힐끔 쳐다봤지만 돈을 빌려달라는 소리는 나오지 않았다. 자신이 투자한 돈까지 잃어서인지 사내의 표정이 너무 험상궂었다.

사내가 손짓으로 불렀다.

"한 번 더 하면 딸 수 있겠소?"

"아이구! 빌려만 주시면……."

"이번에 잃으면 죽을 각오를 하쇼."

광부는 섬뜩했지만 딸 자신이 있었다. 검패(劍牌)란 돌고 도는 것, 지금까지는 운이 따라주지 않았지만 곧 행운이 들이닥칠 것 같았다.

사내가 광부 얼굴을 한참 쳐다보더니 말했다.

"그럼 처자식을 담보로 할 수 있소?"

"뭐요?"

"아니군. 죽는다는 말은 말뿐이었어. 죽을 각오가 섰다는 사람이 처자식을 담보로 하자는 말에 신경질을 내? 그만 가보쇼. 집은 내일 비워주고. 제길! 그거 팔아서는 한 냥도 건지지 못하겠네."

집을 내놓는다… 어디로 가나……. 한 판만, 한 판만 제대로 먹으면……. 정말 운이 안 좋아 이번에도 잃으면 혀를 꽉 깨물고 죽어버리지.

"좋소! 담보로 하겠소."

가난했지만 행복하던 살림은 하루아침에 무너졌다.
염왕채 사내는 염라대왕으로 변해서 들이닥쳤다.
광부는 건장한 사내에게 팔다리가 잡힌 채 처자식이 끌려가는 모습을 지켜봐야만 했다.

광부는 돌아가야 한다.
아내와 자식을 찾아야 한다. 아직도 기억에 생생한 노름꾼들을 찾아 도륙해야 한다. 표사로 무림을 떠돈 것도 많은 곳을 전전하기 위해서였고 실수가 된 것도 혼자 힘으로는 도저히 찾을 수 없는 그들을 찾기 위해서였다.
그에게 아름다운 섬에서 편히 살다가 죽겠느냐, 아니면 처자식을 찾기도 전에 죽을지도 모르는 무림으로 나가겠냐고 묻는다면 우문(愚問)이다.
혈살편복, 후사도…….
모두들 중원으로 나가야 할 사연이 있다.
'언제 나가냐?' 는 광부의 물음은 모두의 물음과 같았다. 가장 중요한 관심사였다.
종리추가 말했다.
"준비가 끝났을 때."
무슨 준비냐고는 묻지 않았다. 종리추를 알아온 세월이 결코 적지 않다. 종리추가 말한 준비가 끝나게 되면 무림에 나가자마자 죽을 염려는 반으로 줄어든다. 믿는다.
어린, 벽리군, 배금향, 구맥, 정원지… 여인들의 생각은 달랐다. 여인들은 아름다운 섬에서 편히 살고 싶었다. 피가 튀고 죽음이 난무하는 무림으로는 돌아가고 싶지 않았다.
 어린이 말했다.
 "나도 준비할래."
 "……?"
 "한 사람이라도 더 필요하잖아. 나도 필요할 때가 있을 거야."
 "어린, 너는……."
 "이제는 떨어지지 않아. 부족한 줄은 알지만 상공이 준비시켜 주면 되잖아."
 어린은 단호했고, 벽리군은 남몰래 한숨을 내쉬었다.
 벽리군은 생각했다.
 '그래, 무림이…… 여기서는 내가 할 일이 없어. 무림에 나가야 옆에 있을 수 있지. 휴우, 내 욕심이 너무 큰가?
 그녀는 종리추와 같이 있고 싶었지만 위험이 염려되기도 했다. 간신히 빠져나왔는데…….

 강에 살얼음이 덮였다.
 살짝 떼어내어 입에 넣으면 아삭거리며 시원하게 부서질 것 같은 얼음이다.
 그 위에 하얀 눈이 덮였다.
 종리추가 강물을 내려다보며 생각에 잠기던 곳은 그만의 연무장이 되었다.
 섬에 있는 사람들은 어린을 비롯해 누구도 그의 근처에는 다가가지 않았다. 무공 수련에 방해가 될까 봐 염려해서다. 호법은 철저히 섰다. 종리추는 필요없다고 했지만 섬에 있는 무인들은 절반씩 번갈아가며 종리추 주변을 에워쌌다.

누군가가 종리추에게 다가가기 위해서는 다섯 개의 살겁을 뚫어야 한다.

'아직 멀었어.'

종리추는 자신이 익힌 무공을 정리했다.

살문에서 수하들이 죽은 것은 자신 탓이다.

자신이 무공 수련을 게을리 하지 않았다면 비영파파의 월영반을 가볍게 물리칠 수 있었을 것이고 수하들이 죽는 일도 벌어지지 않았으리라.

공동파 최고수 중 한 명인 비영파파의 공격을 쉽게 막아냈어야 한다는 생각은 오만일지도 모른다.

그러나 그래야 했다.

정통 무가를 세운다면 지금 무공으로도 충분할지 모르나 중원 전체를 상대로 싸워야 할지도 모르는 살수 문파의 문주가 되기 위해서는… 천하최강이 되어야 한다.

소고는 사무령이 되는 길로 묵월광이라는 조직을 생각했다.

묵월광을 소림이나 무당파와 버금가는 문파로 육성하면 구파일방이라 할지라도 쉽게 건드리지 못할 것이라는 계산이다.

맞는 말이다.

묵월광이 그 정도로 클 수만 있다면 구파일방은 살겁 대신 공존을 선택하리라. 약아 빠진 구파일방 장문인들이 막대한 피해가 예상되는 싸움을 할 리 없다.

소고도 구파일방의 신경을 건드리지 말아야 한다.

세인들로부터 '묵월광은 사파다' 라는 말이 나오게 해서는 안 된다.

그런 풍문이 떠돌기 시작하면 아무리 공존을 선택한 구파일방이라 해도, 막대한 피해가 예상된다 해도 살겁을 뽑지 않을 수 없다.

소고는 끊임없이 절제해야 한다. 구파일방 장문인과 대화를 나눠야 하고 타협을 해야 한다. 그리고 타협한 선에서 한발 더 나아가는 행위는 없어야 한다.

종리추는 천하최강을 생각했다.

불가능하다. 무림 역사상 천하최강이라고 자부한 무인은 없다. 일세를 풍미한 기인도 자신의 무공이 천하최강이라는 말은 하지 않았다.

하지만 어쩌랴.

살수계의 전설인 사무령이 되기 위해서는 천하최강의 무공을 익히고 있어야 하거늘. 거기에 묵월광과 같은 단단한 문파가 받침돌이 되어주어야 하거늘.

사무령… 그것은 천하최강의 무공을 익힌 문주와 구파일방과 같은 강대한 문파를 지니고 있을 때만 가능했다. 둘 중 어느 하나라도 부실하면 사무령이라고 할 수 없다. 언제 무너질지 모르니까.

'지금보다 배는 강해져야 해. 그렇지 않고는 무림에 나갈 수 없어. 분운추월, 비영파파 정도는 가볍게 누룰 수 있어야……'

"타앗!"

신형을 허공에 띄웠다.

종리추의 양발에서 거센 경풍이 일어나 눈보라를 일으켰다.

오독마군의 구연진해를 하나로 합일시키는 공부(工夫)다.

전부터 깨우치고는 있었으되 능숙하지 못했던 구연진해를 완벽히 몸에 익혀야 한다.

단철각, 환영각, 자오각……. 아홉 가지의 각법이 따로이 생각나지 말아야 한다. 아홉 가지의 각기 다른 각법이 몸속에 녹아들어 생각이 일자마자 뻗쳐 나와야 한다.

구연진해는 각기 다른 각법 아홉 가지로 이루어져 있으나 하나로 합치면 뻗쳐 나가는 각도와 방법만 여든한 가지가 된다. 여든한 가지 또한 상식적으로 생각한 것에 불과하고 실제로는 관절이 꺾일 수 있는 모든 부분, 발을 사용할 수 있는 모든 방향, 신형을 움직일 수 있는 모든 공간이 포함되니… 수를 헤아릴 수 없는 각법이 나온다. 물론 무극지경(無極之境)에 이르렀을 경우에.

종리추는 구연진해를 하나로 귀일시켜 사용해 보았지만 흉내만 낸 정도에 불과했다.

구연진해라면 모진아가 가장 정통하지만 그 역시 종리추의 무리(武理)를 듣고 난 다음에야 아홉 가지 각법이 하나로 귀일될 수 있다는 것을 알았으니 깊이는 종리추보다 낫다고 할 수 없다.

쉬익! 쉬이익……!

각법이 현란하게 전개되었다.

경력(勁力)을 강하게 발산하려면 신형을 잘 움직여 줘야 한다.

발로만 차는 것보다 허리를 이용해 가격하는 것이 더 강한 타격을 주는 것과 같은 이치다.

종리추는 구연진해에 금종수를 덧붙였다.

발로는 구연진해의 초식을 전개하면서 초식에 더욱 강한 경력을 보태기 위해 금종수를 반대 방향으로 비틀어 쳐냈다.

무형초자의 삼십육초 천풍선법, 혈염옹의 혈염무극신공, 하오문주의 한성천류비결, 아버지의 뇌인일지공까지… 알고 있는 모든 무공을 합일시켰다.

쿵!

힘차게 솟구치던 신형이 부조화를 이룬다 싶더니 거칠게 떨어져 내렸다.

각기 다른 초식을 한 몸으로 전개하는 데 따른 부조화다.

종리추는 다시 일어섰다.

"문주님이… 지금 뭐 하는 거지?"

"글쎄……."

좌리살검의 물음에 구류검수는 고개만 갸우뚱거렸다.

살문 고수들 중에 정통 무공을 익힌 사람은 오직 구류검수뿐이다.

그는 어린 나이에 화산파에 입문하여 기본공부터 착실하게 무공을 닦아왔다.

화산파의 매화검수.

그게 세월이 흐른다고 그냥 얻어지는 영광이던가.

구류검수는 중원에 산재한 거의 모든 무학을 알고 있다. 어떤 무공인지 정확히는 알지 못하더라도 시전하는 모습을 보면 무슨 무공인지 알 수 있다.

구류검수가 보기에 종리추가 연마하는 무공은 광대의 몸짓보다도 못했다. 기본공조차 익히지 못한 어린 소년이 상승절학을 구경한 후 흉내를 낸다 해도 종리추보다는 나을 것 같았다.

"저런 무공도 있었나?"

묻는 좌리살검이나 듣는 구류검수나 생각하는 것은 똑같았다.

'없다. 저런 무공으로는 삼류고수도 상대하지 못한다.'

하지만 무공을 익히는 사람이 종리추이지 않은가. 살문 십사각 각주들 모두가 그에게 패배한 경험이 있지 않은가. 종리추의 무공이 어느 정도인지는 새삼스럽게 거론하지 않아도 될 터…….

보기에는 삼류무공도 안 되어 보이는 몸짓이지만 종리추가 익히고 있으니 딱 부러지게 아니라고 말할 수도 없다.

두 사람이 품은 의문은 다른 곳에 은신해 있는 후사도, 음양철극, 혼세천왕도 같이 품고 있으리라.

"하나만은 확실해."

"뭐?"

"문주님이 저 무공을 완성하는 날이 우리가 중원으로 돌아가는 날이야."

"……."

구류검수와 좌리살검은 동년배다.

그런 연유로 서로 간에 스스럼이 없어 십사각 각주들 중에서도 가장 죽이 잘 맞았다.

검은 판이하게 다르다.

한 명은 화산파의 정통 무공을 사용하고 한 명은 악독하기 이를 데 없는 사검을 사용하기 때문에 검론(劍論)을 나눌 때면 치열한 설전이 오갔다.

이번에는 두 사람의 의견이 일치했다.

종리추는 세상에 한 번도 선을 보인 적이 없는 새로운 무공을 수련하고 있으며 그것이 완성되는 날 중원으로 돌아갈 것이라는, 이것이 종리추가 말한 순비라는 것을.

종리추는 살얼음 밑에 흐르는 맑은 강물을 보았다. 정확히 말하면 강물 속에서 유유히 헤엄치는 물고기를 보았다.
 물고기와 육지에 사는 동물들의 움직임은 다를 수밖에 없다.
 동물들은 역동적이지만 물고기는 유유하다.
 물속이라는 환경이 물고기들에게 그런 움직임을 주었을 게다.
 '부드러워, 무척……'
 부드럽기만 한 것이 아니다. 방향을 꺾을 때는 도저히 예측하지 못하는 방향으로 움직인다. 육신을 마음대로 움직일 수 없는 물속에서 상하좌우 마음대로 움직이고 있다.
 물고기에게는 지느러미가 있으니 당연한 일이지만 종리추에게는 그런 모습이 새롭게 보였다.
 '물고기를 잡는 방법은 세 가지. 물고기보다 더 빠른 움직임으로 잡아내는 것. 이건 물고기와 물고기의 싸움이야. 두 번째는 순간적인 찰나를 포착해서 잡아내는 것. 물고기와 새, 물고기와 곰… 세 번째는 어망(魚網).'
 종리추가 관심을 둔 부분은 첫 번째다.
 물고기들은 어떻게 같은 움직임을 가진 물고기를 잡는가.
 같은 환경에서 지느러미를 가지고 있는 물고기끼리 먹이사슬을 유지하는 게 특이한 사항은 아니지만 종리추는 물고기들의 움직임을 유심히 살폈다.
 단지 속도 문제만은 아니었다.
 덩치가 크다고, 속도가 빠르다고 작은 물고기를 잡아먹는 것은 아니었다.
 '방향을 읽고 있어. 움직임을 차단하는 거야.'
 큰 물고기가 작은 물고기를 잡아먹을 때는 모든 움직임을 손아귀에 쥐고 있는 상태에서만 가능했다.

유유히 헤엄치다가 뒤로 확 꺾이는 돌연한 움직임까지 속속들이 알고 있다.

'이건 두 가지다. 돌변하는 행동을 속도로 잡아낼 수 있어야 하고 행동 특성도 잘 알고 있어야 해.'

종리추는 무공 수련을 멈추고 강물을 쳐다보기 시작했다.

그러기를 여러 날.

종리추는 옷을 벗었다. 그리고 강물 속으로 들어갔다.

숨이 막혔다.

인간이 물속에서 숨을 유지할 수 있는 시간은 한정되어 있다.

내공을 익힌 무인은 범인들이 상상할 수 없는 긴 시간 동안 물속에서 숨을 유지할 수 있다. 하지만 결국은 다시 숨을 쉬기 위해 물 위로 올라서야 한다.

종리추는 물속에서 폐기(閉氣)했다.

소모되는 숨의 양을 최대한으로 억제하기 위해 진기의 흐름을 조절했다. 상단전을 최대한으로 열어보기도 하고 중단전을 활용해 보기도 했으며 하단전에 쌓인 진기를 풀어보기도 했다.

시행착오는 무수히 거듭됐다.

살을 얼릴 듯한 추위는 잊은 지 오래다.

숨이란 인간의 생명을 유지시켜 준다. 활기찬 숨은 인간을 건장하게 만들어준다.

어느 순간부터 종리추는 텅 비어 있던 공간인 단전 좌부에 미지의 진기가 흐르기 시작하는 것을 느꼈다.

단전 좌부는 오행 중 목(木)에 해당한다. 목은 계절로 따지면 봄이며 봄은 죽었던 만물을 소생시킨다. 세상 만물에 어진 덕을 베푸는 것이다.

인(仁).

또한 목은 장부(臟腑)에 있어서는 간담(肝膽)이다.

간은 혈액을 저장하고 조절하며 담은 정(精)을 저장하여 생리적 기능을 원만하게 유지시켜 준다. 인간의 체온을 따뜻하게 유지시켜 주는 곳도 담이다.

물속에서의 생활은 간담의 효용을 극성으로 끌어올렸고 다른 진기의 영향으로 목기(木氣)가 쌓이기 시작했다.

'내 몸속에는 두 군데가 비었어. 좌부의 목, 우부의 금(金). 이걸 모두 채운 후 합일시켜야 돼.'

종리추는 전혀 생각하지 않았던 새로운 사실을 발견했다.

시간이 흐르면, 내공이 점차 증진하면 비어 있는 좌부와 우부가 스스로 움직여 주리라 생각했다. 그 생각은 옳다. 단지 시간이 오래 걸릴 뿐.

종리추는 인위적으로 좌부와 우부를 채울 수 있는 방법을 찾아냈다. 물속에서 움직임을 시작한 애초의 생각과는 전혀 다른 발전이었으나 획기적인 발전인 것만은 틀림없었다.

그중에서도 이미 목기는 찾아냈고 육성시키고 있다.

새로운 무공, 새로운 진기 경락법을 발견한 것이나 다름없다.

'우부의 금 또한 물속에서 익힐 수 있다. 금은 폐(肺)와 대장(大腸), 오곡이 무르익는 가을 기운을 금기(金氣)라 하니, 봄과 여름이 지나 단전의 기운이 무르익을 때 금의 기운이 나타나리라.'

종리추는 시간이 흐를수록 말이 없어졌다.

적지인살, 배금향에게도… 어린에게도… 무슨 말을 하면 그저 씩 웃을 뿐이었다.

그는 안으로 침잠했다.

살문을 일으킬 때처럼 무서운 살기를 뿜어내지도 않았다.

종리추의 전신에서는 아무런 기운도 뿜어 나오지 않았다. 보통 사람들처럼 평범했다. 맑고 밝되 말을 아끼는 젊은 청년… 그 정도에 불과했다.

"내가 괴물을 주워왔군."

적지인살이 농담 삼아 말할 때는 모두 웃었다.

종리추에게서는 문주로서의 위엄이 사라져 갔다. 대신 친혈육 같은 따뜻한 정이 배어 나왔다.

"이 정도면 주공과 겨룰 수 있지 않을까 생각했는데… 점점 거리가 멀어지는 느낌입니다."

섬에 있는 사람들 중 제일고수라면 단연 모진아다.

모진아는 하루 일과가 무공 수련으로 시작해 무공 수련으로 끝난다 싶을 만큼 무공 수련에 미쳤다.

그는 구연진해를 하나로 합일시켰다.

과거 오독마군이 환생한다 해도 승부를 자신할 수 없을 만큼 모진아의 구연진해는 완벽했다.

그에 비해 종리추는 퇴보한 느낌이었다.

간혹 뭍에서 수련하는 모습을 보면 특이할 만한 초식이 보이지 않았다. 놀라운 위력도 보이지 않았고, '아!' 하고 감탄을 터뜨릴 만한 초식도 없었다.
 종리추는 물과 같았다.
 둥그런 그릇에 담으면 둥그렇게 되고 네모난 그릇에 담으면 네모난 모습이 되고… 약한 자와 만나면 약하고 강한 자와 만나면 강해지고.
 종리추의 진신 무공이 어느 정도인지는 누구도 짐작하지 못했다.

 얼음이 녹고 새싹이 돋아났다.
 햇볕이 따갑게 내리쬐며 녹음이 짙게 깔렸다.
 푸르기만 하던 녹음도 색이 바래 나풀나풀 떨어져 내렸다.
 봄, 여름, 가을이 지나고 다시 겨울이 되었다.
 일 년 사이에 많은 것이 변했다.
 유구는 마흔둘이라는 나이에 예쁜 딸아이의 아버지가 되었다.
 아이의 이름은 암연족의 풍습에 따라 아이 스스로 선택하게 만들었고 아이는 쌀을 집었다. 그래서 아이의 이름은 조미(糙米)가 되었다.
 "예쁜 이름도 많은데 하필이면……."
 혈살편복이 투덜거렸지만 유구의 부릅뜬 눈을 접하고는 황급히 입을 다물었다.
 모진아와 구맥의 오가는 눈빛도 심상치 않다.
 모진아는 암연족 제일의 용사였고, 구맥은 홍리족 제일의 미녀였다. 또한 두 사람 모두 족장이었으며 지금은 낯선 중원에 들어와 마음 붙일 곳이 없는 사람들이다.
 여러 가지 공감대가 두 사람을 가깝게 했는지는 모르지만…….
 한 사람은 종리추의 장모요, 한 사람은 노예이니… 이것이 두 사람을 애끓게 하는 것 같다.

어린은 소녀티를 벗고 어엿한 처녀가 되었다. 아니, 차라리 농염하다는 표현이 어울릴 정도로 아름다움을 활짝 피어냈다.

비부는 여전히 어린의 몸종이었다.

어깨가 딱 벌어진 청년이 되었지만 그는 어린의 몸종을 자처했다.

"내가 사랑하는 여자는 어린뿐이야."

그는 공공연히 말했다.

종리추가 있든 없든 상관없는 듯했다. 많은 사내가 한 여인의 남편이 되는 것이 스스럼없는 홍리족이니 그럴지도 모른다.

그렇다고 사랑을 강요하지도 않는다.

여인이 받아주지 않는 한 자신의 사랑은 자신의 마음속에만 간직해야 하는 것이 홍리족 사내다.

그는 철저한 홍리족 사내였다.

뭍과 섬을 오가는 사람은 천전홍과 등천조뿐이다.

천전홍은 비밀리에 물자를 조달해 왔고 등천조는 살문 외장을 유지, 관리했다.

살문의 정보력은 감쇠되지 않았다.

지금은 아무 필요도 없는 무수한 정보들이 끊임없이 날아들었다.

살문은 수입원이 전혀 없다. 살행을 하지 않으니 수입이 있을 리 있는가. 더욱이 살문의 정보란 것이 돈을 주고 사는 정보이기에 외장을 유지한다는 것은 막대한 출혈을 감수해야 한다.

벽리군은 그래도 외장을 유지시켰다.

'눈과 귀를 막으면 안 돼. 언제까지 유지될지는 모르지만 할 수 있는 데까지는 해봐야 돼.'

그녀는 종리추와 어린 사이를 파고들 생각은 없었다.

비부처럼… 자신도 종리추 곁에 머물 수 있으면 족하다고 생각했다. 그러나 끓어오르는 정염은 삭일 수 없었고 돌파구로 외장 유지에 몰두했다.

많은 변화가 있는 가운데 십이월이 저물고 새해가 밝아왔다.

◆第五十七章◆
암류(巖流)

 강물이 꽁꽁 얼어붙었다.
 섬과 육지를 오갈 수 있는 소선은 발이 묶여 횅뎅그렁 놓여 있다.
 바람이 쌩쌩 불었지만 춥지는 않았다. 바람막이 하나 없는 백사장 한가운데지만 활활 타오르는 모닥불 열기는 추위를 몰아내고 뜨거움을 안겨주었다.
 오랜만에 모든 사람이 둘러앉았다.
 섬에 있는 사람은 빠짐없이 한자리에 모였다. 갓난아기 조미까지도 정원지의 품에 안겨 낯익은 얼굴들을 빠끔히 바라봤다.
 등천조가 모닥불에 노릿노릿 익은 돼지고기를 베어냈다.
 구운 고기에서 풍겨나는 육향(肉香)이 벌써부터 뱃속을 건드리던 참이었다.
 "주공, 이것도……."

유회가 입맛을 다시며 술 단지를 가리켰다.

무려 삼십여 독에 이르는 술 단지가 백사장 한 귀퉁이를 차지한 채 놓여 있다.

종리추가 씩 웃으며 고개를 끄덕였다.

그의 고갯짓이 떨어지자마자 광부가 혼세천왕에게 고함을 버럭 질렀다.

"야, 뭐 해! 빨리 날라야 할 것 아냐!"

"알았수. 제길! 딱 삼 년 만 일찍 태어났어도 광부 형님을 부려먹는 건데."

"이놈의 새끼가 궁시렁거리기는……."

"아, 내 입 가지고 말도 못하우?"

"못한다, 어쩔래! 앞으로 말할 때는 허락받고 해."

"형님, '제길!' 이라고 말하고 싶은데, 해도 되우?"

"뭐? 이놈의 자식이!"

광부가 짐짓 주먹질을 해댔고 혼세천왕은 황급히 몸을 빼 술 단지를 날라왔다.

광부가 혼세천왕에게 막 대하는 데는 이유가 있었다.

혼세천왕은 역발산기개세(力拔山氣蓋世)의 거력(巨力)을 지니고 있지만 무공은 극히 미비했다.

종리추가 비호무영보와 혈염무극신공을 가르쳤지만 절름발이인지라 비호무영보를 펼치는 데는 한계가 있었다. 혈염무극신공을 바탕으로 펼치는 혈염도법도 도를 중심으로 펼치는 무공이라서 혼세천왕의 병기인 단병쌍추로는 제 위력을 나타내지 못했다.

선천적으로 타고난 신력이 워낙 강해 살수로서 부족함은 없지만 절정고수에게는 어린아이와 같은 상대였다.

그런 상태에서 종리추는 무공 수련에 들어갔다.

혼세천왕을 돌봐줄 정신적 여력이 있을 리 없었다.

비호무영보와 혈염무극신공에 가장 정통한 적지인살이 혼세천왕의 사부가 되었다. 비호무영보와 혈염도법을 혼세천왕에게 맞게 고치고 수련시켰다.

문제는 적지인살이 무공을 제대로 펼치지 못한다는 것이었다.

십여 년 전에 배금향으로부터 당한 상처는 두고두고 적지인살의 발목을 잡았다. 개방 수천호법의 이목을 속이기 위해서는 부득이 취한 독수였지만……

적지인살이 지도해 주지 못하는 실전 수련을 광부가 대신했다.

광부는 혼세천왕보다 이해가 빨랐다.

그 역시 절정 무공을 익히고 있지 않았는지라 비호무영보와 혈염도법이 필요했고 적지인살이 가르쳐 주는 내용, 내력이 깃들지 않은 시연(試演)만 보고도 요지를 파악해 냈다.

적지인살이 광부에게 전수한 무공은 다시 혼세천왕에게 이어졌다.

혼세천왕에게 광부는 제이의 사부인 셈이다.

"겨울이 가기 전에 최고의 병기를 찾도록."

술이 얼큰히 들어간 다음 종리추의 입에서 나온 일성(一聲)이다.

"……?"

"유구, 유회는 각법이 뛰어나니 척퇴비침(踢腿飛針)을 찾아봐."

"척… 퇴비침? 그게 뭡니까?"

유회가 눈을 동그랗게 뜨고 물었다.

"신발 밑창에 숨기는 비침이오. 신발 앞쪽, 뒤쪽, 자유자재로 침이 튀어나오기도 하고 거둘 수도 있죠. 만들기에 따라서는 침을 날릴 수도 있고, 각법을 잘 쓰는 사람이 척퇴비침까지 사용하면 상대하기가 여간 까다롭지 않죠. 웬만한 고수들은 펑펑 나가떨어질 겁니다."

종리추 대신 구류검수가 대답해 줬다.

"그거 어디 가서 구하는데?"

"사천당문."

"……."

갑자기 조용해졌다.

현 무림에서 척퇴비침을 만들 줄 아는 사람은 많다. 하지만 구류검수가 사천당문을 이야기한 것은 사천당문에서 만든 척퇴비침이 가장 뛰어나기 때문이다.

비침의 진퇴(進退), 날카로움, 발사의 용이성… 모든 면에서.

"등천조, 제조 기법을 알아봐."

"네."

종리추가 간단히 침묵을 잠재웠다.

"혈살편복."

"넷!"

대답 소리에 활력이 깃들었다.

종리추는 지금 '움직임'을 말하고 있다.

지난 일 년 간 잔뜩 움츠렸던 육신을 일으킬 시기가 됐다고 말하고 있는 것이다.

"산서(山西) 태평(太平)에 가면 귀영방편(鬼影方鞭)이라는 자가 있어. 병기를 빌려와."

무인이 병기를 빌려줄 리가 있는가. 죽이라는 말이다. 죽이고 빼앗아 오라는 말이다.

"병기 때문이라면 제가 가진 것도……."

"귀영방편은 방절편(方節鞭)의 달인이야. 그의 방절편은 설옥(雪玉)으로 만들어서 가볍기는 새털 같고 강하기는 묵강한철(墨剛寒鐵)을 능가한다고 하지."

"음……."

혈살편복은 침음했다.

그런 병기라면 혁편(革鞭)의 효용을 최대한 살리면서 강도(剛刀)의 역할까지 할 수 있다. 펼칠 수 있는 초식이 훨씬 다양해지는 것은 물론이고… 절정 신공을 익힌 것과 같은 효과가 있다.

"반드시 빌려오겠습니다."

목숨을 거두기도 쉽지 않으리라.

"음양철극."

"네, 어디로 갈까요?"

음양철극은 기대에 가득 찬 눈빛이다.

지금 종리추가 시키는 일은 그들 무공을 적어도 한 단계 이상 발전시키는 일이다. 그동안은 병기의 중요성을 간과해 왔지만… 생각해 보니 병기처럼 중요한 것이 또 어디 있는가. 무인이.

"강서(江西) 건창(建昌)."

"강서 건창."

"백조쌍극(白彫雙戟)이라는 무인이 있지."

"그놈 참… 무명 한번 거창하네."

"하하, 쌍극은 날 위로 떨어뜨린 머리칼도 베어낼 정도로 날카롭다고 하지."

음양철극의 눈이 번쩍 뜨였다.

"그 정도입니까?"

"여포(呂布)가 백조쌍극의 쌍극을 봤다면 방천화극(方天畵戟) 대신 쌍극을 취했을 겁니다. 지금 주공께서 말씀하신 방절편이나 쌍극은 모두 송나라 장인(匠人)인 포사(包簑)가 만든 병기죠. 갈고닦지 않아도 날카로움이 천 년을 가고 사람을 배어도 기름이 묻지 않는다는 명기(名器)들입니다."

구류검수가 보충 설명을 했다.

구류검수는 명가 출신답게 아는 것이 많았다.

"쉽지 않겠군."

음양철극이 자신의 쌍극을 만지작거리며 중얼거렸다.

"쉽지 않은 건 쌍극을 취하는 것보다 두 자루의 쌍극에 익숙해진 무공을 한 자루의 쌍극으로 펼치는 것일 거야. 백조쌍극의 쌍극은 무게가 스무 근, 한 손으로 펼칠 수 없지. 하지만 해내야 해."

무공에 병기를 맞추는 것이 아니라 병기에 무공을 맞춘다?

금시초문이지만 종리추가 말한 것이니 해내야 한다. 그것은 틀림없이 무공을 진일보시킬 테니까.

"광부."

"말씀하십시오."

"대부(大斧)를 병기로 쓰는 사람은 많아도 소부(小斧)를 사용하는 사람은 많지 않아."

"알고 있습니다."

"운이 좋아."

"……?"

"많지 않은 사람들 가운데 명품을 가진 사람이 있으니 말야."

종리추는 확실히 변했다.

전 같으면 이런 말은 하지 않았다. 할 말만 딱딱 부러지게 했다.

"누굽니까, 그자가?"

"멀리 있어. 호광성(湖廣省) 방성산(方城山)에 가서 동찬모(東燦珇)라는 자를 찾아."

"흐흐! 걱정하지 마십시오. 틀림없이 빌려오겠습니다."

"죽이지는 마."

"……?"

"갈 때 총관에게 들러서 은자 백 냥을 가지고 가."

"지금… 돈을 주고… 빌려오라는 말입니까?"

"무공을 모르는 자인데 구태여 죽일 필요가 없지."

"무, 무공을 모르다니요? 그런 자가 어떻게 명품을……?"

"가보(家寶)라 지니고 있을 뿐이야. 벽력사부(霹靂四斧)라는 명품이지만 헛간 한구석에 처박아놨다더군. 녹을 제거하고 마음을 심으면 다시 명품으로 돌아올 거야."

"죽일 놈! 벽력부를 겨우 헛간에 처박아놓다니!"

광부가 어처구니없기도 하고 화도 난다는 듯 말했다.

벽력부는 부를 사용하는 무인들이 꿈에라도 갖고 싶어하는 명품 중에 명품이다. 그것 또한 송의 장인인 포사가 만든 병기로 무공을 모르는 범인이 사용해도 거목을 단숨에 쓰러뜨리는 날카로움을 지녔다고 한다.

지금도 그 정도로 날카롭다면 동찬모라는 자가 헛간에 처박아놓을

암류(巖流) 47

리 없다.

 많이 손봐야 되리라, 옛날의 날카로움을 되찾으려면. 그래도 쇠의 질과 담금질 정도가 남다르니 다른 소부와는 비교할 수 없으리라.

 "좌리살검"

 "네."

 "좌리살검은 천왕검제의 천왕구식을 익히도록 해."

 "……?"

 "좌리살검의 묵린은 자체가 뛰어난 병기야. 그런 종류의 병기는 흔하지 않지. 어떤 신병이기보다 뛰어나. 거기에 천왕검제의 천왕구식을 가미하면 더욱 날카로워질 거야."

 종리추는 비급 한 권을 건네줬다.

 비급의 겉면에는 '천왕구식' 이라는 글씨가 투박하게 쓰여 있었다.

 "이건!"

 "천왕검제가 언젠가 이런 말을 했지. 좌리살검이 자신의 천왕구식을 익히든가 자신이 묵림검을 소지한다면 지금보다 배는 강해질 거라고. 나도 동감해."

 좌리살검은 부들부들 떨리는 손으로 비급을 받았다.

 잊을래야 잊을 수 없는 사람들이다. 친형제보다 가깝게 느꼈던 사람들이다. 천왕검제는 바로 위의 의형이기도 하다.

 폭풍처럼 숨 쉴 틈도 주지 않고 몰아치는 천왕구식.

 죽은 사람의 무공이 이어지고 있다.

 "구류검수."

 "넷!"

 구류검수는 침울해지는 분위기를 바꿔보려고 밝게 대답했다.

"매화검법을 사용해."

"……."

구류검수는 분위기를 바꿔보려고 했지만 자기 자신이 우울해지고 말았다.

화산파를 떠나면서부터 매화검법은 사용하지 않았다.

매화검법을 사용할 경우 이십사수 매화검법의 독특한 상흔(傷痕) 때문에 종적이 드러날 위험도 있거니와 화산파에 대한 예의가 아니라고 생각했기 때문이었다.

종리추는 매화검법을 다시 사용하라고 한다.

어쩌자고……? 왜?

"도망만 다닌다고 능사가 아냐. 은원이 있으면 풀어야지. 구류검수, 이제는 풀어."

'풀 수만 있다면 얼마든지 풀지. 난 사매를 만나야 해. 하지만 만날 수 없어. 사매를 만나기 전에 사부, 사형, 사제들 손에 죽고 말아. 오면 싸워야 하고… 난… 먼저 죽을 수도 없고 죽일 수 있는 능력이 돼도… 그들을 죽일 수 없어.'

구류검수는 점점 더 침울해졌다.

종리추가 말한 것은 누구도 말할 수 있다. 구류검수의 사정을 아는 사람이라면 백이면 백 그렇게 말할 게다. 도망만 다니지 말고 풀어야 한다고.

입장을 바꿔놓고 생각해도 그렇게 간단히 말할 수 있을까?

'아직은 어린 문주…….'

종리추의 무공은 확실히 놀랍다. 자신이 열 번 죽었다 깨어나도 따를 수 없는 자질을 지녔다. 지혜도 번뜩인다. 그의 행동 뒤에는 항상 치밀한 계산이 깔려 있다.

하지만 역시 경륜이 부족하다.

세상살이를 조금만 안다면 지금 이와 같은 말을 하진 않았을 게다.

종리추가 말을 이었다.

"매화검법을 사용하면 당장 화산파 문도가 달려올 테지."

'그럴 거요.'

"우리가 처리하지."

'원하는 바가 아니오.'

"싸움을 한다는 건 아냐. 따돌린다는 거지. 약속하지. 화산파 문도를 만나기 전에 사매라는 여인부터 만나게 해주겠어."

"……!"

구류검수의 고개가 번쩍 들렸다.

그럴 수도 있단 말인가? 어떻게……? 그럴 수만 있다면… 그럴 수만 있다면 백 번, 천 번 죽어도 사용하리라. 매화검법이 아니라 무공을 사용할 때마다 팔다리 하나씩을 잘라내야 된다고 해도 기꺼이 사용하리라.

그것은 불가능하다. 그럴 수는 없다. 그런 방법이 있으면 진작 사용해 봤을 게다. 생각이란 걸 하는 때가 있다면 오직 그런 방법을 찾기 위해 고심할 때뿐이다. 매화검법을 사용하는 순간…….

"매화검법을 사용할 용의가 있나?"

구류검수는 서슴없이 고개를 끄덕였다.

사매부터 만나게 해주겠다는데 무엇을 망설이겠는가.

그 약속을 종리추가 했다. 다른 사람도 아니고 종리추… 세상에서 가장 순박한 사람이 약속을 했다고 해도 안 믿었을 게다. 세상에서 가장 지혜로운 자가 약속을 했어도 마찬가지다. 종리추는 믿는다.

그랬다. 섬에 있는 사람들은 일 년 사이에 자신들의 마음이 어떻게 변했는지 생각하지 않았다. 일 년 전과 지금을 비교할 생각조차 들지 않았다.

일 년 전의 종리추는 강하고 유능한 문주였다.

그에게 사적인 일을 의존하기 위해 살문에 들어왔지만 완벽히 믿는 마음은 없었다. 어차피 오늘 죽으나 내일 죽으나 마찬가지 입장이라는 생각이 짙게 깔려 있었고, 살수로 암약하다 보면 자신의 구원(舊怨)을 풀 수 있지 않을까 하는 생각을 가졌다.

지금은 완전히 믿는다.

그런 변화를 무인들은 감지해 내지 못했다.

종리추의 인상에서 강한 기운이 사라지기 시작했을 때부터다. 종리추의 얼굴에서 은은한 웃음이 번져 나올 때부터다.

그때부터다.

종리추가 편안하게 느껴지면서 세상에서 가장 믿을 수 있는 사내로 부각되었다. 마음 깊은 곳에서. 원인은 모른다. 그를 보는 순간 마음속에서 우러난 느낌이니까.

"매화검법을 사용하는 데는 폭이 얇은 검이 좋겠지. 남경(南京)에 가면 검자(劍刺)의 달인이 한 명 있어."

검자… 검신에 톱니처럼 홈이 패인 검이다.

찌르는 공격에는 더할 나위 없이 좋으며 베는 공격도 쓸어내기 때문에 흉포하기 이를 데 없다. 한 가지 단점이라면 홈이 패인만큼 검신이 얇아 중병(重兵)과 부딪쳤을 때는 부러지기 쉽다는 점이다.

"가져오죠."

구류검수는 들뜬 음성으로 말했다.

검자인들 어떻고 시중에서 동전 열 냥에 살 수 있는 청강장검이면 어떤가. 요원하게만 느껴졌던 꿈이 코앞으로 다가와 있는 느낌인데.

종리추는 후사도와 혼세천왕에게도 신병(神兵)을 누가 가지고 있는지 일러줬다.

후사도는 소도와는 모양새가 완전히 다른 표도(鏢刀:소도이나 도 끝이 나팔꽃처럼 벌어진 도)를, 혼세천왕은 낭아추(狼牙鎚)를 구하러 가야 한다.

표도는 다른 병기들처럼 포사가 만든 병기다.

종리추가 말한 대로 모두 병장기를 빌려올 경우 포사가 죽는 순간 단 여덟 개의 병기만 남기고 모두 부러뜨리라고 유언한 여덟 개 중 다섯 개가 모이게 된다.

낭아추는 포사가 만든 것은 아니지만 능히 기병에 속할 만했다.

낭아추 자체는 시중에서 만든 것과 다름없지만 눈독을 들이는 부분은 낭아추와 손을 연결해 주는 추사(鎚絲)다.

질기기가 철사를 능가한다는 은잠사(銀蠶絲), 그것도 부족해서 은잠사에 쇠털처럼 가늘게 달라붙은 모침(毛針)에는 극독이 묻어 있으니…….

낭아추가 펼쳐지는 이 장 범위는 죽음의 구역이 된다.

'됐어. 이것으로 이들 모두… 절세고수가 되는 거야.'

종리추는 만반의 준비를 갖춘 다음에야 무림에 나갈 생각이다.

일 년 전, 무림에 나간다는 결정을 내렸을 때부터 생각해 둔 방법이다.

그리고 보면 막대한 은자를 소모해 가며 거둬들인 정보가 전혀 쓸모없었던 것은 아니다. 포사의 팔대기병(八大奇兵) 중 다섯 개의 행방을 찾아냈으니까.

　종리추는 밤새도록 술을 마셨다.

　찬바람이 혹독하게 몰아쳤지만 자리를 일어서는 사람은 없었다. 여인들도, 갓난아기를 안고 있는 정원지조차도 자리를 지켰다.

　혼세천왕이 돼지 멱따는 소리로 노래를 불러댔다.

　살문에 들어올 때부터 외팔이였던 좌리살검이 흥에 겨운지 일어나 덩실덩실 춤을 추었다.

　"으하하하! 팔병신이 춤을 추니 영 보기가 그렇네. 기왕이면 내가 짝을 맞춰줘야지."

　살문 싸움에서 팔을 잃은 광부가 너털웃음을 터뜨리며 일어나 같이 춤을 추웠다.

　밤이 지나가고 새벽이 다가올 무렵, 모닥불도 불씨만 남은 채 마지막 몸부림을 쳤다.

　아무도 불씨를 살리려들지 않았다.

　고기도 떨어지고 술도 떨어졌다. 춤을 추는 사람도, 노래를 부르는 사람도 없다.

　휘이잉……!

　찬바람이 머릿결을 날리며 지나갔다.

　종리추는 이들에게 무거운 짐을 안겼다.

　살수가 익혀야 할 살인 기법을 이들처럼 능숙하게 사용하는 사람들도 없을 게다.

　문제는 죽일 요량이면 쥐도 새도 모르게 죽여야 한다는 것이다. 아니, 죽었다는 사실조차도 모르게… 세상에서 완전히 잊혀지게 만들어

암류(巖流) 53

야 한다는 것이다.
　실종(失踪).
　실종이다. 모든 사람이 죽은 것이 아니라 실종당했다고 믿게 만들어야 한다.
　살문이 재건한다는 기미를 조금이라도 보여서는 안 된다.
　"구파일방은 물론이고 묵월광, 하오문… 모든 사람을 속여라."
　잔인한 명령이다. 그렇잖아도 얼굴이 알려져 무림에 나가는 것조차 모험인 사람들인데…….
　어쩌면 이들 중 몇몇은 돌아오지 못할지도 모른다.
　섬에서 벗어나 강을 건너는 순간부터 이들의 목숨은 도마 위에 올려진 생선이 된다.
　"술도 떨어졌고… 다녀오죠."
　혈살편복이 일어섰다.
　광부, 혼세천왕도 주섬주섬 일어섰다.
　강이 꽁꽁 얼어붙어 얼음을 깨가며 나가야 한다.
　퍽! 퍽……!
　혼세천왕이 벌써 얼음을 깨기 시작했다.
　"다녀오겠습니다. 그동안 소문주님 소식도 있었으면 좋겠군요."
　후사도의 짓궂은 말에 어린이 볼을 붉혔다.
　"봄이 되기 전까지 돌아와."
　종리추는 담담히 말했다.

종리추는 마지막 무공 수련에 돌입했다.

권각을 놀리거나 신형을 움직이는 초식은 별 의미가 없다.

상단전, 중단전이 활짝 열려 마음의 평정이 유지된다. 세상에서 하늘이 무너져도 흔들리지 않을 부동심(不動心)의 소유자를 단 한 명만 꼽으라면 종리추를 꼽아도 될 것이다.

도가 무공인 금종수, 어떤 무공인지 몰랐지만 불가의 무공일 것이라고 생각되는 변검 양부의 심공(心功) 덕분이다.

하단전은 금, 목, 수, 화, 토의 진기가 서로 맞물려 돌아간다.

금기, 목기… 굳이 구분할 필요도 없다. 처음에는 구분이 되었으나 전신을 흐르는 진기는 단 하나뿐이다. 서로가 합일되어 한데 뭉쳐 돌아다닌다.

오행이 섞여 태극(太極)이 되었다.

유난히도 추웠던 올 겨울, 극한의 환경에서 수련한 무공은 실망을 주지 않았다.
　종리추는 이제야 의기유형(意氣有形)의 실체를 잡았다.
　전에도 막연히 무리(武理)를 떠올린 적이 있지만 눈에 보이듯이 실체를 파악하지는 못했다.
　의기유형이란 진기다.
　그 이상도 이하도 아니다.
　사악한 마음을 품고 진기를 끌어올리면 사악한 진기가 뻗어나가고 포근한 마음으로 뻗어내면 사람을 편안하게 만든다.
　무형기를 내뿜었던 두 사람 분운추월과 소고도 진정한 의미의 의기유형은 아니었다.
　분운추월은 너무 강력해 스스로 검을 접게 만드는 기운을 뻗어냈다. 소고는 인간의 정신을 옭아매 검을 뻗어내서는 안 될 사람이란 느낌이 들게 만들었다.
　분운추월은 될 수 있는 한 싸우지 않으려는 무인이며 소고는 강하게 짓누른다. 짓누르는 기운이 가지각색으로 변해 희로애락을 자극하고 환상을 떠올리게 만든다.
　인간의 마음이란 가짓수를 헤아릴 수 없다.
　그만큼 의기유형도 다양하게 변해야 한다.
　분운추월과 소고는 한 가지 기운밖에 배출하지 못했다.
　의기유형은 내공이 강한 사람이면 누구나 뿜어낼 수 있는 자연 발생적인 기도였다.
　과거 종리추가 분운추월의 기를 무형기라고 느꼈던 것은 분운추월의 기도가 너무 강하게 느껴진 탓에 싸운다면 질지도 모른다는 불안감이 크게 작용한 때문이었다.
 반면에 소고의 무형기는 일종의 염력(念力)이라고 봐야 했다.
 적각녀, 적사가 검을 쳐내지 못하고 멈칫거린 것은 환청(幻聽)을 들었기 때문이다.
 무공을 펼치면서 염력을 사용했다.
 모두 진정한 의기유형은 아니다.

 종리추는 물에 적신 한지를 사이에 두고 촛불을 마주 봤다.
 조용히 손을 들어 올렸다.
 육안으로 움직임이 식별되지 않을 만큼 아주 조용히 움직였다.
 이윽고 손가락과 촛불이 일직선상에 이르렀다 싶은 순간 종리추는 전신 진기를 손가락에 모았다.
 '빠져나간다. 쏘아낸다.'
 고함도 없는 조용한 울림이 머리 속을 맴돌았다.
 파앗!
 소리없는 움직임이 감지됐다. 그리고…….
 퍽!
 실제로는 거의 들리지 않는 아주 작은 소리가, 종리추에게는 천둥 소리처럼 우렁찬 굉음 소리가 들려왔다.
 반은 성공, 반은 실패다.
 진기를 몸 밖으로 발출하는 것은 성공했으나 물에 적신 한지를 손상시키지 않고 촛불을 끄지는 못했다.
 한지가 찢어졌다.
 내공을 처음 배운 사람이 진기의 흐름을 이해하지 못하듯이, 본인

스스로 진기의 흐름을 느낀 다음에야 진기의 존재를 알게 되듯이…….
종리추도 의기유형을 처음으로 봤다.
 '의기유형은 존재했어!'
 종리추는 본격적으로 새로운 세계로 접어들었다.
 배운 적도 없고 가르쳐 줄 사람도 없는 신세계였다.
 무인이 새로운 무공을 접할 때 가장 두려워하는 것이 주화입마(走火入魔)다. 권각을 놀리는 무공 같으면 크게 두려워할 것이 없으나 진기를 사용해야 하는 내공 같은 경우에는 돌다리도 두들겨 본 후에야 건너는 심정으로 익힌다.
 종리추도 마찬가지였다.
 '진기에 손상이 가는지… 혈류는 제대로 이어지는지… 모든 걸 세세하게 살펴봐야 돼.'
 의기유형이 어느 정도인지 파괴력을 시험하지 않고 촛불 끄는 것으로 시험해 본 것은 조금씩 조금씩 양을 늘려 나가려는 심산에서였다. 진기에 무리가 가지 않는 범위 내에서 조금씩.
 '다시 한 번…… 이번에는 상단전을 활용해 보자.'
 찢어진 한지를 벗겨내고 새로운 한지에 물을 먹였다.

 점심을 먹고 난 후에는 섬을 돌아다녔다.
 천전홍이 장담한 대로 섬은 아름다웠다. 거창하게 천부라고까지 불리는 이유를 알 것 같았다.
 나무 한 그루, 바위 한 조각조차 예사롭지 않았다.
 '아……!'
 종리추는 시원하게 바람을 맞았다.

살을 엘 듯이 매서운 바람이지만 뱃속을 뚫고 지나가는 듯 시원했다.

바람 소리, 새소리… 자연의 소리는 종리추에게 영감을 주었다.

새의 입에서 나온 소리는 공기를 울린다. 바람이다. 새가 말하는 순간 바람이 인다. 나무도 말을 한다. 바위도 말을 한다. 바람을 타고 말이 전달되어 온다.

종리추는 자연의 소리에서 의기유형을 깨우쳤다.

목을 통해 나오는 소리는 더 알아듣기 쉽다.

동물들이 울부짖는 소리, 어미를 찾는 소리, 짝을 찾는 소리…….

다른 사람의 귀에는 똑같이 들리는 소리지만 종리추는 온갖 동물들의 소리를 분석해서 들었다.

하루 중 반나절을 내던져 소리를 듣는 것은 동물들과의 의사 소통을 확실히 하기 위해서다.

십망을 선포받고 쫓길 적에 쥐를 이용해서 탈출했던 기억이 아직도 새롭다. 천살문주의 거처로 침입할 때도 쥐를 이용했다.

동물도 쓰기에 따라서는 천군만마(千軍萬馬)가 될 수 있다.

중원에 들어가려면 험한 가시밭길을 걸어야 하는데 주변에 사람이 너무 없다. 그것보다 있는 사람들을 다치게 하고 싶지 않다.

'이용할 수 있는 것은 모두 이용해야 해.'

살문 살수들에게 가장 뛰어난 병장기를 가져오라고 지시한 것도 그런 연유에서였다. 무공이 한정되어 있으면 다른 수단이라도 강구해야 된다는 생각.

"짹! 째짹! 짹짹짹……!"

맑은 새소리를 토해냈다.

겨울 철새 한 마리가 날아와 주위를 두어 번 휘돈 다음 돌아갔다.
'새도 써먹을 수 있겠군.'
종리추는 이용할 수 있는 동물을 찾아 섬을 돌아다녔다.

종리추는 어린에게 무공을 가르치지 않았다.
"넌 내가 보호해 줄 거야. 영원히. 그럼 됐잖아? 무공이란 칼과 같은 거야. 칼을 안 들고 있으면 살 수도 있는 일을 들고 있으면 죽게 되는 경우도 많아."
어린은 고집을 굽히지 않았다.
"나 너무 얕보지 마. 내 몸은 내가 간수하고 싶어. 전처럼 느닷없이 나타나 가슴을 만지면 어떡해? 상공이니까 다행이었지 깜짝 놀랐단 말야. 얼마나 놀랐다고."
종리추도 고집을 굽히지 않았다.
칼이란 들지 않는 것이 상책이다. 일단 손에 쥐게 되면 반드시 휘두르게 되어 있는 것이 칼이다.
종리추가 흔들리지 않자 어린은 모진아에게 돌아갔다.
적지인살, 배금향… 모두 어린을 피했지만 어린의 집요한 추적은 감당하지 못했다.

어린은 구연진해를 능숙하게 펼쳐 냈다.
종리추나 모진아에게는 비할 바가 못 되지만 일신은 지킬 수 있을 것 같았다.
결국 종리추가 졌다.
'어설피 배운 무공은 독약이야. 이미 무공을 배웠으니… 하나라도

확실히 가르쳐야겠어.'

"이것 껴."

종리추는 열 살 이후로 손에서 벗어본 적이 없는 수투를 건네줬다.

"이게 뭐야? 매미 날개처럼 얇아. 너무 예쁘다."

"껴봐."

"어? 이거 딱 맞네. 내 손에 맞는 걸 끼고 다닌 거야?"

수투를 벗어준 것은 만일을 대비해서다.

정작 강한 상대를 만나면 틀림없이 당하고 말 테고 불의의 기습이라도 해서 빠져나가라는 의도였다.

무공도 본격적으로 가르쳤다.

구연진해는 절세의 절학이다. 너무 난해하고 역동적인 무공이라 여인이 익히기에는 적합하지 않지만 이미 익히고 있으니 한 우물을 꾸준히 파는 것이 나으리라.

열심히 가르쳤다.

금종수도 가르쳤다.

가장 빨리 배울 수 있는 무공은 한성천류비결이다. 제사공 십비십향을 익히려면 상당한 수련이 필요하지만 제삼공 일비일표까지는 속성을 기대할 수 있다.

그것으로는 부족하다. 그럴 바에는 차라리 지금 익히고 있는 구연진해를 더욱 파고드는 편이 빠르다.

봄이 될 때까지는 이 개월 남짓밖에 남지 않았다.

그동안 어린이 한 사람의 몫을 해낼 수 있을까?

구연진해로 제 몫을 해내려면 적어도 십 년 세월은 수련해야 한다.

구파일방이 강제로 내몰았던 오독마군의 절학인데 쉽게 배울 수는 없다.

현재 어린의 상태는 매우 위험하다.

하룻강아지 범 무서운 줄 모른다고 어설픈 각법으로 천방지축 날뛸 수도 있다. 어린의 성격상 실수로 나서겠다고 할지도 모른다.

종리추가 금종수를 가르친 것은 금종수는 깨달음의 무학이기 때문이다.

금종수를 익힌 사람은 전무하다.

적지인살마저 금종수의 존재를 부인할 정도로 귀신의 무학이다.

그런 것을 가르쳤다. 천운이 닿는다면 상단전이 활짝 열리는 기연을 만날 수 있다. 수투와 금종수의 파괴력이라면 누구도 쉽게 승부를 장담하지 못한다.

'그동안은 구연진해로…….'

종리추의 생각을 아는지 모르는지 수투까지 낀 어린은 더욱 무공 수련에 박차를 가했다.

비무.

종리추와 모진아의 비무는 모든 사람의 관심사였다.

그들은 한 번 비무를 가진 적이 있지만 종리추가 워낙 어린아이였을 때였고 모진아가 손속에 사정을 두었기에 진정한 승부라고는 할 수 없었다.

종리추와 모진아의 싸움은 한 번 더 있었다.

남만에서 실수 대 실수로 싸운 싸움에서 종리추는 모진아의 허를 찔렀다.

중원에 나와 종리추가 살문에 정신을 쏟고 있는 동안 모진아는 오로지 구연진해의 수련에만 전념했다.

　남만인이지만 오독마군이 전인(傳人)으로 생각할 만큼 무골이 뛰어난 터라 올바른 무리까지 얻은 이후에는 극도로 수련에 매진했다. 모진아 스스로 장담하듯이 오독마군이 살아 돌아온다 해도 이제는 승부를 장담할 수 없을 만큼 구연진해에 대한 이해가 깊어졌다.

　둘의 비무는 예상치 않은 장소에서 예상치 않게 벌어졌다.

　어린은 모진아와 함께 무공 수련 중이었다.

　그날따라 어린은 권각이 몹시 흔들렸다.

　어린이 익힌 무학은 각법 중에서는 최고의 절학으로 알려진 구연진해다.

　구연진해를 익힐 적에는 아무 문제도 없었다.

　모진아라는 훌륭한 사부는 부족한 부분을 세심하게 교정시켰고 그녀는 순조롭게 아홉 각법을 익혀 나갔다.

　문제는 수투에서 일어났다.

　손에 낀 것 같지도 않은 수투를 끼고 권장(拳掌)을 휘두르자 엄청난 파괴력이 일어나 그녀 자신도 깜짝 놀라고 말았다.

　무공이라고는 구연진해밖에 모르던 어린에게 수공(手功)의 파괴력은 놀라움을 넘어 경이로웠다.

　종리추가 일러준 금종수의 심결을 일으키자 파괴력은 더욱 증폭되었다.

　바위가 부서지고 나무가 부러져 넘어갔다.

　'이건… 이건… 엄청나!'

　어린은 구연진해도 깜짝 놀랄 만한 파괴력이 있다는 사실을 망각했다. 그녀의 미약한 내공으로는 현란한 초식은 펼칠 수 있어도 거웅(巨熊)을 일격에 쓰러뜨릴 만한 파괴력은 상상도 못하던 터였다.

하지만… 금종수에는 초식이 없다.

육장(肉掌) 자체는 쇠망치를 능가하는 병기이지만 병기를 사용할 만한 초식이 없다.

금종수에 온 정신을 빼앗긴 어린은 구연진해를 펼치는 동안 자꾸 손이 앞으로 나갔다.

허공으로 솟구쳐 상대의 정수리를 내려찍는 단철각을 펼치면서도 자신도 모르게 양손이 튀어나갔다.

신형이 올바를 리 없다.

어린은 균형이 무너졌다. 각법을 펼치기는커녕 신형을 유지하기도 힘들어 보였다.

이것은 금종수를 전수한 종리추조차도 예상하지 못한 사태였다.

"그만!"

모진아가 버럭 노성을 질렀다.

노성을 지를 수밖에 없었다.

어린은 상당히 위험했다. 어린 자신은 모를지 모르지만 진기가 헝클어진다는 것은 자칫 주화입마를 당할 가능성이 높았다. 진기를 운기할 때 최대의 적은 잡념, 최대한 집중하여 진기가 제 길을 찾을 수 있도록 해줘야 하는 게 가장 기본이거늘…….

모진아의 고함 소리에 좌식(坐息)을 하던 적지인살이 운기를 풀고 눈을 떴다. 한가롭게 이야기를 나누던 벽리군과 배금향이 고개를 돌렸다. 아기에게 젖을 먹이고 있던 정원지도 깜짝 놀라 토끼눈을 했다. 구맥의 아름다운 얼굴에도 의아함이 가득했다.

모진아는 어린을 종리추 모시듯이 공경한다.

그런 사람이 노성을 질렀다는 것은 평범한 일이 아니다.

모진아는 얼굴을 딱딱하게 굳힌 채 어린에게 다가섰다.

"지금 무엇을 하는 겁니까!"

어조가 평소와 크게 달랐다. 암연족 족장이 부족민들을 나무랄 때나 쓰는 어조였다. 큰소리 한번 지르지 않던 모진아가 정색을 하고 다그쳤다.

"나, 나는……."

어린은 말을 더듬거렸다.

종리추의 노예인지라 자신의 노예처럼 부렸지만 한때는 너무나도 두려웠던 사람이다. 지금도 마음 한쪽에는 두려움이 있지만…….

"무공을 수련하면서 잡생각을 하다니! 죽고 싶어 환장한 겁니까! 도대체 지금 무슨 생각을 하는 겁니까?!"

"……."

"무공 수련은 때려치우세요! 그 따위 정신 상태로 무공 수련을 한다면 백년을 수련해도 필요없어요!"

어린은 꿀 먹은 벙어리가 됐다.

눈물만 글썽거렸다. 그녀도 자신이 왜 그런 초식을 펼쳤는지 납득이 되지 않았다. 구연진해를 수련할 때는 오직 각법에만 신경을 곤두세워야 하는데…….

"그만."

어린을 곤경에서 빼내준 사람은 종리추였다.

운이 닿느라고 그랬는지 때가 마침 점심 무렵으로 들어섰다. 종리추가 오전 수련을 마치고 들어올 때.

종리추는 한눈에 사태를 알아챘다.

'각법과 수공…… 초식이 없어.'

어린의 문제는 초식에 있다. 금종수에 허접한 초식이라도 있었다면 어린이 구연진해를 펼치면서까지 금종수를 생각할 필요가 없었으리라.

자신은 금종수를 진기로만 생각했다.

상단전을 열어주는 진기…….

그에게는 금종수 외에도 익혀야 할 절기들이 너무 많았고 삼단전의 합일에 온 신경이 곤두섰었다. 만약 그에게도 지금 어린과 마찬가지로 구연진해와 금종수밖에 없었다면 어린과 똑같은 실수를 저질렀을지도 모른다.

아니, 틀림없이 그랬을 게다.

막강한 위력을 지닌 수공이 있는데, 수투가 있는데… 멀고 험한 길을 돌아가야 하는 구연진해의 수련에 박차를 가할 수 있겠는가.

당장 몸에 익히기 쉬운 금종수를 구연진해에 접합시켜 절세고수로 발돋움하고 싶다는 생각은 당연하다. 절세고수가 된 다음 구연진해를 수련해 나가고…….

종리추는 어린 곁으로 다가와 어깨에 손을 올렸다.

"그러기에… 무공을 익힐 적에는 금종수를 생각하지 말랬더니. 구연진해를 익히고 짬이 나면 금종수를 생각했어야지. 하나도 제대로 못하면서 두 개를 동시에 어떻게 하려고……."

"흑!"

어린은 기어이 눈물을 쏟아냈다.

어린은 이제 무엇이 잘못됐는지 명백히 알았다. 그것 때문에 운 것은 아니다. 전에는… 이런 식으로 말하지 않았다. 이렇게 염려가 가득 깃든 음성으로 말해 준 적이 없다. 자신을 사랑한다는 것은 의심할 여지도 없지만 이렇게 말속에 정감을 담아주기는…… 그것이 고마워 눈물이 솟구쳤다.

"모진아, 나와 비무 좀 해야겠어."

뜻하지 않은 모진아와 종리추의 비무는 이렇게 시작되었다.

"몇 성(成)으로……?"

모진아가 물었다.

"십성(十成)."

"…주공, 주공의 무공을 의심하는 것이 아니라 빈노(貧奴)의 무공은 오독마군이 환생한다 해도……."

종리추는 옅은 웃음을 지어냈다.

"알지. 그래서 든든해. 모진아의 무공이라면 구파일방 장문인과 비등할 거야. 더 나을지도 모르고. 하지만… 그 정도의 무공으로는 중원에 나가지 못해."

모진아는 고개를 끄덕였다.

종리추의 말뜻을 알아들었다. 종리추는 중원 최고수라는 구파일방 장문인들은 안중에도 두지 않는다. 아니, 안중에 두지 않아야 중원에 나갈 수 있다고 말한다. 종리추가 말했던 '준비'는 단순히 무공을 더 강하게 수련하는 정도가 아니었다.

모진아는 기괴하게만 보였던 종리추의 수련이 궁금해졌다.

'과연 어떤 수련이었는지 알아볼 수 있겠군.'

"주공, 그럼 무례를."

"타앗!"

모진아의 신형이 허공으로 둥실 떠올랐다.

지면에서 박차 오른 탄력만으로 허공에서 한 바퀴 몸을 뒤집은 모진아는 다시 옆으로 몸을 뉘며 발을 뻗어왔다.

구연진해 중에 원음각(元陰脚)이다.

종리추는 피하지 않았다. 몸을 우측으로 약간 비켜 틀며 왼발을 쭉 뻗어 올렸다. 동시에 빙글 원을 그리며 돌았다. 난화각(亂花脚) 제일초다.

타탁! 타타탁……!

각과 각이 부딪치며 둔탁한 소리를 흘려냈다.

모진아는 각법에 십성의 진기를 실었다. 혼신의 진기가 실린 각법은 쇠몽둥이에 버금가는 파괴력을 지녔다. 발끝, 발등, 정강이… 앞을 가로막는 것은 모조리 부숴 버리는 강철이다.

변화도 무궁했다.

모진아는 이미 구연진해의 모든 변화를 하나로 귀일시켰다. 각법이나 초식에 연연하지 않고 바람 부는 대로 흘려내는 각법이다. 쭉 뻗어내는가 싶으면 휘둘러 치고, 그런가 싶으면 발굽으로 내려찍었다.

단철각, 흑살각, 천둔각, 금강각… 각법의 명칭이 무색해졌다.

빠르기는 섬전(閃電)을 능가했다.

곁에서 지켜보는 사람조차도 신형을 따라가지 못할 만큼 쾌속했다.

적지인살은 생각했다.

'천지양단, 풍운변화, 비응회선… 어떤 초식으로도 막을 수 없어. 세상에! 혈염삼절을 완전히 짓눌러. 내가 무공을 전개한다면… 전개하는 순간 죽는 거야. 내가 일초를 뻗어낼 때 모진아는 오륙 초는 뻗어낼

테니까.'

그 차이는 엄청났다. 굼벵이와 토끼의 싸움과 다름없었다. 변화는 고사하고 속도에서 완전히 짓눌렸다.

그런 공격을 종리추는 여유있게 막아냈다.

종리추의 방어 수법은 역시 구연진해를 펼치는 것 같은데 모진아와 상당히 달랐다.

모진아가 파괴적이고, 빠르고, 날카롭다면 종리추는 부드러웠다. 진기를 끌어올린 것 같지도 않았다. 병자처럼 손과 발이 흐느적거리면서 힘이 없었다.

속도에서도 뒤졌다.

모진아가 각법을 서너 번 전개할 때 종리추는 한두 번으로 그쳤다. 어떤 때는 각법으로 응수하지도 못하고 간신히 몸을 틀어 피하기도 했다.

적지인살은 다시 생각했다.

'밀린다. 밀… 리기는 밀리는데?'

정녕 이해할 수 없는 상황이다.

모진아의 공격이 번번이 무위로 끝나 버린다. 매섭게 살공을 퍼붓고 있는데 위협이 될 만한 공격은 하나도 없다. 그렇다고 모진아가 사정을 봐주는 것은 아니다. 그는 진실로 온 힘을 다해 공격을 퍼붓고 있다.

종리추의 신형은 바람처럼 흘렀다.

결코 손에 잡을 수 없는 바람처럼 매서운 강풍이 몰아치면 살짝 몸을 틀어 피하고 정면으로 부딪쳐야 될 상황이면 공격을 맞받지 않고 흘려 버린다.

'무당파의 태극권(太極拳)? 아냐… 달라. 수법이 전혀 달라. 태극권은 상대의 힘을 역이용하는 것. 추아는… 역이용하는 게 아니라 맥을 끊어놓고 있어.'

적지인살은 비무가 어떻게 돌아가는지 이해했다.

종리추는 맥을 끊어놓을 때만 공격했다. 모진아가 아무리 살공을 매섭게 퍼부어도, 아무리 빨라도 허점을 공격당한다면 살공을 거둘 수밖에 없다.

'끝났어. 모진아는 상대가 안 돼. 세상에! 추아가 이렇게 크다니……. 이건… 이런 무공은… 처음이야.'

같은 초식을 수련했어도 한 달 수련한 사람과 일 년 수련한 사람의 차이는 크다. 위력의 차이를 말하는 것이 아니라 초식을 읽고 보는 눈의 차이가 그렇다는 거다.

모진아는 아직도 구연진해를 수련 중이나 종리추는 수련할 필요성을 느끼지 않는… 엄청난 공간이 둘 사이에 존재했다.

종리추가 생각을 바꿨는지 공격을 가하기 시작했다.

모진아는 물러서기에 급급했다.

손과 발이 헝클어지고 신법도 둔해졌다.

모진아가 차라리 다른 무공을 익혔다면 어땠을까? 그랬어도 지금처럼 밀렸을까?

종리추는 구연진해를 너무 잘 알았고 모진아가 신법을 채 펼치기도 전에 갈 곳을 차단했다. 각법을 전개하기도 전에 발이 뻗어 올 곳을 막아버렸다.

무공의 종류도 달라졌다.

방어적일 때는 구연진해만 펼치는 것 같았는데 공격을 시작하자 손과 발을 함께 사용했다.

조금 거리가 벌어지면 각법, 거리가 조금 붙으면 수공(手功).

팔꿈치, 무릎, 어깨… 전신이 모두 병기였다.

'이 정도면 승부가 끝났는데……?'

적지인살은 모진아가 끝까지 분투하는 모습이 이상하게 보였다.

모진아는 무모한 사람이 아니다. 그는 승패를 알고 있다. 그토록 자신했던 공격이 막히는 순간 알아챘을 게다. 손과 발이 헝클어지는 순간에는 뚜렷하게 알았을 게고.

그런데 왜 그만두지 않는 것일까? 고수와 고수의 싸움에서 균형이 흐트러졌다는 것은 죽음을 의미하는데 왜……?

비무는 반 시진을 더 끌었다.

지켜보던 사람들은, 무공을 모르는 정원지까지도 승패를 짐작했다.

모진아는 굵은 땀방울을 연신 흘렸고 손발이 물먹은 솜처럼 무거워 보였다. 진기가 이어지지 않고 중간중간 가닥이 끊긴다는 증거다.

모진아 같은 고수는 하루 종일 싸워도 진기가 끊어지지 않는다. 그만큼 내공 수련에 혼신의 힘을 쏟았다.

종리추가 내공마저 흩뜨려 놓고 있다.

아무리 내공이 강해도, 끊임없이 진기를 흘려낼 수 있다 해도 단전에서 일어난 진기가 손끝, 발끝으로 바로 오는 것은 아니다. 경락을 따라 흘러서 온다.

싸우는 도중에서 외기(外氣)를 받아들여 내기(內氣)를 키워야 한다. 진기가 끊어지지 않는다는 것은 그러한 과정을 군이 의식하고 행하지 않아도 몸이 알아서 스스로 흡수와 순환을 반복해 준다는 뜻이다.

그러나 외기를 받아들여야 할 때 급박한 공격을 받는다면?

외기를 흡수하기는커녕 오히려 내기를 뿜어내야 한다.
순환이 아니라 소진(消盡)되는 것이다.
초식뿐만이 아니라 내공에서도 종리추와 모진아의 차이는 컸다.
"헉!"
모진아가 급박하게 헛바람을 내지르며 털썩 주저앉았다.
"헉헉……!"
거칠게 숨을 몰아쉬는 모습이 몹시 힘들어 보였다.
모진아 같은 고수가 이런 지경에 이르렀다면 믿을 사람이 얼마나 될까? 직접 눈으로 보지 않았다면 적지인살도 믿기 힘들었을 게다.
종리추는 모진아의 어깨를 툭 친 후 어린에게 다가섰다.
"얼마나 봤어?"
"아주 조금…… 하지만 알 것 같아."
"그래?"
"응. 내공, 초식, 절학이라는 것들… 조금은 알 것 같아."
"네 무공으로는……."
"알겠어. 지금 내 무공이 어느 정도인지, 얼마나 형편없는지. 그래도 따라갈 거야. 그것만은 막지 마. 무공 수련… 더 열심히 할게."
종리추는 어린의 얼굴을 한참 동안 쳐다보다가 깊은 한숨을 내쉬곤 돌아섰다.
승부가 끝났는데도 비무를 계속한 것은 어린에게 각법과 수공의 운용을 보여주기 위해서였다. 모진아도 그런 점을 이해하고 끝난 승부인데도 포기하지 않았고.
"헉헉, 빌어먹을! 각법 하나로 천하를 평정할 수 있다더니… 헉헉! 오독마군, 그 늙은이한테 속았군."

종리추의 등 뒤에서 모진아의 탄식 소리가 들렸다.
"허허! 추아가 펼친 무공도 구연진해 같은데?"
"헉헉! 그런가요? 아이구, 힘들어 죽겠다."
"그 나이에 벌써 힘들다는 말이 나오면 어떡하나? 내가 자네 나이 때에는……."
적지인살과 모진아는 농을 주고받았다.
그들은 종리추의 놀라운 무공을 보자 가슴이 벅차올랐다. 부모 심정이란 다 그렇다. 친자식이 무능한 아비를 닮지 않고 놀라운 성취를 일궈냈을 때의 부모 심정.

◆第五十八章◆
출도(出島)

벽리군은 하루하루를 외줄 타는 심정으로 보냈다.

무림에 나간 살문 살수들이 실수는 하지 않았는지, 병기를 취하려다 되려 당하지는 않았는지, 자신들의 은거지가 하오문이나 개방에게 노출되지는 않았는지, 정보의 근원이라 할 수 있는 외장 문도들이 이탈하지는 않는지…….

모든 것이 불안하고 초조했다.

그나마 한 가지 위안이라면 예전처럼 종리추와 단둘이 있는 시간이 생겼다는 것이다.

"정보가 하남에 너무 편중되어 있어. 중원 전역으로 넓힐 방도는 없나?"

"돈이…….."

벽리군은 고소(苦笑)를 지었다.

은자 구만 냥이면 엄청난 돈이다. 하지만 종리추와 같은 사람에게는 그렇게 많은 돈이 아니다. 지난 일 년 사이에 오만 냥이라는 돈이 허공에 흩어졌고 남은 돈도 얼마나 갈지 알지 못한다.

살문에 정보를 주는 사람들은 돈 맛을 아는 사람들이다. 그들은 오로지 돈을 챙기기 위해 정보를 준다. 만약 살문이 그들을 버린다면 그들은 구파일방으로 달려가 역정보를 제공하고 은자를 챙길지도 모른다. 한번 인연을 맺은 사람은 버릴 수 없는 것, 그것이 돈으로 정보를 사는 대가다.

물론 그들이 이반한다 해도 은거지가 노출될 위험은 없다.

이럴 때를 대비해서 철저히 점 조직으로 운용해 왔기 때문에 외장문도 한두 명이 걸려들 수는 있어도 큰 타격은 받지 않는다.

살문의 존재가 알려지는 것이 큰일이다.

중원무림은 살문이 멸문했다고 알고 있는데 살문이 건재하다는 사실을 알게 되면 뒷감당을 하기가 상당히 어렵다.

"그렇군. 밑 빠진 독에 물 붓기니."

종리추는 하루에 한 번씩은 꼭 벽리군의 거처를 찾았고, 중원에서 전해오는 소식을 꼼꼼히 점검했다.

그도 중원에 나간 살수들이 염려스러운 것이다.

한 장, 한 장 전서(傳書)가 넘겨졌다.

"차를 끓일까요?"

종리추는 말없이 고개를 끄덕이며 전서에 집중했다.

벽리군은 찻물을 올려놓았다.

연모하는 님… 남들이 알면 주책이라고 하겠지만 그와 이렇게 있는 시간이 좋았다. 그와 단둘이 한가한 오후를 보내는 시간이 행복했다.

벽리군은 동이 트기 전에 일어나 산책을 한다.

햇볕을 받지 않은 음기(陰氣)가 가득 깃든 샘물을 긷기 위해서다. 오후, 종리추에게 차를 끓여줄 생각을 하며.

주담자에서 다향(茶香)이 은은하게 우러나왔다.

"오늘은 희소식이 있어요. 혈살편복이 방절편을 얻었대요. 귀영방편은 죽었고 깨끗하게 화장(火葬)까지 했다니 종적이 드러날 염려는 없어요."

"……."

오늘 날아온 소식 중에 가장 기쁜 소식이다.

종리추는 그 말을 듣고도 별 반응을 보이지 않았다. 태연하다 못해 무심하게까지 보였다.

'젊은 사람이 사오십 먹은 능구렁이 같아. 풋!'

벽리군은 문득 이상한 생각이 들었다.

나이로 비교하면 한참 어린데… 자신이 첫 성교를 할 때 종리추는 태어나지도 않았는데… 그때 아이를 가졌다면 종리추만한 자식이 있을 텐데…….

그런데도 종리추가 어린 사내로 보이지 않는다.

나이 어린 사내는 비린내가 날 것 같았는데 전혀 그렇지 않았다. 종리추와 이야기를 나누다 보면 나이 어린 사내라는 생각은 눈곱만큼도 들지 않았다.

문득 벽리군은 자신의 행복이 깨졌다는 것을 직감했다.

전서를 들여다보는 종리추의 눈빛이 왠지 심상치 않아 보인다.

그녀는 오늘 들어온 전서 내용을 다시 상기해 봤다.

'특이한 사항은 없는데……. 혈살편복이 방절편을 얻었고… 뒷처리

도 깨끗하고 퇴로도 활짝 열려 있어. 아무 이상 없어.'

이상 없지가 않다.

종리추는 미간에 내천(川) 자까지 그려가며 고심하고 있다. 분명 무엇인가가 있다. 오늘 들어온 전서 중에.

찻물이 끓고 있지만… 벽리군은 우두커니 앉아 종리추만 바라봤다. 이럴 때는 생각에 방해가 되지 않도록 가만히 있어야 한다는 걸 알고 있는 까닭이다.

"천전홍에게 배를 대라고 해줘."

종리추는 나갈 심산이다. 자신이 직접 중원무림으로……. 무엇이 그를 움직이게 하는가.

"네."

"모진아를 데려갈 거야. 여기는 텅 비게 되니 각별히 경계에 신경 써주고."

"모, 모진아까지요?"

절세고수 두 명이 한꺼번에 움직일 만한 일이 있었나? 종리추가 중원에 나가는 것만도 획기적인데 모진아까지 데려갈 정도로 중대한 사태가 있던가?

"약간이라도 기미가 이상하면 깊숙이 숨어. 천부를 버려도 좋아. 나와는 무슨 방법으로든 연락이 될 테니… 명심해. 약간이라도 기미가 이상하다 싶으면 깊숙이 숨어."

"네? 네."

종리추는 살문이 멸문당하기 직전처럼 긴장해 있다.

종리추가 거처로 돌아간 다음 벽리군은 종리추가 보던 전서를 들여다보았다.
 특이한 내용은 없다.
 산동성(山東省)에서 농사를 짓는 황엽(黃曄)이란 자가 물어온 정보로 개방 거야(巨野) 분타 걸개들이 남왕호(南旺湖)로 집결하고 있다는 내용이다.
 '이게 도대체……?'
 벽리군은 곰곰이 생각하다가 붓을 들었다.
 산동성에서 암약하는 외장 문도들에게 보내는 전서로 개방 걸개들의 움직임을 소상히 파악하라는 지시를 담았다. 단서도 썼다. 정보를 얻지 못하는 한이 있어도 정체가 발각당하는 일은 없도록 하라는.

 벽리군의 거처를 나온 종리추는 항상 무공을 수련하던 강변으로 갔다. 꽁꽁 얼어붙은 얼음을 깨고 알몸을 들이밀자 뼛속까지 얼릴 듯한 한기가 밀어닥쳤다.
 천전홍에게 배를 대라고, 모진아에게 떠날 채비를 하라고 지시를 내렸지만 마음속에서 일어나는 갈등은 가만히 앉아서 기다리게 하지 않았다.
 뭍으로 나간 천전홍이 전서를 받고 배를 대려면 적어도 두어 시진은 기다려야 할 것이다.
 묵은 때를 밀어내고 부스스하던 머리도 감았다.
 '잘한 결정인지…….'
 천부에 남아 있는 사람들이 위험에 처할지도 모른다. 병기를 빼앗고자 무림에 나간 수하들이 위험하게 될지도 모른다. 살문의 형체가 고스란히 드러날 수도 있다.

과연 그만한 대가를 치를 만한 일인가.

'중원무림은 천천히 강해지는 것을 용납하지 않아. 처음 모습을 드러냈을 때부터 완벽히 강한 상태여야만 돼. 점점 강해지는 것이 아니라 흠 잡을 데 없는 강자가 되어서 나타나야…….'

살갗이 벌겋게 달아올랐다.

내공을 끌어올리지 않고 순수한 육체의 강인함으로 혹한의 겨울 강물과 맞닥뜨렸다.

'됐어! 고민은 그만! 하늘이 되든가 지하로 숨든가 둘 중에 하나라면… 하늘이 되고자 했으면 고민할 필요 없어.'

이제는 정말 중원으로 나간다.

중원무림……. 나간다 생각했고 준비도 했지만 그는 지금까지도 천부에서 보내는 마음 편한 삶이 좋았다. 무공 수련이고 뭐고 다 때려치우고 곁에 있는 사랑하는 사람들과 땅을 갈며 살고 싶었다.

천전홍이 몰고 올 배를 타고 강 저쪽으로 건너가면… 다시는 천부로 들어오지 못한다. 그가 강을 건너는 순간 중원무림과는 별개였던 천부가 중원무림의 한 부분에 속해진다.

그가 다시 천부로 돌아와도 천부는 변해 있으리라.

중원무림이라는 이름 속에.

'가자. 휴우! 무림에서 벗어날 수 없는 운명이라면… 하늘이 되어야겠지. 사무령이라… 후후! 좋아, 이젠 내 의지다. 내 의지로 사무령이 되는 거야. 지금까지는 떠밀려 왔지만 이제는 내가 이끌어간다. 벗어날 수 없다면 헤쳐 나가야지.'

종리추는 번뇌를 흐르는 강물에 띄워 보냈다.

살갗을 스치고 지나는 강물이 마음속에까지 파고들어 번뇌를 씻어갔다.

그 역시 고뇌하고 번민하는 인간이었다.

수하들 앞에서 약한 모습을 보이지 않을 뿐.

철썩……!

강물에서 몸을 일으키던 종리추는 화들짝 놀라 다시 주저앉고 말았다. 하늘이 무너져도 침착함을 유지할 수 있다던 그였건만 이런 상황에서는 침착함을 유지하지 못했다.

어린… 그녀가 강 언덕에 앉아 방실방실 웃으며 목욕하는 모습을 지켜보고 있었다.

'방심했어.'

종리추는 자신을 질책했다.

어린의 무공이 모진아와 비무한 그날부터 놀랍도록 무섭게 성장하고 있는 것은 사실이지만… 진작에 알았어야 했다. 만약 그녀가 실수였다면 적어도 한 번은 공격할 만한 빌미를 준 셈이다.

"이렇게 보니까 느낌이 또 다른데?"

어린은 춥지 않느냐는 등 염려의 소리보다는 놀리기에 바빴다.

종리추는 상대가 어린이라는 것을 알자 알몸을 일으켰다.

물방울이 푸시시 떨어져 나가며 건장한 육체가 드러났다.

"와! 아무리 봐도 괜찮아."

종리추는 어린의 말에 신경 쓰지 않고 태연히 걸어나와 몸에 묻은 물기를 닦았다. 그리고 싱긋 웃으며 돌아섰다.

어린은 심상치 않은 예감에 낯빛을 굳혔다.

"뭐, 뭐……! 설마……!"

어린의 예감은 사실로 드러났다.

언제 신법을 전개했는지 대여섯 장이나 떨어져 있던 종리추가 코앞에 불쑥 나타났다.

"왜, 왜……."

어린의 말은 중도에서 막혔다.

건장한 사내의 가슴에 얼굴이 묻히자 말문이 막혀 버렸다.

몸이 허공에 들렸다. 옷자락이 들춰지며 매서운 겨울바람이 살 속으로 파고들었다. 하지만 종리추가 있기에 포근했다. 그의 사랑이 있기에.

벽리군은 느닷없이 찾아온 어린을 보자 잠깐 당황했다.

"어, 어쩐 일로……?"

"차를 잘 끓이신다고 들었어요. 그래서 맛 좀 볼까 하고 들렀는데 차 한 잔 주실 수 있죠?"

"아, 앉아요."

벽리군은 지은 죄가 없으면서도 허둥거렸다. 침착함을 찾기가 여간 어렵지 않았다.

어린이 그녀를 찾아온 적은 없었다.

사랑하는 마음은 날카로운 칼과 같아서 숨긴다고 숨겨지는 것이 아니다.

지금은… 어린은 물론이고 배금향이나 구맥 등도 눈치를 챈 듯하다. 살문을 벗어나기 전까지만 해도 '동생'이라고 부르던 배금향이 요즘 들어서는 '총관'이라고 부르는 것도 그렇고…….

아침저녁으로 식사 시간에 얼굴을 마주치는 일조차 고역스러웠다.

그래서 가급적이면 자신의 초막으로 돌아와 혼자 있곤 했는데…….
"아기는 없었나요?"
"예? …예."
벽리군은 아랫 입술을 잘끈 깨물었다.
기녀에게 가장 힘든 일 중에 하나가 아기 문제다. 그토록 조심을 해도 일 년에 기녀들 중 절반은 아기를 갖고 만다. 그중에는 특히 아기가 잘 들어서는 기녀도 있어서 아기 때문에 기녀 생활을 못하고 거리의 창기로 몰락하는 경우도 왕왕 있다.
아기가 생겼을 경우 기녀들은 독초(毒草)를 복용하여 유산시킨다. 몸이 상할 것을 뻔히 알면서. 그래도 유산되는 경우는 절반밖에 되지 않는다.
아기는 될 수 있는 대로 갖지 말아야 하고 낳지 말아야 한다.
아기를 낳아봤자 길러줄 사람도 없을 뿐더러 누구의 자식인지도 모르니 갖다 줄 사람도 없다. 결국 두고두고 인생을 갉아먹는 혹이 되어 버린다.
남들에게는 축복이 될 임신이 기녀들에게는 천형이다.
그런 면에서 벽리군은 축복받은 기녀다.
그녀는 임신이 되지 않았다. 남자와 관계만 가졌다 하면 임신을 하는 기녀들이 이상하게 생각되었다. 그녀는 오히려 입덧을 하는 여인들을 보면서 아기를 가져 봤으면 하는 생각까지 가졌다.
"독초를 복용했어요?"
어린은 아픈 부분을 서슴없이 건드렸다.
"아뇨, 아기가 들어서지 않았어요."
"그럴 수도 있어요?"

벽리군은 싱긋 웃었다.

어린은 참 천진하다. 나이가 스물이 넘었으면 세상살이에 물들기 시작했을 텐데 어린은 그런 모습을 전혀 비치지 않는다. 철이 없다고 해야 하나? 어린을 모르는 사람들은 그렇게 생각할 터이지만 그녀와 조금만 이야기를 나눠본 사람이라면 '참 맑은 여인이다' 라는 생각을 할 게다.

어린은 아픈 부분이지만 자신이 공유할 수 있다고 생각하는 게다. 그럴 정도로 친분이 두텁다고.

"있죠. 세상에는 아기를 낳지 못하는 여자도 많아요. 제가 그런 여자 같아요."

"어멋! 세상에……."

"차 들어요."

종리추는 위해 새벽 바람을 맞으며 길러온 찻물이다.

오늘 그는 마시지 않았고 그의 여인이 마신다.

"정말 향긋하네요."

"좋아요?"

"네."

"아기 소식은 없어요?"

"그게 없네요. 언니는 벌써 낳았는데……."

어린이 언니라고 부르는 여자는 정원지다.

그녀와도 나이 차가 많이 나지만 유구가 종리추의 노예를 자처해서인지 스스럼없이 지냈다.

정원지가 모지를 낳았을 때 가장 반색을 한 사람도 어린이다. 아마 유구와 버금갈 만큼 기뻐했을 게다.

'아이를 갖고 싶은 거야.'

벽리군은 사랑하는 님의 여인이지만 어린이 친동생처럼 사랑스러웠다.

그녀도 어린처럼 스스럼없이 사람들을 대하고 싶다. 모지를 대하는 태도가 유난히 각별한 어린처럼 자신도 모지를 껴안고 싶고 똥오줌도 받아주고 싶다. 고사리처럼 앙증맞은 손을 휘두르는 갓난아기가 얼마나 예쁜지.

"혼인은 안 할 거예요?"

"혼인요? 했잖아요?"

"……?"

"상공이 어머니께 진주 목걸이하고 금팔찌를 선물했어요. 날 데려가기에는 형편없지만… 봐주기로 했죠 뭐."

벽리군은 고소를 지었다.

그것이 혼인인가?

"그런데… 상공과 어쩌실 거예요?"

벽리군은 느슨하게 풀어지던 긴장이 다시 팽팽하게 당겨졌다.

"저, 전……."

"……."

어린은 뚫어지게 응시하고 있다. 벽리군의 입에서 말이 나오기를 기다리고 있다. 한데… 할 말이 없다. 무슨 말을 어떻게 해야 한단 말인가.

"상공을 좋아하죠?"

"……."

벽리군은 산전수전 다 겪었다고 자부했지만 지금 이런 상황에서는 어떠한 말도 떠오르지 않았다. 그녀는 당황했다. 설마 어린이 이렇게 직설적으로 물어올 줄은 짐작조차 하지 못했다.

"우리 홍리족은 한 여자가 여러 사내를 거느릴 수는 있어도 한 사내를 여러 여자가 갖지는 않아요."

"……"

유구무언(有口無言).

벽리군은 목이 타 침을 삼키려고 했지만 침조차 말라붙었다.

그녀는 찻잔을 들어 입술을 적셨다. 그것도… 생각 같아서는 단숨에 들이켜고 싶지만 찻잔을 드는 손이 부들부들 떨려 급히 내려놓았다.

어린이 계속 말했다.

"우리 홍리족도 정분(情分)이란 게 날 수 있어요. 사내가 정분이 날 경우에는 거세(去勢)시키고 가둬뒀다가 전쟁이 났을 때 제일 앞에 세워요. 그런 사내는 죽어도 마을 묘지에 묻히지 못해요."

어린의 말은 점점 끔찍해졌다.

"여자의 경우는 사내들을 모두 잃어요. 그리고 선택받지 못한 사내들을 남편으로 맞아야 돼요. 바보가 되었든 병신이 되었든… 아무리 마음에 안 들어도 같이 살아야 해요."

어린은 간통이란 것을 말하고 있는데 사내에게는 참혹하고 여인에게는 관대한 처분이다. 아니, 더욱 잔인할 수도 있다. 마음에 들지 않는 사내와 산다는 게 얼마나 지독한가.

"어떡하실 거예요?"

"그런 걱정은 하지 말아요. 난 단지……"

"지켜보기만 해도 괜찮다고요?"

'그래요.'

대답은 목구멍 너머로 숨어들었다.

어쩐지 대답하기가 염치없는 것 같았다. 어떤 대답을 하더라도 종리추를 연모하고 있다는 것을 시인하는 꼴이지 않은가. 그의 아내 앞에서. 벌써 시인을 하고 말았지만.

"휴우! 언니, 정말 상공을 사랑하는군요?"

'그래요. 사랑하죠.'

"상공이 죽을 때 같이 죽을 수 있어요?"

'그럼요. 같이 죽을 수 있죠.'

"상공이 죽으면 같이 죽을 수 있냐고요. 대답해 봐요."

이게 철없는 여인인가? 종리추를 이야기할 때의 모습은 현자(賢者)가 진리를 탐구할 때보다 진지했다. 아니, 진지하다 못해 정열이 이글이글 타올랐다.

'휴우!'

벽리군은 한숨을 내쉬었다.

'떠날 때가 된 거야. 어린은 내가 문주 곁에 있는 것도 싫은 거지. 호호, 언감생심… 내 주제에……..'

탁!

벽리군은 탁자 위에 올려진 단도(短刀)를 보며 생각을 멈췄다.

어린이 단도를 꺼내놓은 속뜻은 무엇인가? 떠나는 것을 넘어서 죽으라는 것인가? 아니면 생사양단을 가르겠다는 말인가.

"상공이 절 처음 가졌을 때 전 이걸 준비했어요. 상공이 죽었다는 소식이 들리면 바로 죽으려고요."

"……."

"죽을 수 있어요, 없어요?"

"이, 있어요."

벽리군은 결국 마음속 말을 꺼내놓고 말았다. 단도까지 꺼내 보이며 진지하게 묻는데 대답하지 않을 수가 없었다.

"좋아. 그럼 동생도 단도를 준비해."

"……?"

동생? 동생이라니? 그리고… 갑자기 반말이라니?

"홍리족 여인들은 사내가 죽는다고 따라 죽지 않아. 사내는 많으니까. 하지만 암연족 여인들은 사내가 죽으면 따라 죽어. 죽기 싫어도 강제로 생매장당하는데 죽지 않을 도리가 없지. 상공이 죽으면 동생도 죽어야 해. 죽지 않으려고 도망가면 내가 죽여 버릴 거야. 그럴 자신 없으면 지금 물러서."

벽리군은 어린의 말뜻을 알아들었다.

가슴 깊은 곳에서 뜨거운 격정이 확 치솟았다.

"어, 어린!"

"언니야. 내가 상공과 먼저 잤잖아. 그리고 명심해. 상공과 자고 싶으면 내 허락을 받아야 해. 알았지? 내 허락없이 자면 돌팔매질당할 거야."

유구에게 들은 기억이 있다.

암연족 여인들은 위계 질서가 뚜렷하다.

나이는 상관하지 않는다. 먼저 같이 잔 사람이 윗사람이 된다. 윗사람은 아랫사람을 노예처럼 부릴 수 있고 아랫사람은 죽으라는 명령도 복종해야 한다.

암연족 여인들은 전쟁에 져서 끌려온 여인들이 주류를 이룬다. 부족도 다르고 풍습도 다르다. 그녀들은 부족에 두고 온 모든 사람을 잊어야 했고 한 사내에게 철저히 짓밟혀야 했다. 그렇게 세월이 지나면⋯ 그녀들도 암연족 부족민이 되어 살아가게 된다.

철저한 위계 질서는 그런 연유로 세상에 태어난 부산물이리라.

어린은 암연족 전통을 이야기하고 있다.

"네, 언니. 언니 말을 따를게요."

벽리군은 목이 멨다.

어린이 자신을 받아주었다는 것만도 감개가 벅찼다.

"무릎 꿇어."

"끌려온 여인들은 둘 중에 하나를 선택하게 되어 있어요. 암연족이 되든지 아니면 죽든지. 사내가 아무리 마음에 들어 해도 여인들이 죽어 버리면 어쩔 수 없죠."

"말을 안 듣는 여자도 있을 것 아녜요?"

"그런 걱정은 할 필요 없어요. 여자들은 끌려오는 순간부터 포기하니까요. 죽으라면 죽는 시늉을 하고 옷을 벗으라면 벗고⋯ 시키는 대로 다 하게 되어 있어요. 한 여자는 그렇지 않았지만⋯⋯."

유구가 말한 한 여자가 누구인지는 벽리군도 안다.

그 여자 때문에 유구가 정원지를 얻었다. 그녀도 정원지처럼 막심한 정신적 타격을 받고 혼을 놓쳐 버렸다.

벽리군은 무릎을 꿇었다.

주책없이 눈에서 눈물이 솟구친다.

그녀는 암연족 전통에 따라 머리를 조아리고 어린의 발에 입을 맞췄다.

출도(出島) 91

"좋아, 넌 이제 우리 식구야. 오늘 밤 괜찮지? 목욕 정갈히 하고 내 초막으로 와."

벽리군은 고개를 번쩍 치켜들었다.

그녀는 질겁하고 있었다, 놀라움으로 가득 차서.

종리추는 얼굴이 발갛게 상기된 채 할 말을 잃었다.

언제나처럼 어린이 탁자에 앉아 있는 모습은 똑같았지만 침상에 알몸으로 누워 있는 여인은 전혀 생소한 풍경이었다.

종리추는 여인이 누구인지 단번에 알아냈다.

"이, 이게……."

말이 나오지 않았다.

오히려 당당한 사람은 어린이었다.

"괜찮아. 오늘 밤 같이 자. 내가 양보할게."

"뭐, 뭐를…… 이러려고 오늘 떠나지 말라고……."

"그래, 그래서 오늘 떠나지 말라고 했어. 사내가 뒷처리는 깨끗이 하고 다녀야지. 뭐야, 이게. 질질 흘리고 다니고."

"뭐, 뭐를 흘리고 다닌다고……."

"총관을 동생 삼기로 했어. 구워 먹든 삶아 먹든 마음대로 해."

어린은 의미심장한 미소를 지으며 나갔다.

해가 떨어진 지 오래건만 자지 않는 사람들이 있었다.

섬에 남아 있는 모든 사람들이 적지인살의 초막에 모여 앉아 훈훈한 불기를 쬐고 있다.

"앙앙! 아아앙……!"

모지가 앙칼지게 울어댔다.

모지는 요즘 들어 낮과 밤이 바뀌었다. 낮에는 잠만 자고 밤만 되면 안아달라 젖 달라 보챘다.

정원지가 돌아앉아 젖을 물리자 모지는 언제 울었냐는 듯 울음을 뚝 그쳤다.

그때 어린이 찬바람 나게 문을 밀치며 들어섰다.

"속상해 죽겠어."

어린의 눈가에는 물기가 어른거렸다.

구맥이 어린의 손을 잡아주었다.

구맥과도 나이 차가 십여 년밖에 나지 않아 동생뻘이 되는 벽리군이지만… 그녀의 마음을 헤아리기로 했다. 배금향에게 하오문 기녀의 삶이 어떤 것인지 말을 들은 후에는 안쓰러운 마음이 더욱 커졌다.

암연족의 풍습을 넌지시 말해 준 것은 그 때문이다.

중원 역시 암연족처럼 처첩을 많이 두고 있지 않은가. 능력만 된다면 열 여자를 거느려도 흠이 되지 않는 게 중원 풍습이다. 홍리족 입장에서는 전혀 이해할 수 없는 일이지만.

"잘했어. 잘한 거야."

구맥은 딸의 마음을 달랬지만 남 몰래 깊은 한숨이 새어 나오는 것은 어쩔 수 없었다.

종리추는 침상으로 다가가 알몸의 여인을 바라보았다.

보지는 않았지만 상황을 알 수 있을 것 같았다.

어린의 거처로 온 벽리군은 어린이 시키는 대로 옷을 벗었을 게다.

한 여인 앞에서 옷을 벗는다는 것은 여간 수치스러운 일이 아니다.

같이 목욕을 한다든가 하는 사소한 일이 아니라 한 사내와 같이 자기 위한 준비라는 데서 수치심이 온몸을 뒤덮었을 것이다.

사내 앞에서 옷을 벗는 것과 여인 앞에서 벗는 것은 큰 차이가 있다.

침상가에 앉아 벽리군의 어깨를 쓰다듬었다.

파르르 떨고 있는 전율이 느껴진다.

정말… 벽리군은 요부와 현부의 자질을 한 몸에 지니고 있는 특이한 여인이다. 지금만 하더라도 부끄러워 이불을 뒤집어쓰고 있는 모습은 측은함을 자아내고 손에 착 달라붙는 말랑말랑한 살갗의 감촉은 욕정을 자극한다.

부드럽기 이를 데 없는 백색의 감촉이 뜨거운 불을 지폈다.

종리추는 벽리군을 안아 일으켰다.

몽실몽실한 가슴의 감촉이 뭉클하니 느껴졌다.

"총관."

"군아… 군아라고 불러주세요."

"이럴 수 없어."

벽리군이 팔을 휘감았다.

농염한 여체가 풍겨내는 살 내음은 엄청난 유혹이다.

온몸을 연 여인이다. 나긋나긋하면서도 풍염한 여체다.

"난… 어린을 사랑해."

벽리군이 고개를 들어 쳐다봤다.

그녀의 얼굴은 활짝 웃고 있었다.

"알고 있어요. 당신이 고지식한 사람이란 걸."

"이해해 주니 고마워."

"하지만 나도 당신 아내예요. 오늘부터. 알았죠?"

"그건……."

"아내예요."

종리추는 고개를 끄덕였다.

"됐어요. 뒤 좀 돌아줄래요? 옷 입게."

벽리군이 볼을 붉게 물들였다.

그녀의 얼굴에는 웃음이 가득했다. 부평초처럼 떠돌던 자신의 삶이 뿌리를 내리는 기분이었다. 그리고 그런 기분은 그녀가 세상에 태어나 한 번도 느껴보지 못했던 큰 행복을 안겨주었다.

2

 종리추는 활짝 웃는 어린과 또 활짝 웃는 벽리군의 배웅을 받으며 천부를 떠났다.
 천부에 들어선 지 일 년 하고도 이 개월 만이다.
 "주공, 도대체 무슨 일인데 주공께서 직접 나서십니까?"
 배가 강심에 도착했을 무렵 모진아가 도저히 궁금증을 참지 못하겠다는 듯 물어왔다.
 모진아의 궁금증은 그만의 궁금증이 아니었다. 섬에 남아 있는 사람들, 뱃전에서 삿대를 젓고 있는 천전홍까지도 궁금증이 치미는 중대 사안이었다.
 준비가 되기 전까지는 중원무림에 들어서지 않겠다던 종리추가 낯빛을 굳히고 나서니… 유일하게 생각할 수 있는 것은 무림에 나간 수하들 중 누군가가 위태롭다는 정도인데 지금 정황으로 봐서는 아무도 위태로워 보이지 않았다.

"모진아도 알고 있었지?"

"뭘요?"

"어젯밤 일."

모진아는 피식 웃었다.

암연족 용사들은 아내가 많다. 홍리족 여인들이 많은 사내를 거느린 것처럼.

모두 생존 때문에 생겨난 관습이다.

홍리족은 사내에 비해 여인들의 수가 터무니없이 부족하니 그런 풍습이 생겨났다. 그러나 암연족은 홍리족과는 조금 다른 입장이다. 싸움을 좋아하는 부족이라도 끊임없이 싸움을 하다 보면 수가 줄어들고 당연히 부족의 세도 약해진다.

암연족은 끊임없이 부족민을 늘일 필요가 있었다.

전쟁에서 잡아온 여인들을 아무 죄책감 없이 겁탈할 수 있는 것도 그런 이유가 컸다.

암연족은 용맹한 사람일수록 많은 여자를 거느린다.

여자를 얼마나 거느렸느냐는 바로 사내가 얼마나 뛰어나느냐 하는 잣대가 된다.

모진아도 많은 여인을 거느렸다. 유구도 유회도 부족민 가운데서는 가장 많은 여인들을 거느렸다.

그들에게 나이는 상관없다. 여자의 과거 같은 것도 상관하지 않는다. 열 명의 자식을 낳아 여자로서의 매력이 사라진 몸이라도 관계치 않는다.

아내가 되느냐, 허드렛일을 하는 노예로 삼느냐 하는 판가름은 아이

출도(出島) 97

를 낳을 수 있느냐 없느냐 하는 기준으로 정해진다.

모진아나 유구, 유회에게는 벽리군 같은 여인을 진작 취하지 않은 종리추가 오히려 이상하게 보였다.

목숨을 검 한 자루에 맡겼다면서… 언제 죽을지 모른다면서…….

그렇다면 더욱 많은 여인을 취해 자식을 많이 낳아야 하지 않는가. 그래야 복수를 하더라도 할 것이고.

"전 주공을 이해할 수 없습니다."

"나도 그래. 중원에 와서 이만큼 살았으면 알 만도 할 텐데……."

"주공, 말 돌리지 마시고, 무슨 일 때문에 나가시는 겁니까?"

종리추는 대답하지 않았다.

그는 무심히 흐르는 강물만 바라보았다. 낯을 굳히고 있지만 긴장하는 것 같지는 않았다. 자신이 직접 나갈 만큼 중요한 일이 분명한데도 옆집이나 놀러 가는 것처럼 태연했다.

그는 무심히… 흘러가는 풍경들을 바라보았다.

종리추는 하루에 두 번씩 연락을 받았다.

중원에 산재한 외장 문도들이 정보를 취합하여 벽리군에게 보내면 벽리군은 그중에서 산동성에 관한 정보만 추려 종리추가 지나가는 길목에 있는 외장 문도에게 보낸다.

소식이 늦을 수밖에 없다.

종리추가 받아 보는 정보는 늘 사나흘 정도 흘러간 정보였다. 그래도 당금 중원에서 이만한 속도로 정보를 받아 보는 사람은 드물었다. 소식이 가장 빠르다는 개방조차도 이 정도로 빠르지는 않았다. 더군다나 종리추는 움직이고 있지 않은가.

벽리군의 생각대로 종리추는 산동성으로 방향을 잡았다.

"광부가 벽력사부를 얻었군, 은자 스무 냥에. 벽력사부의 진가를 알면 그 가격에 넘기지 않았을 텐데."

"그러게 보물은 임자가 따로 있다고 하지 않습니까. 중원에 무림인이 그렇게 많아도 벽력사부의 존재를 몰랐던 것도 그렇고… 광부가 임자는 임자인 모양입니다."

"……."

종리추는 모처럼 전해진 흔쾌한 소식에도 흔들림을 보이지 않았다. 그는 남의 일을 전해 들은 사람처럼 덤덤했다.

"갈길이 바쁘니 서둘러야겠어. 앞으로 십 일 안에는 산동성에 들어서야 해."

종리추의 말을 들었는지 어자석에 앉아 있던 천전홍이 채찍질을 가하기 시작했다.

두두두두……!

사두마차가 힘차게 달려나갔다.

"이, 이건! 이거였어!"

벽리군은 전서 한 장을 손에 들고 부들부들 떨었다.

"무슨 일인데 그래?"

어린이 바짝 옆으로 다가앉으며 물었다.

어린은 아직 글을 모른다. 중원 말도 간신히 배웠는데 글까지 배울 틈이 어디 있으랴. 그것도 적지인살이 다잡아 놓고 가르치지 않았으면 지금도 말을 더듬거리고 있을 게다.

"혀, 혈영신마. 혈영신마예요."

출도(出島) 99

벽리군은 얼마나 놀랐는지 말까지 더듬거렸다.
"무슨 소리야. 자세히 좀 얘기해 봐."
그날 이후 어린은 벽리군을 자신의 거처로 불러들였다.
벽리군 입장에서는 달갑지 않은 처사다. 정보를 취합하고 분류하려면 온 신경을 한 군데 쏟아 부어야 하는데 누가 옆에 있으면 신경이 분산되지 않겠는가. 그 사람이 특히 언니가 되어버린 어린이라면 더욱 그럴 테고.
하지만 벽리군은 순순히 거처를 옮겼다.
그녀는 지난 과거를 모두 잊기로 했다. 종리추와 어린을 모시고 그의 두 번째 부인으로의 삶을 살기로 작정했다.
그녀는 새로이 태어났다.
새 삶을 시작했다.
어린의 말을 좇아 거처를 옮기는 것은 당연하다. 아무리 정신을 집중해야 하는 일일지라도 어린과 함께해야 한다.
벽리군은 어린에게 자신이 알고 있는 일들을 꼼꼼히 알려주었다. 무림에서의 경험담, 사내들의 속성, 차를 끓이는 법… 모든 것을.
지금은 알려줄 시간이 없다. 어린이 알아듣도록 설명해 주는 데 일다경 정도밖에 소요되지 않지만 그 시간마저 아까웠다.
"빨리, 빨리 상공께 알려야 돼요."
벽리군은 서둘렀다.
황급히 지도를 펼치고 손가락으로 종리추가 머물렀던 하남성 신집(新集)을 짚었다.
'오늘 아침 진시(辰時)에 출발했을 거야. 지금이 미시(未時) 무렵이니 세 시진. 전서구가 날아가는 데 하루… 하루 하고 세 시진이면 산동

을 들어서고도 성무(成武)까지는 가 있을 테지.'

전서구를 날릴 곳은 성무다.

성무는 큰 도읍이고 다행히도 살문 외장 문도가 은신해 있다.

벽리군은 자신이 읽은 전서를 다시 접어 전통(傳筒)에 넣은 다음 비둘기를 힘차게 날렸다.

그것으로는 부족했다.

전서구란 놈들은 간혹 매나 독수리에게 잡혀 먹히곤 한다. 재수없으면 엽사가 날린 화살에 떨어지거나 전서구임을 알아 챈 무림인들의 손에 떨어지기도 한다.

벽리군은 전서에 적힌 내용을 부지런히 써 나갔다.

전서를 전통에 넣어 전서구를 날리고… 다시 전서를 적고…….

그렇게 다섯 마리나 연달아 띄운 후에야 손을 멈추고 한숨을 돌렸다.

'응? 나는 먹을 갈지 않았는데?'

벽리군은 그제야 정신이 돌아왔다. 자신이 먹을 갈지도 않았는데 먹물이 그득했던 것을.

그녀는 어린을 쳐다봤고, 방실 웃고 있는 어린의 모습을 보았다.

"언니, 고마워요."

자신도 모르게 나온 말이다.

"상공을 위한 일이잖아. 자, 이제 말해 봐. 무슨 일이야?"

"밖에 있는 말이 잠 선상합니다. 그런데 한 놈은 무릎이 별로 좋지 않은 것 같은데."

새우눈에 입술이 얇아 잔꾀로 똘똘 뭉친 것 같은 사내가 말을 걸어왔다.
"잘못 보셨소. 그놈은 무릎이 아픈 게 아니라 나이가 들어서 그런 거요."
"다른 놈들이 불평깨나 터뜨리겠군. 자기들은 잘 달리는데 한 놈만 빌빌거리고 있으니. 그놈 나한테 파쇼. 달리지 못하는 놈은 농사나 짓는 게 낫지. 닷 냥에 파쇼."
"여덟 냥이라면 생각해 보겠소만……."
문답이 끝났다.
서로 간의 밀마(密碼)는 벽리군이 정해준다.
벽리군은 전서를 보낼 때 내용이 기재된 전서 외에도 두 개를 더 보낸다.
하나는 외장 문도에게 보내는 전서로 거기에는 접선 시 사용해야 할 밀마가 적혀 있다. 다른 하나는 봉인된 채 전해져야 한다. 봉인된 전서는 종리추만이 열어볼 수 있으며 다음 접선에서 사용될 밀마가 적혀 있다.
밀마는 항상 변한다.
일면 번거롭게 생각되지만 안전을 위해서는 최상책이다.
말을 걸어온 사내와 천전홍은 눈짓을 주고받았다.
"쳇, 여덟 냥이면 너무 비싼데……."
"말도 안 되는 소리. 남의 말을 후려치려거든 썩 물러나쇼."
"그렇다고 말을 그렇게 할 건 또 뭐유. 됐소, 안 사면 그만이지."
새우눈 사내는 뒤도 안 보고 주루를 빠져나갔다.
사내는 말이 탐나는지 이곳저곳을 만져 보더니 입맛을 다시며 대로를 걸어갔다.

잠시 후 사내의 모습은 어디에서도 찾을 수 없었다.

외장 문도가 어자석 밑에 숨겨놓은 전서는 곧바로 종리추에게 전해졌다.
종리추는 마차 안에서 전서를 펼쳤다.
벽리군도 그렇지만 그 역시 조심에 조심을 거듭했다. 특히 지금은 아무리 조심을 해도 부족할 판이었다.

혈영신마, 십망.
현 소재지 동창부(東昌府) 동하(東河).
무당파 현학(玄鶴) 도인(道人) 지휘 하에 천여 명에 이르는 무인들이 추적 중.
혈영신마의 행적으로 보아 피하지 않을 것으로 사료. 혈겁(血劫)이 예상됨.

전서는 짤막했지만 내용은 컸다.
중원 곳곳의 정보를 빠짐없이 입수한다고 자부했던 벽리군의 정보망이 이제야 혈영신마의 십망을 알아냈다.
벽리군의 정보망이 느슨해서가 아니라 구파일방의 움직임이 그만큼 은밀했던 까닭이다.
그들은 혈영신마의 종적을 완전히 잡아내고 포위망 또한 완벽하게 구축한 다음에야 십망을 선포했다.
십망을 선포한 다음 추적하던 지난날과는 사뭇 다른 태도다.
혈영신마는 빠져나갈 구멍이 없다.
보나마나 혈영신마가 도주할 만한 곳에는 빠짐없이 개방 문도가 길목을 막고 있을 게다. 무공이 무척 높다는 점을 감안하여 장로급에 이르는 무인들도 상당수 포함되어 있을 게고.

구파일방, 그리고 산동 무림인들이 연수하여 추적을 하고 있다는 점도 전과 다르다.

적지인살은 개방 문도에게 쫓겼다.

만약 소림이나 공동, 무당 같은 문파들이 가세했다면 그처럼 수월하게 빠져나가지는 못했을 게다.

어디 있는지 알고 포위망을 구축한 다음 거리를 좁혀 나간다면… 혈영신마에게 하늘을 나는 재주가 있다 해도 몸 성히 벗어나지는 못한다.

'현학 도인… 현학 도인이라면 현단궁(玄丹宮)을 책임지고 있는 도인……. 쉽지 않겠군.'

종리추는 미간을 좁혔다.

무당파에서 현(玄) 자(字) 돌림을 가졌다면 그 자체만으로도 고수라고 봐야 한다.

현 무당파의 장문인이 현 자 돌림이고 팔궁(八宮), 육원(六院), 일전(一殿)을 맡고 있는 도인들이 현 자 돌림이다.

소림사와 더불어 양대산맥을 이루는 무당파.

현 자 돌림 도인들은 무당파에서 제일 강한 도인들이며 중원무림에서도 알아주는 거목들이다.

그들보다 배분이 높은 사람은 무(無) 자(字) 돌림을 쓴다.

중원무림에는 무 자 돌림 노도사(老道士)는 단 세 명 생존해 있는 것으로 알려져 있는데 진위 여부는 파악하기 어렵다. 그들은 무림에 모습을 비추지 않기에.

"천전홍, 등천조에게 연락해. 혈영신마의 종적을 파악하는 즉시 내게 보고하라고. 천부를 거칠 여유가 없어. 지금부터는 촌각을 다퉈야 돼."

"알겠습니다."

어자석에 앉아 있던 천전홍이 작은 목소리로 대답했다.

　　　　　　　＊　　　　＊　　　　＊

"종리추가 중원에 나왔단 말인가?"

"그렇습니다. 목적이 혈영신마에게 있는 것 같습니다."

"나오지 않기를 바랬건만… 거기에 혈영신마라……. 아미타불!"

낮은 불호가 죽림(竹林)을 울렸다.

뽀드득! 뽀드득……!

노승의 발밑에서 눈송이가 부서지며 작은 울음을 토해냈다.

소림사는 노승에게 혜공이란 불명을 지어주었고, 장문인이라는 직책을 떠맡겼다.

"어떻게 할까요?"

"……."

노승은 말없이 죽림을 걸었다.

눈처럼 흰 백의 장삼을 걸친 청년이 조용히 뒤를 따랐다.

"아미타불! 아미타불!"

노승은 고뇌에 깃든 얼굴로 깊은 상념에 젖어들었다.

일 다섯가량 걷자 죽림의 끝이 보였다. 그 너머에는 우람하다고 해야 할지 위용스럽다고 해야 할지… 하나의 왕국이라 할 수 있는 대사찰이 모습을 드러냈다.

"아미타불! 할 수 없지. 현 무림은 조용하다네. 십망도 제대로 돌아가고… 소고라는 여인도… 잘만 쓰면 살천문보다 낫겠어. 인심유변(人心有變)이나 불심무변(佛心無變)이라. 아미타불! 자네는 그만 내려가게."

노승은 백의청년을 남겨두고 대사찰 속으로 모습을 감췄다.

"인심유변이나 불심유변이라……."

혼자 남은 백의청년은 혜공 선사가 남기고 간 말의 의미를 되새겼다. 그런 그의 얼굴에 고통의 그림자가 얹혔다.

◆第五十九章◆
신마(神魔)

"천전홍, 배를 준비해."

"알겠습니다."

"안산(安山)에다 준비시켜 놔. 마차는 소양호(昭陽湖) 어태(魚台)에 준비시켜 놓고. 안산에서 배를 타고 독산호(獨山湖)를 거쳐 소양호까지 내처 가야 하니까 나룻배 같은 것보다는 유람선 쪽이 좋겠지. 돈을 아끼지 말고 큰 배를 빌려놔."

"걱정하지 마십시오."

천전홍은 일개 외장 문도였으나 성격이 꼼꼼했다. 거기에 배포까지 있어서 웬만한 위험쯤에는 눈 하나 까딱하지 않는 사내다. 죽은 진무동이 가장 아끼던 수하로 무림인들에게는 생소한 인물이지만 소투(小偸)들 세계에서는 제법 이름이 알려진 사내이기도 했다.

종리추는 천전홍이 사라지기 무섭게 모진아를 변장시켰다.

"갑갑하군요. 꼭 이럴 필요가 있습니까?"

모진아는 자부심이 상당히 강해졌다.

중원에 들어올 때만 해도 무공에 확신을 갖지 못했는데 지난 세월 동안 무림인들을 지켜본 결과 자신의 무공이 상당히 높은 경지라는 것을 깨달은 것 같다.

종리추에게 완벽히 지기는 했지만…….

그는 종리추에게 진 것은 신경도 쓰지 않았다. 이기고 지는 것에 별다른 의미를 두지 않는 까닭이다.

그에게 무공이란 자신이 해야 할 일을 할 수 있는 정도면 족했다. 천하제일인이 되려는 욕심도 없고 무공으로 명예를 얻으려는 생각도 없다.

그는 종리추의 노예로 만족했다.

천부에는 두 종류의 사람들이 있다.

한 종류는 천부에 머물러 평온하게 지내기를 바라는 사람들이고 다른 한 종류는 무림에 나와 죽든 살든 뜻을 이루고자 하는 사람들이다.

모진아는 후자였다.

암연족을 강성하게 키워 남만을 평정하겠다던 야심은 십여 년 전에 버렸지만 어느 한 세계를 정복하겠다는 뜻은 버리지 않았다.

그는 남만 대신 무림을 택했다.

그렇다고 오독마군처럼 중원 제일인자가 되고픈 욕심은 없었다. 그는 자신이 그럴 만한 그릇이 되지 못한다는 사실을 일찍 깨달았다. 중원무림인들이 겉보기에는 허술하고 무능력해 보여도 속으로 파고들면 자신과 맞상대할 고수가 부지기수로 많다는 사실을 절감했다.

그는 무림을 겉만 본 것이 아니라 속까지 샅샅이 훑어냈다.

결과로, 그는 종리추가 사무령이 되기를 원했다. 종리추가 사무령이 되는 데 일조를 할 수 있다면 자신의 역할은 다한 셈이고 웃으며 죽을 수 있다고 생각했다.

인간에게는 그릇이 있다.

모진아는 자기 자신을 비하시키지도 않았지만 부풀리지도 않았다.

있는 그대로 본 결단이다.

어쩌면 '노예'라는 말을 꺼냈던 순간부터 오늘 같은 날을 예감했는지도 모른다.

"앞으로는 벙어리가 되어야 해."

"벙어리까지요?"

"피부나 얼굴 모습은 고칠 수 있지만 말투는 고치지 못해. 입을 여는 순간 중원인이 아니란 걸 알게 될 거야. 조금이라도 의심을 하게 만들면 안 되지. 귀를 막도록 해."

"조금 어렵겠군요."

"모진아."

"네?"

"돌아가고 싶어?"

"또 왜 그러십니까. 전 말도 못합니까? 조금 있으면 벙어리가 될 몸인데 좀 봐주십쇼."

"너무 해이해진 것 같은데… 비무 한번 할까?"

"아이고! 봐주십쇼. 입 뚝 다물겠습니다."

모진아는 정말 입술을 꽉 다물었다.

그런 모진아를 보며 종리추는 싱긋 웃었다.

모진아는 종리추에게서 부정(父情)을 느끼고 있었다. 오래전부터 알왔다. 그는 종리추처럼 강한 자식을 낳는 게 소원이었고, 하늘이 내려 주지 않는 자식을 인위적으로 찾았다. 노예가 되어서.

모진아가 말이 많아질 때는 종리추와 단둘이 있을 때뿐이다.

곁에 한 사람이라도 더 있으면 시키지 않아도 벙어리가 되었다. 아무리 마음에 들지 않는 말이 오가도 중간에 끼어드는 법은 절대 없다. 철저하게 노예로 돌아간 것이다.

종리추도 모진아를 노예가 아닌 일가족으로 대했다. 그런 점은 유구나 유회에게도 마찬가지다.

모두 같은 마음이다.

그들은 같은 피를 지니지 않았지만 친혈육보다도 끈끈한 사이다.

종리추는 자신의 분장을 하기 시작했다.

꼼꼼한 손놀림이 필요한 작업이다.

종리추가 인피면구를 뒤집어쓰고 잔손질까지 마무리했을 때 그는 영락없이 사십 대의 중후한 중년인으로 변해 있었다.

"중원무림은 남쪽은 권(拳)을, 북쪽은 각(脚)을 주로 수련하지. 같은 권법이라도 남쪽으로 가면 권이 위주가 되고 북쪽으로 가면 각법 위주가 돼."

"남권북퇴(南拳北腿), 그 정도는 압니다."

모진아가 입을 열었다.

그의 침묵은 오래 가지 못했다. 그럴 줄 알았지만.

"우리가 남권북퇴가 되는 거야. 모진아는 북퇴가 돼. 나는 남권이 되지."

"저야 구연진해가 있으니 북퇴가 돼도 상관없지만 주공께서는… 남권이라 불릴 만한 무공이 없잖습니까?"

"금종수가 있다는 걸 잊었나?"

"금종수는……."

'초식이 없다'는 말을 하고 싶었지만 하지 않았다. 순간적으로 비무했을 때의 광경이 생생하게 떠올랐다. 종리추는 구연진해를 펼치면서도 권법을 사용했다. 종류를 알 수 없는 전혀 낯선.

'주공이라면… 쯧! 물은 내가 바보지.'

모진아의 생각을 알고 있다는 듯 종리추가 말했다.

"모진아, 바보지?"

동창부에 접어들자 병장기를 지닌 무림인들의 숫자가 급격하게 불어났다.

산동 무림인인들은 모두 모인 것 같았다.

무림인들은 비무 대회라도 열린 것처럼 눈에 살기를 띠고 거리를 휩쓸며 다녔다.

"대단하군요."

벙어리가 되라고 그렇게 당부했는데도 모진아는 입을 열고 말았다. 많은 무림인들이 모였을 거라는 생각을 했으면서도 막상 눈으로 수많은 무림인들을 보게 되자 자신도 모르게 터져 나온 말이다.

"휴우! 안 되겠군. 아무래도 벙어리가 되라는 건 무리일 것 같아."

"잘 생각하셨습니다. 멀쩡한 입을 놔두고 왜 말을 안 합니까?"

"으이구!"

"이렇게 하죠. 중원인이지만 천축(天竺)에서 자랐다… 어떻습니까? 괜찮지 않습니까? 어차피 제 무공도 중원에서는 낯선 무공일 테니 어디서 자랐든 무슨 상관 있습니까? 천축의 고수가 강호에 초행(初行)을 했다. 괜찮죠?"

모진아는 벙어리가 되라는 말을 들은 다음부터 말을 할 수 있는 동기만 찾은 사람처럼 술술 말했다.

"……"

종리추는 대답하지 않았다.

그는 예전 살문 문주로 돌아갔다. 전처럼 무심한 표정이 아니라 훈훈한 미소를 입가에 매달고 있지만 숨을 쉬면서도 경계를 하는 예전의 모습이다.

'가급적이면 무림인들과 부딪치지 말아야 해. 그들과 말을 나눌 이유도 없고 시비가 붙어도 피해야 한다. 가급적이면.'

그러나… 세상 일이 생각대로 돌아가던가.

"무인 같은데 어디 사는 뉘쇼?"

말을 걸어온 걸개의 몸에서는 쉰냄새가 풀풀 풍겼다.

쇠똥 밭에서 뒹굴다 온 것 같기도 하고 술 취한 사람의 토악질을 온몸으로 받아낸 사람 같기도 했다.

"삼결…… 개방의 거야 분타주 되시는군요. 이렇게 만나뵙게 되어 영광입니다. 듣자 하니 혈영신마라는 자에게 십망을 선포하셨다는데 무림 동도의 한 사람으로 간과할 수 없어 이렇게 달려왔습니다."

종리추는 정중히 포권지례를 취하며 말했다.

그의 태도에서는 개방을 존경하는 모습이, 거야 분타주를 존중하는 모습이 역력히 보였다.

걸개의 눈빛이 반짝 빛났다. 너무 빠른 순간에 떠올랐다 사라진 눈빛이라 포착하기가 힘들었지만 종리추의 눈썰미를 피해가지는 못했다.

"어디 사는 뉘쇼?"

개방 삼결제자는 아까의 질문을 되풀이했다. 그의 가늘게 뜬 눈은 모진아를 샅샅이 훑어내리고 있었다.

무림인들의 신경은 날카롭게 곤두섰다.

혈영신마로 말하자면 십망을 선포하여 공동으로 협격(挾擊)할 만큼 무공이 뛰어난 자다. 그런 자는 약간의 틈만 보여도 도주할 우려가 높다.

무인들이 신경을 곤두세우는 부분은 방조자(傍助者)다.

현재까지는 독 안에 갇힌 쥐와 마찬가지인 신세지만 방조자가 나타나면 어느 구석이 뚫릴지 모른다.

혈영신마 십망을 주도하고 있는 무당파의 현학 도인이나 이번 십망에 주도적으로 참여하고 있는 구파일방의 무인들로서는 낯선 무인의 등장이 달가울 리 없다.

종리추와 모진아는 완전히 생소한 자들이었다.

종리추는 모진아를 힐끔 쳐다보았지만 그는 벙어리인 양 입을 다물고 있다. 걸개의 몸에서 풍기는 쉰냄새에 연신 코만 실룩이면서. 종리추에게는 천축이니 어쩌니 하며 너스레를 떨었지만 종리추가 시킨 일을 항명할 모진아는 아니었다.

'정말 못 말릴 사람이군.'

"과산(瓜山)에서 온 이용헌(李湧仚)이라고 하오. 이분은 사형 되시는데 장무(張茂)라고 합니다. 벙어리라 말을 할 수 없습니다."

걸개의 눈이 다시 반짝 빛났다.

"과산이라면 거야에서 이백여 리밖에 떨어지지 않은 곳인데 댁들 같은 사람이 있다는 말은……."

"무공에 자신이 없어 무림에 나온 적이 없으니 모르실 겁니다. 무공이래야 겨우 호신지공(護身之功)에 불과해서……."

"도움이 되지 않을 것 같으니……."

"도움이 되지 않을 줄은 알지만 구경이라도 하고 싶어서 들렀습니다. 안목도 넓힐 겸."

종리추와 모진아는 중후한 중년인이었으나 세상 물정 모르고 촌에 묻혀 사는 촌사람 냄새가 진하게 풍겼다.

"안목을 넓히겠다면 말리지는 않겠지만 괜한 일에 끼어들지 마쇼. 그리고 일금(一禁) 지역에는 절대 들어가지 말고."

"일금이라뇨?"

"그런 게 있소. 무조건 일금이라는 소리만 들으면 발길을 돌리쇼. 불상사당하고 싶지 않으면."

종리추와 모진아는 거야 분타주의 심문을 쉽게 벗어났다.

종리추나 모진아의 모습을 본 사람이면 혈영신마의 방조자라고 의심할 사람은 아무도 없었다. 그들은 워낙 투박하고 순진해 보였다.

거야 분타주는 종리추와 모진아의 모습이 멀어지자 명을 내렸다.

"지금 바로 전서를 보내. 과산에 이용헌과 장무라는 자가 있는지 알아봐. 보고는 내게 직접해."

거야 분타주를 따르던 이결제자가 황급히 신형을 날려 사라졌다.

"너희 넷은 저 두 사람을 뒤쫓아. 조금이라도 수상한 기미가 보이면 달려들 생각 말고 연락을 해. 절대 달려들지 마. 혈영신마를 도우러 온 놈들이라면 보통내기가 아닐 테니까."

'달려들어도 상관없겠지만.'

거야 분타주는 두 사람을 경시했다.

두 사람에게서는 절대 강자가 내뿜는 강인한 기도 같은 것은 솜털까지 곤두세워도 느껴지지 않았다.

무공이 어느 정도 틀에 올라와 있는 것만은 분명하다.

태양혈(太陽穴)이 불쑥 솟아 있어 의심할 여지가 없었다.

무공을 익힌 무인인 것만은 틀림없는데… 강한 자들은 아니다.

그날 저녁 거야 분타주는 개방 문도가 보내온 전서구를 받았다.

이결제자는 그의 특명대로 전통을 열어볼 생각도 하지 않고 전서구째 가져왔다.

분타주 전(前).

장무, 이용헌 실존. 무명(武名)은 **북퇴, 남권, 천수독각**(千手毒脚) **구정광**(丘正洸)의 **전인**(傳人). **천수독각은 이 년 전 살문 살수에게 피살당함. 장무는 벙어리임.**

"음… 돌아오라고 해. 미행할 필요 없어."

거야 분타주는 자신이 너무 예민해졌다고 생각했다. 다른 때 같았으면 알아보지도 않았을 텐데. 무공이 그렇게 뛰어나 보이지도 않은 자들을.

'북퇴, 남권? 남권북퇴? 흐흐! 겨우 천수독각의 무공 정도로 남권북퇴를 칭하다니. 이번 혈전을 보면 완전히 쥐구멍 속으로 숨어들 자들이군. 아쉽게 됐어. 무림에서 남권북퇴가 사라지다니.'

거야 분타주는 웃음이 실실 새어 나왔다.

그도, 과산에서 두 사람을 탐문한 걸개도 장무와 이용헌이 천수독각의 죽음과 함께 세상에서 사라졌다는 것을 알지 못했다.
 종리추의 면구술은 날로 발전해서 지금은 적지인살도 따르지 못할 정도였다. 적지인살은 인피를 벗기더라도 원형 그대로 복원시킬 수 없지만 종리추는 인피 소유자의 얼굴을 그대로 복원해 냈다. 얼굴이 너무 작거나 너무 큰 특이한 얼굴형만 아니라면.

거야 분타주가 말한 일금(一禁)은 쉽게 찾았다.

동하를 벗어나 하진(河津)으로 방향을 잡고 걷다 보면 높이 이백여 장쯤 되는 산이 나타난다.

물이 없고 척박하여 이름도 붙어 있지 않은 야산이다.

촌로(村老)가 땔감이나 벨 목적으로 찾는 게 아니라면 사람 발길이 끊어졌을 야산이 많은 사람들의 이목을 잡아당겼다.

무인들이 이름없는 야산을 겹겹이 에워쌌다.

야산 주변은 무인들로 발 디딜 틈도 없이 인산인해(人山人海)를 이뤘다.

구경 삼아 찾은 무인들은 야산 주변에 다가서지도 못했다.

야산에 다가갈 수 있는 무인들은 산동 무림에서도 무공이 높기로 정평이 난 사람들이었다. 일문의 문주, 혹은 일문의 절기를 십성 깨우쳤다는 고수들… 그들이 야산을 포위했다.
그러나 그들도 야산에 발을 들여놓지는 못했다.
"개죽음당할 필요 없으니 여기 지켜 서 있다가 놈이 뛰쳐나오면 잠시 시간이나 벌어줘."
어찌 들으면 모욕이 될 수도 있는 말이지만 감수해야 했다.
야산에 들어선 무인들은 그들도 인정하는 진정한 고수들이다. 소위 길고 짧은 것은 대봐야 안다는, 자신의 무공에 각별한 자신을 갖고 있는 고수들이다.
'어렵겠군.'
종리추는 이 정도로 포위망이 좁혀졌을 줄은 생각도 못했다.
그는 자신이 십망에 쫓길 것을 생각했고, 어느 정도 융통성이 있을 줄 알았지 이처럼 막다른 궁지에 몰려 있을 줄은 정말 몰랐다.
'혈영신마는 십망이 선포되는 것을 알았으면서도 피하지 않았어. 피하고자 했으면 피했을 수도 있었을 텐데. 그는 도주하는 대신 천하무림인을 상대로 싸움을 시작했어.'
종리추가 여기까지 온 이유였다.
십망을 선포받고 쫓긴 사람은 많지만 천하 무림인과 정면으로 부딪친 사람은 혈영신마가 최초였다. 그는 도망다니다 어쩔 수 없이 부딪친 것이 아니라 도전해 오는 자는 얼마든지 받아주겠다는 배포였다.
그런 행동을 내리게 된 데는 누구와 싸워도 이길 수 있다는 확고한 자신감이 밑바탕에 깔려 있으리라.
그는 도주할 생각이 없다. 여기서 싸울 만큼 싸우다가 죽을 생각이다. 아마도 이 장소 역시 그가 선택한 장소가 아닐까?
동하에 있다는 보고를 받은 지 며칠이 지났건만 아직까지 여기를 벗어나지 못하고 있다는 것은 말이 안 된다.
도주할 생각이었다면 싸움이라도 있어야 했다.
그런데 싸움도 없다.
무림인들 역시 포위만 하고 있을 뿐 달려들 생각을 하지 않고 있다. 고양이가 쥐를 쫓을 적에도 도망갈 길을 열어놓고 쫓는 법이다. 막다른 궁지에 몰리면 이판사판으로 달려들 것이 뻔하기에.
혈영신마는 달려드는 자는 누구든 할퀼 기세다. 그리고 그것은 그가 자초했다.
'혈영신마… 도대체 어떤 자인가.'
종리추는 천부에 있을 때부터 이런 상황을 직감했다.
거야 분타 무인들이 남왕호로 집결하고 있다는 전서를 읽었을 때는 죽음의 냄새를 확실히 맡았다.
그의 기억에 의하면 십망을 펼친 무인들은 움직임이 전광석화 같다. 쉴 새 없이 전서가 오고가고 마두를 사지로 몰아넣기 위해 분주히 움직인다.
개방 거야 분타 무인들은 남왕호로 집결했다.
벽리군은 흘려 버렸지만 그전에도 이런 징조가 있었다.
산동 무림인들의 은밀한 움직임이 그것이다.
학문권(鶴雯拳)의 창시자인 운학권왕(雲鶴拳王)이 평양(平陽)으로 출타했다. 싸워서 한 번도 패한 적이 없다는 탈명신도(奪命神刀)가 양곡(陽谷) 객잔(客殘)에 모습을 드러냈다.
거야 분타 무인들의 움직임이 있기 이전에 많은 무인들이 움직였다. 그리고 그들은 한 점 동하를 중심으로 모여들었다.
평양은 동하에서 동남쪽으로 이백여 리 떨어진 도읍이며 양곡은 서

남으로 백오십 리 밖이다.

혈영신마는 움직이지 않고 있다.

그는 기다리고 있다. 자신이 죽을 날과 시간을.

종리추가 달려온 것은 그것 때문이다.

그런 자라면 한번쯤 만나볼 가치가 있기 때문에.

'이 사람들은 기다리고 있어. 급히 싸울 필요가 없는 거지. 갈기가 곤두선 늑대를 몰아붙이는 것보다 투지가 꺾여 손쉽게 제압할 수 있을 때를 기다리는 거야. 혈영신마의 무공을 연구하고 있을지도 모르고……. 혈영신마는 오래 버티지 못해. 이렇게 척박한 야산이라면 그가 아무리 준비를 많이 했어도…….'

그동안만 해도 많은 시간이 흘렀다.

종리추는 옷깃을 잡아당기는 모진아에게 고개를 돌렸다.

모진아가 고갯짓을 했다.

그가 고갯짓하는 곳으로 고개를 돌리자 야산 정상에서 십여 장 밑으로 붉은 홍기(紅旗)가 보였다.

홍기는 색깔이 무척 진하다.

밝은 홍색이 아니라 칙칙한 갈색에 가까운 홍기다.

불안한 기운이 엄습했다.

혈영신마는 사람 피로 혈기를 만들었다. 혈기 끝에 걸린 둥그스름하고 뭉툭한 것은 사람 머리가 틀림없다.

그는 정말 피를 그리워하는 마인(魔人)인가.

혈기를 본 무인들은 광분했다.

"저건 인간이 아냐. 저런 놈은 반드시 죽여야 돼."

"사람이 아냐. 혈귀(血鬼)야. 저런 인간을 낳고도 미역국을 처먹었겠지?"

"죽일 놈! 저놈 목은 내가 벤다."

분노한 군웅(群雄)들.

혈영신마는 일부러 군웅들을 자극하고 있다. 마치 죽이고 싶으면 얼마든지 죽여봐라 하고 약 올리는 듯하다.

'살기는 틀렸어.'

종리추는 야산을 떠났다.

종리추는 농가의 허름한 방 하나를 빌려 투숙했다.

객잔에 머물면 잠자리도 편하고 음식도 좋고 모든 면에서 한결 나았지만 종리추는 늘 농가를 이용하곤 했다.

겨울 내내 불기를 들여놓지 않은 방은 눅눅한 습기로 가득했다.

모진아도 불평 한마디 늘어놓지 않았다.

그나마 중원에 와서야 푹신한 침상을 사용했지 남만에서는 땅바닥에 엎드려 자는 날이 다반사였다. 풀잎이라도 깔고 누우면 신간이 편한 날이었고.

그것보다는 야산에서 보았던 일이 모진아를 우울하게 만들었다.

그가 보기에도 혈영신마를 어찌해 볼 방도는 전혀 없었다. 어찌하기는커녕 만나는 일조차 용이치 않았다.

종리추의 뜻이 혈영신마에게 있다는 것을 알고 있기에 우울함은 더욱 깊어졌다.

모진아는 솔직히 자신없었다. 한결같이 강해 보이는 무인들의 도산검림(刀山劍林)을 뚫고 들어갈 자신이.

'미친놈! 어쩌자고 사람 목을 매달아서 혈기를 내걸어. 죽으려고 환

장했지. 그렇잖아도 눈이 시뻘게져 달려드는 작자들에게 나 죽여라 하고 선전포고하고 있으니.'

종리추를 힐끔 쳐다보았지만 종리추는 침상에 누워 움직일 줄 몰랐다.

천정만 바라보고 있다.

검게 퇴색한 나무 기둥이 을씨년스럽게 뼈대를 드러내고 있고 색 바랜 거미줄이 너덜거렸다.

갑자기 종리추가 입을 열어 말했다.

"모진아, 족장 입장으로 말해 봐. 낯선 자가 있어. 누군지는 몰라. 어떤 능력을 지녔는지, 심성은 어떤지, 어떤 삶을 살아왔는지······."

'혈영신마.'

"그자가 위험에 빠져 있는데 도와줄 길이 있기는 해."

'주공은··· 활로를 찾았단 말인가!'

모진아의 두 눈이 부릅떠졌다.

"하지만 부족 전부를 죽음으로 몰아넣을지도 몰라. 상당히 위험하거든. 십중팔구는 그럴 거야. 천운을 기대해야 하지."

'······.'

"그런 대가를 치러도 얻는 건 없어. 아니, 오히려 화근이 될지도 몰라. 전혀 낯 모르는 타인이기 때문이지. 모진아, 모진아 같으면 구하겠나?"

"아뇨."

모진아의 대답은 간단했다. 그는 더 생각할 필요도 없다는 듯 묻는 즉시 고개를 내둘렀다.

"주공, 손 떼는 게 어떻습니까?"

그는 한숨 더 떴다.

"전 주공께서 혈영신마에게 집착하는 이유를 모르겠습니다. 주공 말씀대로 혈영신마는 십망을 선포받은 중원무림의 공적, 그런 자를 구하다가 잘못되는 날에는 살문 전체가 초토화됩니다. 주공께서도 보았듯이 놈은 피에 굶주린 혈귀입니다. 무공은 있을지 몰라도 머리가 없어요. 혈기를 내걸다니. 미친놈."

"그렇지. 미친놈이지……."

"……?"

모진아는 종리추가 너무 순순히 동조해 오히려 의아했다.

"사람이 마인이 되는 데는 세 가지 원인이 있어. 하나는 정신 이상이야. 말 그대로 미친 거지. 사람을 죽여도 아무런 죄의식을 느끼지 못하는 자……. 두 번째는 한(恨)이야. 한이 하늘에 닿으면 자기 목숨쯤은 가볍게 내버릴 수 있어. 반대로 말하면 세상에 두려운 게 없어지고 자기 하고 싶은 일을 할 수 있다는 거지. 사람을 죽이든 사람 뼈로 목걸이를 만들든 이후의 결과가 두렵지 않게 돼. 나머지 하나는 우리야. 돈을 받고 청부 살인을 하는… 따지고 보면 우리도 미친놈들에 속하지."

'……'

모진아는 대답하지 않았다.

그도 종리추의 생각에 동의한다.

그는 중원에 나오기 전까지만 해도 아무런 원한 없이 사람을 죽인다는 것은 생각하지 못했다. 사람을 죽일 때는 이유가 있어야 한다. 영토를 확장한다든가 구원(仇怨)이 있다든가 하는…….

적어도 돈을 벌 목적으로 사람을 죽이는 일은 납득할 수 없었다.

그런 사람이 있다면 그 사람이야말로 죽일 놈이다.

종리추가 죽일 놈이다.

만인으로부터 죽일 놈이라고 지탄받는 사람이다. 방심한 상태로 잠을 청하면 누가 와서 목을 베어갈지 모를 처지다.

그는 왜 자신을 그렇게 몰아갔는지… 사정을 모르는 바는 아니지만 안타깝기만 했다. 하지만 어쩌랴. 엎질러진 물은 주워 담을 수 없는 노릇이니… 살수들이 살아서 태산준령에 오를 수 있다면 이룩한다는 사무령을 향해 치달릴 수밖에.

"나는 혈영신마가 첫 번째는 아닐 거라는 생각이 들어."

"온전히 미친놈은 아니라는 말씀이신데 그런 놈이 사람을 죽여서 혈기에……?"

말을 잇던 모진아는 피식 웃고 말았다.

"드르릉……!"

코고는 소리가 들렸다.

세상에 종리추처럼 잠이 빨리 드는 사람도 없을 게다. 잠자려고 마음만 먹으면 곧바로 잠이 드니…….

'귀여운 주공, 구하고 싶으시면 구하십시오. 앞을 막는 놈은 이놈이 처리하겠소.'

장성한 청년이지만 모진아는 종리추가 귀엽기만 했다.

언제 잠이 들었을까?

모진아는 화들짝 놀라 잠에서 깨어나자마자 종리추부터 찾았다.

다행히 종리추는 탁자에 앉아 있었다.

"주, 주공!"

모진아는 깜짝 놀라 외쳤다.

종리추는 아직도 핏물이 떨어지는 인피를 다듬고 있었다.

"조금 더 자. 날이 밝으려면 아직 멀었어."

종리추는 태연하게 인피를 다듬었다.

모진아는 장무의 인피를 버리고 새로운 인피를 뒤집어썼다.

종리추는 눈썹 한 올 깜빡이지 않고 정신을 집중하여 분장에 몰두했다.

인피와 살갗이 맞닿는 부분, 그리고 살색……

모진아와 종리추는 삼십 대의 건장한 장한으로 변했다.

"제 이름이 뭡니까?"

"하후민(夏候珉)."

"하, 하후… 민! 벽혈도(碧血刀) 하후민 말입니까?"

종리추는 대답 대신 새파란 도광이 번뜩이는 대도를 내밀었다.

"으음……!"

모진아는 신음을 터뜨리며 대도를 받았다.

모진아는 세 명의 인피 주인을 알아냈다.

벽도삼걸(碧刀三傑).

도문(刀門) 제일가(第一家)라는 하후가(夏候家)의 세 아들이다.

그들은 이미 하후가의 정통 도법을 십성 연마하여 후기지수(後起之秀)로 부각되었다.

사람들은 말한다. 하후 가수가 용이라면 벽도삼걸은 호랑이 세 마리라고. 하후 가주가 하후가를 도문 제일가로 만들었다면 벽도삼걸은 중원 제일가로 부흥시킬 것이라고.

신마(神魔)

그런데 그런 호랑이들이 죽었다. 간밤에 감쪽같이. 그것도 인피가 벗겨진 채.

종리추는 자광이 번뜩이는 적룡검을 천으로 둘둘 감아 등 뒤로 비껴 메고 허리에는 번개 문양이 새겨진 대도를 찼다.

번개는 하후가의 독문 표식이다.

도법이 섬전처럼 빨라 '섬전(閃電)'이라는 말을 많이 들었고, 자연스럽게 가문의 문양으로 굳어져 버린 표식이다.

"주공의 이름은 뭡니까?"

"하후량(夏候亮)."

"첫째군요. 그런데 저는 왜 둘째도 아니고 셋째입니까?"

"벽도삼걸 중 하후민이 가장 난폭하거든. 모진아 성격과 맞을 것 같은데, 싫은가?"

"흐흐흐……!"

모진아는 음흉스럽게 웃었다.

종리추의 말속에서 진한 피비린내를 맡은 까닭이다.

종리추와 모진아는 아무런 제재도 받지 않고 야산에 이르렀다.

많은 사람들이 포권지례를 하며 인사를 건네왔다. 그중에는 특히 젊은 사람들이 많았다. 총명이 번뜩이는 청년 협사, 재색이 뛰어난 미녀들…….

벽도삼걸의 교분은 무척 넓고 깊어 각계각층에 골고루 퍼져 있는 듯했다.

'이거 사람을 잘못 고른 것 아냐? 식은땀 나서 죽겠네.'

모진아는 낯선 사람이 인사를 건네올 때마다 식은땀이 흘러내렸지만 종리추는 태연하게 맞이했다.

"저번에는 정말 너무하셨어요. 어쩜 그렇게 가실 수 있어요?"

"하하! 난화(蘭花) 소저, 미안하오. 약속이 있어서……."

'나, 난화 소저? 미치겠네.'

"들었어요. 청도삼패(靑島三覇)가 비무를 청해왔다면서요? 흥! 감히 누구한테 도전을 하는 거야. 주제를 모르니까 목숨을 잃지."

"아직 무공이 미숙한 탓이오. 진기를 주체하지 못해 살도(殺刀)를 뻗어내고 말았소."

"자책하지 마세요. 청도삼패를 죽인 게 괴로워서 백일 불공을 드린 일까지 알고 있어요. 뭐 하러 그래요? 그런 사람들한테……."

종리추는 처음 보는 여인과 한참 동안이나 수다를 떨었다.

그는 막힘이 없었다. 하후양의 일거수일투족을 세세하게 지켜본 사람처럼 호탕하게 웃기도 하고 신광(神光)을 쏘아내기도 했다. 무엇보다 놀라운 점은 종리추가 무림 고수들뿐 아니라 젊은 무인들까지 세세하게 파악하고 있다는 점이었다. 단지 누구라는 것을 넘어 그들의 성격, 인간 관계까지 아주 깊이.

종리추는 '난화'라는 여인과 저녁 식사를 같이 하기로 약속한 후에야 한숨 돌렸다.

종리추와 모진아는 점점 더 파고들어 일금 지역을 넘어섰다.

일금을 지키는 무인은 없었다. 무인들은 자발적으로 자신의 역량을 심산(心算)하여 혈영신마와 싸울 사람은 일금 안으로 들어섰고, 단지 포위만 할 사람들은 일금 밖으로 물러섰다.

일금 안쪽은 한산했다.

그곳도 많은 무인들이 북적거렸지만 일금 밖이 워낙 무인이 많아서 상대적으로 한산해 보였다.

밖과 안이 구별되는 점은 또 있다.

밖은 문파의 구분 없이 마구 뒤섞여 있지만 안은 문파 별로 질서정연하게 정돈되어 있다.

종리추는 미리 사전 답사라도 해놓은 듯 서슴없이 속인(俗人)들이 모여 있는 곳으로 향했다.

"교대할 시간이야. 서두르게."

군웅(群雄)이 대표로 내세운 사람은 종리추와도 인연이 있는 사람이다.

중원삼정 중 한 명인 삼절기인.

그는 소문대로 오른쪽 허리에는 검을, 왼쪽 허리에는 도를, 등 뒤에는 창을 비껴 메고 있었다.

삼절기인은 전에도 악을 원수처럼 미워했지만 그의 세 제자가 암습을 당해 죽은 이후로는 악을 증오하는 지경에 이르렀다.

정파 무인들 중에 손속이 가장 잔인한 사람을 꼽으라면 삼절기인이 거론될 정도다. 다른 사람에게는 가볍게 훈계만 들을 잘못이라도 삼절기인은 사지 육신 중 하나를 잘라 버린다. 혈영신마 같은 마두는 반드시 죽인다. 그것도 쉽게 죽이는 것이 아니라 죽음을 최대한 늦춰 공포를 배가시키면서.

그는 세 제자의 죽음은 친자식을 잃은 것보다 애통해했다.

그는 살문 멸겁 계획을 들었다. 그러나 그가 달려왔을 때는 이미 늦은 후였다. 공동파, 그리고 살천문의 손에 살문은 기둥 하나 남아 있지 않았다.

그는 폐허가 된 살문을 뒤졌다.

혹 숨이 붙어 있는 자가 있으면 되살아나지 않게 죽여야 된다면서.

묵월광이 삼절기인의 세 제자를 죽인 것은 살혼부가 구지신검을 죽인 것과 같은 우행(愚行)이다.

십여 명이 몸을 일으키자 종리추가 불쑥 나섰다.

"소생, 하후가의 하후량입니다."

중인들의 이목이 집중되었다.

그들 중 고수 아닌 사람이 없다. 그 누구와 싸워도 일 대 일의 비무라면 얼마든지 자신있다는 자부심으로 똘똘 뭉친 사람들이다.

"무슨 일인가?"

삼절기인의 눈가에 훈훈한 미소가 배었다.

악인에게는 철저히 냉혹하지만 정도를 걷는 사람에게는 다시없는 인의대협이 그다. 특히 후기지수를 보는 눈은 따뜻하기 이를 데 없어서 하나라도 더 주려고 노력한다.

하후가의 벽도삼걸은 삼절기인 같은 고인도 무명을 들었을 정도로 협행이 높다.

"이번 수천(守天)에는 저희 삼형제도 끼었으면 합니다."

"수천은 이미 정해졌네. 의기는 알겠네만……."

"부탁드립니다. 꼭 수천을 하고 싶습니다. 저희 벽도삼걸, 오직 혈영신마를 죽이겠다는 일념으로 이양(伊陽)에서 여기까지 천삼백여 리를 달려왔습니다. 감히 청하건대 이번 십망에 일조를 할 수 있게 해주십시오."

종리추의 모습에서는 의기가 물씬 풍겨났다.

"허허허! 벽도삼걸이 기지개를 켰다는 소리는 들었네만 틀린 말이 아니었군. 영존(令尊)께서는 안녕하신가?"

"일 년 기한으로 폐관 수련에 들어가신 지 반 년이 지났습니다."

"허허! 그런가? 그 사람 예나 지금이나 무공 욕심 하나는 알아주겠구먼. 그래, 수천을 꼭 하고 싶은가?"

"옛!"

"그럼 다른 분들께 양해를 구해야 될 텐데……."

삼절기인이 흐뭇한 미소를 지으며 다른 무인을 쳐다보자 무인들 중 세 명이 흔쾌히 자리를 양보했다.

"그런데 다른 한 명은 어디 있는가?"

"감히 어른들과 한자리에 앉을 수 없다며 일금 밖에 있습니다. 연락을 취하면 곧 달려오기로 되어 있습니다."

"허허허!"

삼절기인은 흐뭇했다.

이런 젊은이들이 자라고 있으니 무림은 평화로울 수밖에 더 있는가. 아랫사람이 윗사람을 존중하며 무공 수련을 게을리 하지 않는데.

군웅들도 미소를 지었다.

그들은 벽도삼걸을 다시 봤다. 후기지수들 중에서도 단연 앞서 나가는 젊은이들이라고.

수천은 대단한 것이 아니었다. 절정에 이른 고수들에게는 내키지 않는 일이었다.

일금 안에 있는 고수들 중 십여 명이 혈영신마를 감시하는 일이 수천이다.

단지 감시뿐이다. 공격은 금지되어 있다.

십망 총책임자인 현학 도인의 지시이니 반드시 따라야 한다.

현학 도인의 지시를 어기고 공격을 가한 자도 있지만 혈기에 머리를 없히는 신세가 되고 말았다.

그들은 일정한 거리를 두고 혈영신마를 쫓는다. 혈영신마가 움직이는 대로 움직인다. 혈영신마를 죽이라는 명이 떨어지기까지 혈영신마의 종적을 잡아놓는 일이 수천이 할 일이다.

종리추와 모진아는 수천을 행하고 있는 무인들과 교대했다.

"하후광(夏候光)은 왜 이리 더딘가?"

"곧 올 겁니다. 일금 밖에 있으니 잠시 시간이 지체되는 것뿐입니다. 걱정하지 마십시오."

"섣불리 공격할 생각은 말게. 저놈 무공이 굉장해. 혈영신공은… 무림에서 사장되어야 할 무공이야. 벌써 일곱 명이나 당했네. 싸워서 한 번도 패한 적이 없는 탈명신도도 죽었지. 분하더라도 조금만 참고 기다리게. 현학 도인이 직접 나서면 놈은 죽은 목숨일세."

종리추는 무인들의 말에서 그들이 혈영신마를 얼마나 두려워하는지 여실히 알았다.

그들은 각기 누구에게도 자신있다고 장담하지만 정작 혈영신공과 부딪치기는 꺼려 한다.

혈영신마를 상대하겠다고 일금 안으로 들어선 무인들의 수만 해도 백여 명이 훌쩍 넘어간다. 초절정고수로 이름난 사람만 해도 현학도인과 삼설기인이 있다. 그런데도 아직 혈영신마를 내버려 두고 있다는 것은…….

그들은 쓸데없는 피는 흘릴 필요가 없다고 말하지만 실상은 정면으로 부딪치기를 꺼려하고 있다.

신마(神魔) 133

그들도 자신들이 일시에 달려들면 아무리 무공이 높은 혈영신마라 해도 어쩔 수 없으리란 것을 안다. 하지만 많은 수의 무인이 죽을 것이고 그렇게 되면 혈영신마를 죽이더라도 위명에 막대한 손상을 입게 된다.

가장 적은 희생을 내면서 혈영신마를 죽여야 한다.

그들은 현학 도인이나 삼절기인 같은 초절정고수가 도착하기를 기다리고 있다. 내락(內諾)도 있었으리라. 아마 지금쯤 구파일방에서, 혹은 무림 세가에서 초절정고수들이 달려오고 있을 게다.

많이도 필요없다. 초절정고수 두세 명만 더 모이면 혈영신마를 잡을 수 있다. 그들이 힘이 백여 명에 이르는 군웅들보다도 더 큰 위력을 지닌다. 군웅들이 양이라면 그들은 호랑이니까.

'무림은 안일해. 정체되어 있어. 썩고 곪은 거야. 고인 물처럼. 이들은 자신의 안위를 위해서 십망이란 것을 만들었어. 자신의 위치를 고수하기 위해서. 정작 강한 자는 십망 같은 게 필요 없지.'

모진아는 혈영신마를 봤다.

그는 걸개들처럼 머리를 산발한 채 불기를 쬐고 있다.

옷은 흰색이었던 듯하나 피로 범벅이 되어 홍의(紅衣)로 보였다.

그는 태연했다. 십여 명의 고수들이 눈에 불을 켜고 지켜본다는 사실을 알면서도 긴장하거나 경계하는 모습을 비치지 않았다.

"참 대범한 놈입니다. 살성(殺星)만 아니라면 마음에 드는 놈……."

문득 모진아는 옆이 허전하다고 느꼈다.

없었다.

방금 전까지만 해도 옆에 있던 종리추의 모습이 보이지 않았다. 종리추는 그의 이목까지 감쪽같이 숨기고 사라져 버렸다.
 '허! 기가 막힐 노릇이군.'
 그는 문득 종리추가 죽이고자 해서 죽이지 못할 자가 있을까 하는 생각을 했다.
 아마도 없을 것 같았다.
 종리추는 일 대 일의 비무도 강하지만 살수로서의 능력은 한결 강하다.
 벽도삼걸이 하루아침에 죽음을 맞이한 것은 당연할지도 모른다.

◆第六十章◆
혈원(血怨)

종리추는 나무 위로 기어 올라갔다.

느리게, 느리게……. 너무 느려 움직이지 않는 것 같았다. 종리추가 매달려 있는 나무를 유심히 살펴볼지라도 나무의 일부분이 아닐까 착각할 만큼 움직임이 느렸다.

휘이잉……!

겨울바람이 불어왔다.

겨울 강풍, 살갗을 에일 듯 차갑게 몰아치는 기세는 천부나 이름없는 야산이나 마찬가지였다.

휘이잉……!

또다시 바람이 불었다.

종리추는 바람을 타고 훌쩍 날아올랐다.

그가 나무에서 나무로 건너뛰며 흘린 소리는 바람 소리에 묻혀 들리지 않았다. 옷자락도 펄럭이지 않았고 나무를 박차는 소리도, 잡는 소리도 들리지 않았다.

그는 바람에 묻혀 휘날리는 낙엽과도 같았다.

그렇게 몇 번을 이동하여 십여 장을 미끄러진 뒤 이번에는 나무를 타고 스르륵 내려왔다.

그의 몸은 뱀이 되었다.

구렁이가 나무를 타고 미끄러지듯 기척도, 기미도 없이 나무 밑으로 내려와 납작 엎드렸다.

다시 이 장여를 기어갔다.

머리끝부터 발끝까지 땅에 바짝 닿아 있어 움직이기가 용이하지 않은 자세였지만 종리추가 움직이는 속도는 무척 빨랐다.

'세상 만물에는 길이 있다. 나무에도, 땅에도, 바람에도 길이 있다. 만물은 길을 따라 움직이는 거야.'

조그만 돌멩이는 몸으로 꾹 눌러 움직이지 못하게 하고 큰 돌멩이는 피하고……

종리추는 눈과 땅과 돌멩이와 나무로 가득한 산속에서 길을 찾았다. 사람이나 짐승이 다닐 수 있는 길이 아닌 자연이 지닌 본연의 길을 찾았다.

휘이잉……!

엎드려 있는 그의 몸 위로 세찬 강풍이 휩쓸고 지나갔다. 강풍에 묻어 휘날리는 눈보라가 그의 몸을 덮었다.

종리추는 차가운 바람 속에서 따뜻한 온기를 감지했다. 날카로운 검기(劍氣)가 전신을 난자하는 느낌도 받았다.

'일 장……'

종리추는 긴장을 풀었다. 완전히 이완시킨 것도 아니다. 적절히 긴장하고 적절히 이완시켰다.

이것이 자연이 인간에게 준 가장 이상적인 균형이다. 그런 상태에서 잡념없이 하나의 일에 집중할 수 있다면 그는 세상에서 가장 편안한 마음으로 일을 즐기는 사람이 될 것이다.

종리추는 바람 소리에 귀를 기울였다.

바람 소리를 들었다. 바람에 묻어나는 나무들의 노랫소리도 듣고 별들이 말하는 소리도 들었다.

스르륵……!

그의 몸이 앞으로 나갔다.

누가 그를 밧줄로 친친 묶어 끌어당기는 것처럼, 움직이려는 의도가 전혀 없는데 움직여야 하는 사람처럼…….

고개를 들고 날카롭게 검기를 쏘아내는 사람을 직시했다.

그는 나무에 어깨를 기댄 채 이십여 장 앞에서 활활 타오르는 모닥불을 보고 있다.

종리추는 손을 뻗어 올렸다. 물에 빠진 사람이 지푸라기를 잡는 것처럼 살려달라고 손을 들어 올리는 것처럼.

검지가 무릎 뒤 오금 한가운데를 찔렀다. 아니, 찌른다 싶은 순간 엄지가 갈고리처럼 휘어지며 무릎을 잡았다. 검지에 실린 진기는 강한 힘으로 오금을 파고들었다.

사내가 부르르 경련을 일으켰다.

비명 소리는 새나오지 않았다. 휘청거리며 무너지는 신형이 종리추의 가슴에 안겼다.

종리추는 위중혈(委中穴)에 이어 천돌혈(天突穴)까지 짚었다.

위중혈을 압진(壓進)하는 데는 상당한 주의가 필요했지만 천돌혈을 누르는 데는 아무런 주의도 필요하지 않았다.

상대는 무방비 상태다.

그가 세게 누르면 즉사하고 얕게 누르면 혼절하는 것으로 그친다.

가만히 서 있는 것만으로도 무서운 검기를 폭출시키던 검인(劍人)이 목숨을 타인의 손에 내맡기고 있다.

종리추는 얕게 짚었다.

'필요없는 살생은 하지 말아야 돼. 살수일지라도.'

세 시진이 지나 시간이 신시초(申時初:03시)로 접어들 무렵 모진아는 눈을 부릅떴다.

혈영신마를 향해 태연히 걸어가고 있는 사람은 분명히 하후량이다. 아니, 하후량의 인피를 뒤집어쓴 종리추다. 하후량이 두 명이 아니라면, 쌍둥이가 아니라면.

'감시하는 눈들이 있는데 어쩌자고… 그럼……'

모진아는 귀를 기울여 천리지청술(千里地聽術)을 전개했다.

아무 소리도 들리지 않는다. 움직이는 소리는커녕 숨 쉬는 소리조차 들리지 않는다. 하기는 혈영신마를 상대하겠다고 일금 안으로 들어선 무인치고 종적을 흘릴 만큼 미숙한 사람은 아무도 없다.

모진아는 바싹 긴장하며 사방을 예리하게 살폈다.

여차하면 즉각 대응할 수 있게 진기를 가득 끌어올린 채.

종리추는 혈영신마에게 다가섰다.

혈영신마는 반응하지 않았다. 고개조차 돌리지 않았다. 조는 듯 얕게 뜬 눈으로 불기만 쏘아보고 있다.

 그는 맞은편으로 다가가 털썩 주저앉는데도 흔들리는 기미를 보이지 않았다.

 두 사람의 거리는 훌쩍 뛰어오르면 공격을 가할 수 있는 거리다.

 무인이라면 진기를 끌어올리고 경계를 취해야 한다. 상대를 유심히 살피고 언제 있을지 모를 공격에 대비해야 한다. 고수 대 고수의 싸움에서 이 정도의 거리에서 선공을 가해온다면 당장 기선을 제압당한다. 그리고 제압당한 기선은 좀처럼 되돌릴 수 없고 목숨을 잃는 결과까지 초래한다.

 혈영신마는 진기를 끌어올리는 것 같지도 않았고 경계도 하지 않았다.

 '무서운 무공이군. 혈영신공… 불의 무공이야. 따뜻한 불이지만 기름을 얹으면 확 불타오르는……. 이자는 이미 진기를 끌어올렸어. 겉으로 나타나지 않을 뿐, 공격을 가하는 즉시 불붙은 진기가 전신을 태워올 거야.'

 "혈영신마, 죽고 싶나?"

 "……."

 "죽고 싶다면 죽여줄 수 있다."

 혈영신마의 눈꼬리가 가늘게 경련했다.

 처음으로 보인 반응이다.

 "어떤가? 죽여줄까?"

 혈영신마가 반개한 눈으로 종리추를 쳐다봤다.

 종리추는 그를 쳐다보지 않았다. 마른 나뭇가지를 넣어 꺼져 가는 모닥불을 되살렸다.

혈원(血怨) 143

"연기가 너무 나는군. 잘 마른 장작을 구하지 그랬어."

"누구냐?"

혈영신마의 음성은 탁음(濁音)이었다. 음성이 목이 쉰 사람처럼 여러 갈래로 갈라져 나왔다.

"내가 누구인지… 그게 궁금한가? 그런 건 살 사람들이나 묻는 거야. 죽을 사람에게는 궁금증이란 게 필요없어. 죽으면 모든 기억이 망실되니까."

"솜씨가 좋더군."

혈영신마는 종리추의 소리없는 싸움을 이야기했다.

종리추는 처음으로 혈영신마의 얼굴을 정면으로 쳐다보았다.

네모난 얼굴형이다. 눈썹은 가늘고 길었으며 작은 눈에서는 한광(寒光)이 새어 나왔다. 코는 뭉툭하면서도 두터웠다. 한일 자로 굳게 다문 얇은 입술, 약간 솟구친 아랫턱은 의지가 강함을 말해 준다.

고집이 있어 보인다.

나이는 얼마나 됐을까? 서른 중반? 초반은 넘긴 것 같고 사십에 가까워 보이지는 않고…….

"죽이러 온 놈은 아니군."

"수천무인들이 쓰러지는 것을 보고 그런 말을 하는 것 같은데 잘못 봤어. 난 내 싸움을 남에게 보이고 싶지 않아. 방해받고 싶지도 않고. 그래서 혼절시켰을 뿐이야."

"누구냐?"

"죽을 자는 알 필요 없다고 했는데 귀찮게 묻는군. 살고 싶은 모양이지? 그럼 말해 주지. 남들이 우리 형제보고 벽도삼걸이라고 부르더군."

혈영신마의 눈가에 놀람이 떠올랐다. 하지만 그 표정은 곧 조소로 바뀌었다.

"벽도삼걸 이야기는 들어봤지. 협명이 높은 작자들이더군. 하지만 내 단언하건데… 네가 벽도삼걸이라면 내 눈깔을 후벼 파지."

"그렇게 자신하면 곤란할 텐데?"

"누구냐!"

"눈깔을 후벼 파."

혈영신마는 곤혹스런 표정을 지었다.

종리추의 허리에는 분명히 하후가의 독문 표식이 새겨진 대도가 걸려 있다. 그리고 대도가 뽑히는 순간 천지를 양단해 버릴 듯한 도기(刀氣)가 폭풍처럼 몰아치리라는 것을 예감했다.

앞에 앉아 있는 중년인은 그가 처음으로 만난 강적이었다.

그는 늘 무림에 무인이 없다고 말해 왔다. 쓰레기들이 병장기를 들고 설친다고 경시했다. 그런 무림에서 만난 첫 번째 고수다.

벽도삼걸 이야기는 많이 들었지만… 이 정도 고수라고는 생각하지 않는다. 아니, 하후가의 무공 따위로 이런 고수를 어떻게 길러낼 수 있단 말인가. 그렇다면… 살을 저밀 듯 다가오는 도기는 어떻게 해석해야 한단 말인가.

"세 가지만 묻지. 대답해 주면 좋겠어."

"하지 않는다면?"

"죽여야지."

"후후후! 꽤나 자신하는군."

"믿어도 좋을 거야. 그만한 실력이 있으니까."

혈영신마는 살을 저밀 듯한 안광을 쏘아냈다. 모닥불이 활활 타오르고 있지만 그의 눈빛은 더 뜨겁게 이글이글 타올랐다.
 반면에 종리추는 담담했다.
 그는 바람 소리를 듣고 있다. 바람 앞에 거칠 것은 아무것도 없다. 막히면 막히는 대로, 허공은 허공대로 유유히 흘러갈 뿐이다. 기운에 따라서는 한설을 동반한 강풍도 있지만 전혀 흐르지 않는 바람도 있다.
 종리추는 불꽃처럼 이글거리는 눈빛을 바람결에 흘려 버리며 입을 열었다.
 "무인을 몇 명이나 죽였나?"
 "후후후! 모르겠는데, 너무 많아서."
 "두 번째 질문이야. 왜?"
 "죽이고 싶었으니까."
 "마지막 질문을 하지. 죽고 싶나?"
 "내 대답에 상관이 있나?"
 "상관있지. 죽고 싶다면 죽여주고 살고 싶다면 살려주지."
 "후후후! 네 눈에는 여기 모인 사람들이 허수아비로 보이는 모양이군. 겨우 암습 나부랭이로 십여 명 쓰러뜨렸다고······."
 "말이 많은 놈이었나? 가타부타 대답이나 해."
 혈영신마에게 이런 자는 처음이었다.
 그는 군웅들을 안중에도 두지 않고 있다. 자신조차도 예전 같으면 몰라도 천여 명이나 운집한 지금은 뚫고 나갈 자신이 사라져 버렸는데. 하루, 이틀··· 죽을 날만 꼽고 있는데.
 "죽고 싶은데 죽여줄래?"
 혈영신마는 정말 오랜만에 호기가 치솟았다. 무공에 대한 자신도 있었다. 아직까지 적수를 만나보지 못한 혈영신공이다. 육장에 걸리는 것은 모두 파괴해 버리는 강철이 몸속에 깃들어 있다. 그 순간.

쐐에에엑……!

언제 뽑아 들었는지 차디찬 한광을 발산하는 대도가 거칠게 달려들었다.

'엇!'

혈영신마는 소리를 지르지는 않았지만 경악했다.

쾌검, 쾌도… 빠르다는 많은 무공을 접해보았지만 이토록 빠른 도법은 처음이다. 도집에 새겨져 있는 번개 문양처럼 섬전을 능가하는 빠르기다.

'뭐 이런 게 다 있어!' 하는 마음도 들었다. 종리추의 도법은 경력을 중시하는 중원 무학의 상리를 벗어나 일체의 초식을 배제한 일직선의 공격이었다.

종리추의 대도는 모닥불을 갈라 버리고 앉아 있는 혈영신마의 목을 베어왔다.

패애앵……!

혈영신마의 양 손바닥이 모닥불처럼 붉게 물들었다.

그는 오른손을 들어 대도를 막아왔다. 한철로 만들었고, 날카롭게 날을 갈았으며, 무게만으로도 머리 하나쯤은 묵살내 버릴 것 같은 대도를 피하지 않고 육장으로 마주쳐 왔다.

종리추가 전개한 도광이 순식간에 급변했다.

비스듬히 목을 쳐오던 것이 방향을 급선회하여 일직선으로 내려쳐 왔다.

'쾌도에 환도(幻刀)까지! 중원에 이런 고수가!'

생각은 느낌일 뿐이다. 혈영신마는 급격하게 거리를 단축시켜 오는 대도를 피하기에 급급했다. 그가 누구와 맞서 부딪치지 않고 피한 것은 처음이었다.

무인들은 혈영신공을 안다. 그러면서도 병장기에 육장으로 부딪쳐 가며 진기를 가중시킨다. 일격에 손을 잘라 버리고 몸통까지 베어버릴 심산이리라.

그곳에 함정이 있다.

혈영신마의 육장은 진기로 보호되어 있어 웬만한 도검에는 작은 상처조차 입지 않는다.

혈영신공이 깃든 육장은 상대의 의도를 보기 좋게 꺾어 오히려 병장기를 박살내고 상대의 몸통까지 가격한다.

승부는 거의 일 초식에 끝났다.

종리추는 다르다. 그는 부딪치지 않고 피했다. 그리고 다른 방향에서 공격해 왔다. 혈영신마가 피하지 못할 만큼 빠르게.

"차앗!"

혈영신마의 입에서 고함이 터져 나왔다.

그는 허공으로 몸을 솟구쳐 두 번을 회전한 뒤에야 간신히 도광을 피해냈다.

혈영신마는 몸을 추스렀다.

그는 더 이상 방심하지 않았다. 방심할 수 없었다. 손속을 부딪치기 전에도 강자라는 사실을 직감했지만 부딪치고 난 후에는… 너무 강한 상대라 모골이 송연해졌다.

'쾌도에 환도, 중도(重刀)까지 갖췄다면… 나는 지금 도신(刀神)과 겨루고 있는 거야.'

고오오오……!

148 사신

혈영신마의 몸에서 은은한 울림이 새어 나왔다.
인간의 몸에서 소리가 들릴 리 없지만 종리추는 바람에 묻어나는 소리를 들었다.
'혈영신공의 진수……'
종리추도 방심하지 않았다. 그는 어떤 상대를 만나도 방심한 적이 없다. 무공을 익히지 않은 범인(凡人)과 만날 때도 방심하지 않았다. 지금은 습관으로 굳어져 버렸다.
혈영신마의 양손이 불에 달궈진 인두처럼 붉게 타올랐다.
'어떤 신공인가? 진기의 운행이 어떻기에 인간의 육장이 저렇게 변할 수 있단 말인가. 화염은 인간의 살을 태운다. 상흔이 검게 그을리게 되어 있어. 혈영신공에 당하면 붉게 물든다고 했으니… 피를 응집시키는 무공인가?'
종리추는 직접 겨루고 있으면서도 혈영신공의 무리를 알아낼 수 없었다.
"타앗!"
혈영신마가 신형을 날려왔다.
그가 양손을 휘저을 때마다 불길이 사방으로 비산하는 듯한 환상을 불러일으켰다. 양손에서 터져 나온 불길이 어둠을 뚫고 사방으로 번져 나가는 것 같은.
종리추는 손에 들고 있던 대도를 '탁' 소리가 나게 땅에 꽂았다.
휘루루룽……!
혈영신마의 양손이 지척에 이르렀다.
종리추는 대도를 버리고 양손으로 마주 쳐갔다.
혈영신공에 자살 행위나 다름없는 장법(掌法)으로 마주 쳐간 것이다.

혈영신마의 눈가에 놀람이 스쳐 갔다. 극히 짧은 순간이지만 종리추는 분명히 보았다, 흔들리는 눈빛을. 아마도 육장으로 마주쳐 오리라고는 짐작조차 못한 듯하다. 그것도 그럴 것이 천하의 혈영신공 앞에 누가 감히 육장으로 부딪친단 말인가.

팡! 꽈앙……!

장과 장이 부딪쳤는데 폭음이 울려 나왔다.

종리추는 팔꿈치가 으스러지는 듯한 충격을 받고 주춤주춤 뒤로 물러섰다.

그가 펼친 무공은 금종수다. 초식은 혈염옹의 혈염도법 이절 풍운변환을 장법으로 바꿔 펼쳤다.

사실 종리추나 혈영신마나 초식이 필요없었다.

육장과 육장이 부딪칠 것을 깨달은 순간 두 사람은 초식을 버리고 양손에 전신 진기를 주입했다. 오직 신공의 강약이 우월을 가린다는 사실을 알았기 때문에.

결과는 무승부였다.

종리추가 주춤거리며 뒤로 물러섰지만 혈영신마도 그만큼의 거리를 물러섰다.

육장이 부딪치는 순간 엄청난 반탄력이 전신을 떠밀었고, 무너진 몸의 균형은 양발의 힘만으로는 버텨내기가 힘들었다.

"이, 이런! 이런 일이! 이럴 수가!"

혈영신마는 자신의 양손을 쳐다보며 실성한 사람처럼 중얼거렸다.

종리추는 아직도 양손이 얼얼했다. 팔꿈치에서는 부서진 것처럼 묵직한 통증이 전해졌다.

그나마 다행인 것은 부단(不斷)한 진기가 전신을 휘돌고 있다는 것,

충후한 진기가 경맥을 따라 흐르고 있다는 것.

진기는 충격으로 마비되다시피 한 양팔을 부드럽게 풀어주었다.

뚜벅! 뚜벅……!

종리추는 충격을 받지 않은 사람처럼 태연히 걸어갔다.

대도 있는 곳까지 이르러 땅에 꽂혀 있는 대도를 힘차게 뽑아 들었다. 그리고 혈영신마에게 겨눴다.

"혈영신공은 잘 봤어. 별것 아닌 것 같군. 그게 혈영신공의 모든 것이라면 널 죽일 사람은 많아. 안타깝군. 여기에는 무당파의 현학도인도 와 있지. 무당파의 면장(綿掌)이라면 혈영신공을 간단히 깨뜨릴 수 있는데… 다행으로 알아. 혈영신공이 잘 알려지지 않은 까닭에 네 목숨이 아직까지 붙어 있는 거야."

혈영신마는 안색이 새파랗게 변해 종리추를 노려보았다.

"이제는 내 차례야. 내가 펼칠 이 초식 명은 단 한 자야. 무(無). 무에 죽는 것을 영광으로 알아."

"무, 무슨… 무슨 무공이냐!"

"……"

"방금 전에 펼친 무공… 무슨 무공이냐!"

"금종수."

"그, 금… 금종수……. 아냐. 그럴 리 없어. 금종수는 차력에 불과해. 그런 무공으로는 혈영신공을 깨뜨릴 수가……"

"금종수를 잘 아는 듯한데 펼쳐 봐. 금종수를 펼칠 수 있으면 물러서지."

종리추는 혈영신마를 철저히 무너뜨렸다.

그의 무공은 물론 정신까지 황폐하게 구겨 버렸다.

그는 구겨져야 한다. 짓이겨져야 한다. 그래야 다시 부활한다.
"펼칠 수 없으면 믿어. 자, 그럼 받아봐. 무!"
쉬리리링……!
종리추의 도법은 바람을 닮았다.
날카로운 기세도 풍기지 않고 거센 파공음도 들리지 않았다. 모진아와 비무를 할 때처럼 힘을 잃어 흐느적거리는 듯했다.
혈영신마는 손을 들어 올렸다.
그것뿐이다. 아니, 몇 번 허우적거리기는 했지만 막을 생각을 하지 못했다.
대도가 혈영신마의 머리와 한 치 간격을 두고 멈췄다.
종리추가 말했다.
"말했잖아. 죽여달라고 하면 죽여주겠다고. 이젠 믿나?"

2

 모진아는 숨어 있을 필요가 없었다.
 수천무인들이 지키고 있고 산을 뼁 둘러 절정 고수들이 지키고 있으며 또 그 밖으로는 천여 명에 이르는 군웅들이 둘러서 있는 까닭인지 혈영신마의 주변은 오히려 한가한 편이었다.
 하기는 혈영신마가 움직이는 즉시 수천무인들이 신호탄을 쏘아 올릴 테니 그리 큰 경계는 필요없을 성싶었다.
 혈영신마가 수천무인들을 속이고 감쪽같이 움직이려면 십여 명에 이르는 절정 무인들을 단 한 번의 움직임으로 제압해야 하는데 동서남북 사방에 흩어져 있는 절정 고수들을 단숨에 제압한다는 것은 불가능하다는 판단이었다.
 모진아는 숨어 있는 곳에서 나와 모닥불 가로 다가갔다.
 따듯한 불기가 스며들자 꽁꽁 얼어붙은 몸이 사르르 녹았다.

종리추는 불기를 쬐며 앉아 있고, 혈영신마는 망연자실하여 우두커니 서 있는 상태였다.
모진아가 다가오는 것을 힐끔 쳐다본 종리추가 입을 열었다.
"다시 묻지. 몇 명이나 죽였나?"
"오십 명쯤."
"왜?"
"죽여달라고 달려들었으니까."
"이유는?"
"질문이 다르군."
"……."
"……."
종리추는 침묵으로 대답을 요구했으나 혈영신마는 대답하지 않았다.
"대답을 하지 않으니 질문을 바꿔야겠군. 오십여 명을 죽였다고 했는데… 먼저 공격을 가한 게 몇 번이나 되나?"
"……."
"몇 번인가?"
"한 번이오."
"물론 첫 살인이었을 테고."
"……."
"혈영신공은 마공(魔功)이 아냐."
혈영신마의 고개가 번쩍 들렸다.
"왜? 그걸 증명하고 싶지 않았나?"
"마공이오."

"그런가? 금종수는 상대가 어떤 진기를 지녔는지 알아내지."

틀린 말이 아니다. 금종수가 지닌 또 다른 효용이라면 상대가 지닌 진기의 특성을 알아낸다는 것이다.

"사음수(蛇飮水) 성독(成毒), 우음수(牛飮水) 성유(成乳)라는 말이 있지. 독사가 물을 마시면 독을 이루고 소가 물을 마시면 우유가 된다. 혈영신공의 수련 과정이 어떤지는 모르지만 내가 접해본 혈영신공은 정심(精深)했어."

"……."

혈영신마가 심하게 흔들렸다.

눈꼬리에서 일기 시작한 잔파랑이 그칠 줄 몰랐다.

"첫 상대를 잘 택했어야지. 칠화대협(七花大俠)은 무명처럼 호협(豪俠)하지 않아."

잔파랑이 경련으로 변했다.

모진아는 다시 한 번 감탄했다.

종리추는 혈영신마의 과거 행적을 소상히 파악하고 있다. 죽은 사람이 몇 명이며 누구를 어떻게 죽였는지… 그는 이미 알고 있었다. 혈영신마가 왜 죽였는지도.

'하기는… 준비가 되지 않으면 움직이지 않는 주공이시니…….'

그럼 그는 알고 있는 사실을 왜 물었을까?

종리추를 잘 알고 있는 모진아는 어렵지 않게 이유를 찾아냈다.

'심성을 알아보고 있는 거야. 무공으로 짓눌러 버릴 때도 그렇고… 혈영신마가 어떤 사람인지 파악하고 있는 거야.'

종리추가 언제부터 혈영신마에게 관심을 두었을까?

살문이 멸문하고 천부로 쫓겨간 시점에 혈영신마는 무림 공적으로 낙인찍히고 있었으니… 아마도 살문에 있을 때부터였으리라.
"제안을 하지. 여기서 빠져나가게 해주겠어."
혈영신마의 입가에 비웃음이 매달렸다.
"그래서? 네 수족이 되라고?"
종리추가 고개를 들어 혈영신마를 바라봤다. 무슨 생각을 하는지 내심을 읽을 수 없는 무덤덤한 얼굴이었다.
"착각하지 마. 너 정도의 고수는 많아. 여기 있는 이 사람은 내 셋째 동생 하후민이라고 하지. 무명은 벽혈도. 넌 벽혈도도 감당하기 힘들 거야."
혈영신마의 볼이 씰룩거렸다.
'이건 너무 심한데…….'
모진아는 종리추가 너무 몰아붙인다고 생각했다.
그는 종리추와 혈영신마가 싸우는 모습을 보고 혈영신공의 장단점을 파악해 냈다.
그가 생각해 낸 혈영신공의 파훼법은 철저히 접전을 피하는 것이다. 한 번이라도 걸려들면 뼈가 으스러진다. 혈영신공에 당한 자는 내장이 진탕되어 즉사한다고 하니 암경(暗勁)이 대단한 것 같다.
걸려들지 않고 때려야 한다.
혈영신공은 물로 비유하면 광풍폭우(狂風暴雨)요, 불로 비유하면 활화산(活火山)이다. 지레 겁을 먹게 만드는 위용이 뿜어져 나온다.
쉬운 일은 결코 아니다. 그렇다고 자신이 없지도 않았다.
모진아는 종리추가 너무 몰아붙인다는 생각은 했지만 혈영신마를 바라보는 눈은 담담했다.
반면에 혈영신마는 큰 충격을 받았다.

자신을 단숨에 꺾어버린 중년인의 말은 거짓이 아닐 것 같다.

그가 하후민이라고 소개한 중년인은 몸이 무척 가벼워 보인다. 발걸음을 옮기는 것이 통통 튀는 듯하다. 양발이 자유자재로 노는 듯하다.

만약 도법을 전개한다면 종리추처럼 쾌도가 될 공산이 크다. 하지만 같은 쾌도라도 전혀 다른 도법이다. 종리추는 전신으로 속도를 이끌어내지만 하후민은 보법에 의한 쾌도가 되리라.

전혀 다른 도법이다.

아무리 도법으로 일가를 세운 가문이라지만 한 가문에서 이토록 다른 도법이 나올 수 있는 것일까.

'아냐. 이들은 벽도삼걸이 아냐. 벽도삼걸이 이런 제안을 해올 리가 없어. 하후가는 명문 정파의 허울을 뒤집어썼는데……'

"뭐, 뭐냐?"

혈영신마는 마음의 중심이 흔들렸다.

"……?"

"나를 구출해 주는 대가로 바라는 게 뭐냐? 혈영신공? 그거냐?"

종리추는 피식 웃었다.

"영 말귀를 알아듣지 못하는 작자군. 너 정도의 무인은 많다고 했는데 혈영신공이 무에 그리 대수롭다고. 네 목숨을 구해주는 대가라……. 그래, 없을 수 없지. 그럼 하나 정하지. 한 번만 내 부탁을 들어주기 바래."

"……?"

혈영신마는 의아한 낯빛을 띠었다. 곁에 있던 모진아도 뜻밖의 말에 어리둥절한 표정이었다. 종리추의 무공으로, 재주로 혈영신마에게 부탁할 일이 있었던가?

"사람을 구해달라는 부탁이야."

두 사람의 안색은 더욱 이상하게 변했다. 도저히 이해할 수 없다는 표정이었다. 군웅 천여 명이 운집한 곳을 뚫고 들어와 혈영신마를 구해주겠다는 사람이…….

"일 년만 내 곁에 있어주기 바래. 일 년 동안 부탁할 일이 없으면 대가는 치른 것으로 하지."

모진아는 고개를 끄덕였다.

종리추는 혈영신마를 최후의 구명줄로 삼을 생각이다. 살문이 무림에 나섰을 경우, 일이 잘못되었을 경우 비교적 무공이 약한 적지인살이나 배금향, 구맥… 그들의 안위를 부탁할 심산이다.

아주 적절한 인물을 골랐다.

모진아는 지금까지 살수로 사용하기 위해 혈영신마를 구하려는 줄 알았다. 하지만 곰곰이 생각해 보면 어림없다. 혈영신마는 무공 특성상 단 한 번만 살인을 저질러도 종적이 드러나고 만다.

그런 단점을 지니고 있는 반면 모진아 자신도 승패를 장담할 수 없을 만큼 강한 무공을 지녔고, 구파일방의 십망을 받고도 태연히 야산으로 불러들일 만큼 배포도 크다.

그가 구명줄이 된다면 종리추는 마음 놓고 무림을 횡행할 수 있으리라.

"나는 마인이야. 십망을 받은. 내가 구해주리라 생각하나?"

"후후후! 나도 십망을 받은 적이 있지."

혈영신마의 두 눈이 더 이상 커질 수 없을 만큼 커졌다.

'확실히 벽도삼걸이 아냐. 이 사람은 도대체…….'

혈영신마는 종리추의 정체를 종잡지 못했다.

음성으로 미루어보면 아직 젊은 사람 같은데 심망을 받은 적이 있고, 살아남은 사람이라…….

"좋아, 따라가지. 그런데 여기서 어떻게 빠져나갈……?"

혈영신마의 말문이 닫혔다.

종리추가 꺼내 든 인피면구.

혈영신마는 처음으로 자신이 살 수도 있겠다는 생각을 했다. 살아보는 것도 재미있겠다는 생각을.

하후량, 하후광, 하후민… 벽도삼걸은 야산을 넘어 군웅이 운집한 곳과는 반대쪽으로 내려갔다.

긴 밤이 지나고 동녘이 밝아왔다.

일찍 일어난 잡새들이 눈 덮인 산야에서 먹을 것을 찾아 부지런히 날아다녔다.

새들은 인간들이 무슨 짓을 벌이고 있는지 모른다. 그들의 안식처에서 피비린내 나는 혈겁이 벌어질 뻔한 사실도 모른다.

혈겁이 벌어졌다면… 오히려 새들에게는 좋았으리라.

종리추는 동물들의 세계를 안다.

그들의 세계는 오직 생존과 종족 보존밖에는 없다.

인간의 죽음은 새들에게는 좋은 먹이가 생긴 의미밖에 없다. 덩치가 큰 동물들이 살점을 뜯어 먹고 뼈를 부셔놓으면 새와 같은 작은 동물이 부스러기를 삼킨다.

비정한 세계이지만 동물들은 그렇게 생존한다.

"누구냐?"

앞에서 인형이 튀어나오며 길목을 막아섰다.

도복을 입었으니 도인이고, 가슴에 태극(太極) 문양(紋樣)이 새겨져 있으니 청성파 무인이다.

"아! 길을 잘못 들었군요. 저희는 어제 막 도착해서 길을 잘 몰랐습니다. 수천을 마치고 내려오는 길입니다."

도인은 세 사람을 뚫어지게 쳐다보았다.

얼굴도 살피고, 옷 입은 모습도, 허리에 찬 병기도 살폈다. 도집에 새겨진 번개 문양도 봤다.

"어제 벽도삼걸이 왔다던데, 자네들인가?"

"죄송하지만… 존성대명(尊姓大名)이……?"

종리추는 포권을 취하며 물었다.

청성파 도인은 일급 안에 들어서 있다. 절정 고수다. 나이는 쉰쯤으로 생각된다. 나이로 추측해 보면 뒷 글자로 풍(風) 자(字) 항렬이다.

"벽도삼걸이 뛰어나다는 풍문은 들었지만 이렇게 보니 틀린 말은 아니군. 난 진풍(秦風)이라고 하네."

"아! 진풍(秦風) 진인(眞人)이셨군요. 오래전부터 청성파 삼검(三劍)님을 흠모해 왔습니다. 이렇게 만나뵙게 되니 정말 영광입니다."

종리추의 얼굴에는 존경이 가득했다.

가식적인 행동이라고는 볼 수 없었다. 활짝 웃는 얼굴, 눈동자에 가득 깃든 선망, 더욱 조심스럽게 움츠러드는 몸가짐… 명문 정파의 자제가 올바르게 자란 모습이었다.

"허허! 삼검은 무슨……."

진풍 진인은 실소를 터뜨렸지만 싫지는 않은 듯했다.

당금에 들어와 청성파에는 검의 달인이 세 명이나 탄생했다.

칠십이파검(七十二波劍)의 달인인 영풍(英風) 진인(眞人), 청운적하검

(靑雲赤霞劍)의 달인인 진풍 진인, 생사무흔검(生死無痕劍)의 달인인 하풍(霞風) 진인.

사람들은 그들 세 명의 도인을 일컬어 청성삼검이라고 부른다.

하후광… 혈영신마는 새삼스럽게 소름이 쫙 끼쳤다.

죽기로 작정했을 때는 세상 누구도 두렵지 않았지만 살기로 마음을 돌리니 서로의 무공을 견주게 된다.

이곳 이름없는 야산에는 무당파의 현학 도인과 삼정 중에 일 인인 삼절기인이 와 있다. 이미 알고 있는 사실이고 자신이 죽을 때는 두 사람 중 한 사람에게 죽으리라 생각했다.

눈앞에 있는 도인 진풍 진인은 그들에 못지 않은 고수다.

산을 내려오자마자 천여 명 무인들 중 가장 강한 상대와 만난 것이다.

"죄송합니다. 진인께서 계시다는 소리를 못 들었습니다. 계신 줄 알았으면 어제저녁에 바로 인사를 드렸을 텐데……."

"허허! 괜찮네. 난 어제 늦게야 도착했어. 두어 시진 후면 혜선(慧詵) 대사(大師)가 도착할 걸세. 그때나 인사를 여쭙게."

"혜, 혜선 대사님도 오십니까?"

진풍 진인이 고개를 끄덕이며 말했다.

"함운(緘雲)에 도착했다는 연락이 있었으니 늦어도 두어 시진이면 도착할 걸세."

"그럼 소생들의 무례는 그때 다시 사죄드리겠습니다."

"허허! 괘념치 말라니까. 이나 볼 수 있으면 보세."

종리추는 포권지례를 취했다.

혈원(血怨)

오늘이었다.

현학 도인, 삼절기인, 진풍 진인 그리고 소림사 계율원(戒律院) 원주인 혜선 대사.

군웅들은 그들을 기다렸다.

"목숨이 열이라도 부족하겠군."

모진아가 낮게 중얼거렸다.

"한 명이나 두 명쯤은……."

혈영신마가 눈을 반개하며 낮은 음성으로 되받았다.

종리추가 묘한 표정으로 쳐다봤다.

혈영신마는 보면 볼수록 감탄을 금하지 못했다. 종리추가 만든 인피면구는 그냥 얼굴 가죽만 뒤집어씌운 정도가 아니라 감정의 밑바닥까지 송두리째 드러났다.

인피면구 안에 칠해진 색조(色調)가 피부의 색깔을 결정짓는다. 인피의 겉면에 덧칠을 하는 정도로 생각했는데 실은 안쪽에서 우러 나온다. 그렇기에 더욱 살아 있는 인간의 피부와 흡사하다.

얼굴 근육이 뒤틀릴 정도로 아픔을 주던 아교는 인피에 맞는 얼굴형으로 고정시킨다.

혈영신마의 코는 뭉툭하다. 하후광의 코는 뾰족하다. 그런 코를 만들기 위해서 숨이 막히는 고통을 참아야 한다. 코에 칠해진 아교는 살갗을 수축시켜 바짝 오므라들게 만들었다.

혈영신마는 여섯 번에 걸쳐서 인피면구를 썼다.

써보고 모자라는 부분은 덧붙이고 남는 부분은 잘라내고… 인피의 입술과 혈영신마의 입술을 맞닿게 하는 게 가장 어려운 듯했다.

인피가 입술 안쪽으로 말려 들어왔다.

죽은 사람의 살을 혀가 맞닿는 입술 안쪽에 밀어 넣고 있다는 것은 그리 기분 좋은 경험이 아니다.

그렇게 힘들여 인피면구를 쓰고도 할 일이 남았다.

인피면구와 본래의 살이 맞닿는 부분을 분장해야 한다.

'다른 부분은 다 덮을 수 있지만 눈동자와 눈썹만은 덮을 수 없어. 안광이 새어 나오지 않도록 각별히 조심해야 할 거야. 인피를 썼는지 안 썼는지 알아보려면 눈을 보면 되지. 아무리 뛰어난 변장의 대가라도 눈만은 어떻게 할 수 없어. 잘하면 눈도 어떻게 할 수 있을 것 같은데……'

청성삼검 중의 일인인 진풍진인이 인피를 알아보지 못했다.

정말 완벽한 변장이다.

종리추가 혈영신마의 기분을 망가뜨렸다.

"아직도 모르겠나? 이번 십망의 참살권은 현학 도인이 쥐고 있어. 내가 현학 도인이라면 죽은 자들을 살펴보겠어. 혈영신공은 한 번쯤은 들어본 무공이지만 실재 여부는 확인되지 않은 무공. 상처가 어떤지 말야. 상처를 보면 적을 알 수 있지. 내력이 어느 정도이고 무공 성취는 어느 정도이고……. 적을 알고 나를 알고, 그래서 준비한 사람들이지. 내 생각에는 현학, 삼절, 진풍, 혜선이라면 혈영신마를 잡을 수 있겠다고 판단되는데?"

"……."

"혈영신마를 만난 적이 없어도 상관없지. 상처를 보면 만난 것이나 진배없으니까. 상황은 정확히 파악하는 게 좋아. 저 사람들은 단 한 명의 피해도 없이 혈영신마 자네를 잡으려는 거야."

혈영신마는 가슴속에서 뜨거운 것이 울컥 솟구쳤지만 참아냈다.

승복할 수는 없지만… 이상하게도 하후량 이 사람이 말하는 것이 맞을 것 같았다.

지금까지 겪은 것만으로 봐도 계획이 없으면 움직이지 않는 치밀한 사람이니.

일금을 벗어난 벽도삼걸은 우거진 수림처럼 빼곡히 들어찬 군웅들을 헤쳐 나왔다.

아직 방심하기는 이르다.

완전히 빠져나온 게 아니다. 개방 거야 분타 걸개들이 지키고 있는 마지막 관문을 벗어나야 숨이나마 돌릴 수 있다.

종리추는 한 번 겪은 적이 있는 곳으로 방향을 잡았다.

모진아가 말했다.

"이쪽은 거야 분타주가 지키고 있는데 일결이나 이결이 지키고 있는 쪽이 좀 수월하지 않을까요?"

"속이는 것은 아는 사람이 더 쉬운 법이지. 거야 분타주는 생각할 필요도 없지만 다른 쪽으로 뚫으려면 생각을 해야 돼. 그 차이는 큰 거지."

"혼절해 있는 수천무인들은 언제쯤 발각될까요?"

"반 시진 후."

"옛? 아니, 주공! 어떻게 반 시진 후라고 딱 잘라 단정 지으십니까? 날이 밝았으니 벌써 발각됐을 수도 있는데……."

"우리가 수천 교대를 한 시각이 술시정(戌時正:밤 8시), 지금 시각이 진시초(辰時初:아침 7시), 여섯 시진 교대니 반 시진 남았어. 혈영신마가 수천무인들을 공격하지 않은 덕분에 허점이 생긴 거지. 만약 공격을 가했다면 교대를 반 시진 간격으로 좁혔을 거야."

"아!"

모진아는 알겠다는 듯 머리를 긁적거렸다.

혈영신마는 묘한 기분에 사로잡혔다.

'주공? 그렇다면 주인이라는 소리인데… 그럼 하인? 하인의 무공이 나하고 승부를 가늠할 수 없다? 이것참, 도깨비에 홀린 것도 아니고…….'

생각은 복잡했지만 지금은 그런 생각을 할 때가 아니었다. 어스름한 안개가 깔린 저편에 어슬렁거리는 거지들의 모습이 비쳤다.

"수고하십니다. 벽도삼걸입니다."

종리추는 거야 분타주에게 곧장 걸어가 포권지례를 취했다.

"벽도삼걸? 언제 안으로 들어가셨소?"

거야 분타주의 눈빛이 날카로워졌다.

이름없는 야산으로 들어간 무인은 근 천여 명에 이르지만 거야 분타주의 머리 속에는 그 사람들의 명호가 똑똑히 새겨져 있다. 개방의 경계망은 촘촘하기 이를 데 없어서 그들을 거치지 않고 안으로 들어갈 수 없을 뿐 아니라 안으로 들어간 사람들의 명호는 촌각도 지체치 않고 거야 분타주에게 보고하도록 되어 있다.

수십 마리의 비둘기가 쉴 새 없이 오가는 것도 그 때문이다.

거야 분타주의 기억 속에 벽도삼걸의 명호는 없었다.

"그제 낮에 들어왔습니다."

종리추는 왜 그러냐는 표정으로 말했다.

"어느 길을 통해서 안으로 들어갔는지……?"

종리추는 인상을 찡그렸다.

벽도삼걸이라면 그래도 명성이 알려져 있는데 이렇게 무례할 수 있냐는 표정이 여실히 드러났다. 하지만 곧 표정을 풀고 입가에 미소를 매달았다.

"어제저녁에 진풍 진인 어른과 함께 들어왔는데 기억이 안 나십니까?"

옆에서 듣고 있던 모진아와 혈영신마는 바짝 긴장했다.

어떤 생각에서 이런 말을 하는 것일까?

진풍 진인과 같은 사람이 오는데 거야 분타주가 직접 마중하지 않았을 리 없다.

두 사람은 암암리에 진기를 끌어올렸다.

몸을 슬쩍 움직여 공격하기 쉬운 위치도 점했다. 사실 공격하려고 마음만 먹는다면 십여 명밖에 되지 않는 개방 걸개들을 도륙하는 데는 촌각밖에 소요되지 않는다.

거야 분타주의 대답은 뜻밖이었다.

"아! 어제 진풍 진인님과 함께하셨소? 너무 언짢아 하지 마시오. 맡은 일이 중차대해서……."

"괜찮습니다. 그런데… 죄송하지만 지금은 시간이 없으니 나중에 다시 뵙겠습니다. 혜선 대사님을 뵈야 하기 때문에……."

"혜선 대사님? 뭐 급히 전갈할 일이라도 있으면 우리에게……."

거야 분타주는 친절까지 베풀었다.

"아닙니다. 개인적으로 몇 번 자리를 같이한 분이라서 마중하고 싶을 뿐입니다. 여기 오신다니 앉아서 기다릴 수 있어야죠."

"그럼 어서 가보시오."

거야 분타주는 전혀 의심하지 않고 길목을 열어주었다.

"주공, 어쩌자고 진풍 진인과 함께 들어왔다고 하셨습니까? 일이 잘돼서 망정이지……."

"진풍 진인과 함께 들어온 사람은 이십여 명이나 돼. 거야 분타주가 일일이 점검하지 못한 유일한 사람들이지. 그 사람들의 신분이나 명호는 오늘 아침이나 되어야 거야 분타주 손에 들어갈 거야."

종리추는 상세히 알고 있었다.

야산에 모인 군웅들뿐만이 아니라 현재 모이고 있는 사람들의 면면까지 세세히 파악해 놓았다.

'이 사람! 대단한 능력을 가졌다!'

혈영신마는 종리추를 다시 봤다.

현 무림에서 이만한 정보력을 갖춘 문파는 개방밖에 없다고 해도 과언이 아니다.

이 정도가 되려면 눈과 귀가 사방에 널려 있어야 한다.

'이런 사람이 왜 무림에 알려지지 않았지?'

종리추는 알면 알수록 신비한 사내였다.

◆第六十一章◆
은행(隱行)

 발 없는 말이 천리를 간다는 말이 있다.
 혈영신마를 지키던 수천무인들이 제압당하고 혈영신마가 감쪽같이 사라졌다는 소문은 가을철 들불처럼 번져 갔다.
 "벽도삼걸이 혈영신마를 구해갔다네."
 "에이… 벽도삼걸이 그럴 리가 있나?"
 "아냐. 틀림없어. 지금 모두들 난리가 아니라니까. 벽도삼걸을 보는 즉시 죽이라는 명령이 내려졌대."
 "아니, 그래도 그렇지. 벽도삼걸이 무슨 능력이 있어 혈영신마를 구해? 다른 사람들은 모두 잠자고 있었대?"
 "응."
 "응?"
 "모두 잠자고 있었다는데?"

일이 터지면 가장 바빠지는 사람들은 개방 걸개들이었다.

그들은 밤새도록 경계를 섰던 걸개도 예외없이 정보를 찾아 돌아다녔다. 벽보에는 벽도삼걸의 인상착의와 함께 은자 삼백 냥이라는 거금이 현상금으로 걸렸다.

세상이 발칵 뒤집혔다.

전처럼 구파일방만 관여했다면 설혹 놓치더라도 속앓이를 하면 그만이지만 이번에는 달랐다. 이번 십망에는 산동성 무인들까지 대거 참여한 관계로 쉬쉬한다고 숨길 수 있는 게 아니었다.

지옥 끝까지라도 따라가서 잡아야 한다.

십망의 책임자인 현학 도인은 말을 잃었다고 한다. 현단궁을 버릴 각오까지 했다는 풍문이다. 현단궁을 버린다는 말이 무엇인가! 자진해서 무당파로부터 파문당하겠다는 말이며 도복(道服)을 벗겠다는 말이지 않은가.

'혈영신마, 벽도삼걸이 살아 있는 한 무당산으로 돌아가지 않겠다.'

그가 직접 한 말인지 그의 모습을 보고 주위 사람들이 추측한 말인지는 모르지만 현학 도인은 상황에 떠밀려서라도 그러지 않을 수 없는 입장이 되고 말았다.

벽도삼걸에게 직접 수천(守天)을 명령한 삼절기인은 더욱 난처했다. 애지중지하던 세 제자가 살수들의 손에 목숨을 잃은 것만도 체면이 땅에 떨어졌는데 이번 일까지 겹쳤으니…….

상황이 어렵기는 청성파의 진풍 진인도 마찬가지였다.

그는 벽도삼걸을 직접 대면했고 대화까지 나눴다.

청성파의 체면은 여지없이 곤두박질쳤다.

청성파 삼검 중 일검이 변장한 사람조차 알아보지 못했으니 무슨 말이 필요할까. 벽도삼걸이 정반대 방향으로 하산할 때 알아봤어야 하는 건데. 도착한 지 얼마 되지 않았다고는 하지만 수천무인들의 교대 시간을 들였으니 조금만 주의를 기울였더라도…….

그들은 체면이 손상되었다. 하지만 무림에 낯을 들고 다닐 수 없을 만큼 무인의 모든 것이라 할 수 있는 명예가 떨어진 사람들도 있다.

벽도삼걸과 함께 수천(守天)을 했던 무인들.

그들은 혈영신마도 아닌 벽도삼걸에게 제압당했다.

병기를 뽑아 들고 싸우다 죽었으면 무공이 약해서 죽은 것이니 할 말이라도 남았겠지만 혈영신마의 하수인쯤 되어 보이는 자들에게 감쪽같이 제압당했으니 입이 열 개라도 할 말이 없다.

개방 또한 무사히 넘어가지 못한다.

과산에서 온 장무라는 자… 이용헌이라는 자… 그들을 의심했고 문도까지 파견했으면서도 꼬리를 잡지 못했다. 그들이 혈영신마를 데리고 나설 때도 의심없이 보내주었다.

개방의 실력은 절반 이상이 정보에서 나온다.

무공도 뛰어나고 문도 수도 중원에서 제일 많은 거대 방파이지만 그들이 장악하고 있는 정보력이 없다면 오늘날과 같은 영광을 누리기는 상당히 곤란했을 게다.

혈영신마가 빠져나갔다는 소식을 들었을 때, 거야 분타주는 털썩 주저앉았다고 한다. 멍한 표정으로 땅만 쳐다보며 깊은 한숨을 푹푹 내쉬었다고 한다.

종리추는 동하를 벗어나자마자 인피를 벗어 던졌다.

인피를 떼는 것은 벗는 것 못지 않게 힘들었다. 죽은 살이 제 살 행세를 하는 바람에 얼굴 가죽을 벗겨내는 기분이었다. 아프고, 쓰리고, 화끈거리고…….

종리추가 약물을 얼굴에 부을 때마다 뜨거운 불길이 닿는 듯했다.

피할 수 없는 과정이다.

보통 인피라면 썩기라도 하련만 면구로 사용되는 인피는 특별히 약물 처리를 한 것이라서 썩지도 않는다. 아교의 성분을 무르게 하지 않는 한 얼굴에 달라붙은 인피를 떼어낼 방도는 없다. 불로 지지는 듯한 고통이 일어 괴롭지만.

"이거 두 번은 할 짓이 못 되는군."

혈영신마가 중얼거렸다.

"제길! 마, 그런 소리 하지 마. 우린 벌써 두 번째야. 이건 정말 쓸 때도 그렇고 벗겨낼 때도 그렇고……."

혈영신마는 모진아의 중얼거림에 입을 뚝 다물었다. 아니, 놀랐다. 두 번째라는 말에 놀란 것이 아니라 인피면구를 드러내고 난 후 드러난 얼굴을 보고 놀랐다.

예상은 했지만 모진아는 혈영신마의 예상보다 훨씬 나이가 많았다. 종리추는 훨씬 젊었다. 혈영신마가 볼 적에는 젖비린내가 난다고 여길 만큼 젊었다.

나이가 얼마나 되었을까? 이제 갓 스물을 넘긴 것 같은데… 자신이 저 나이 때는 무엇을 했나? 뜨거운 야망을 품고 무공 수련에 박차를 가하고 있었지.

나이가 한참 많은, 무공이 자신에 못지 않은 모진아가 종리추를 주공이라고 부른다. 무공으로 제압했다면 그럴 수도 있지만 절정 고수일수록 굴복보다는 명예를 택하기 마련인데… 둘은 어떤 관계일까?

"마! 목숨을 살려줬으면 고맙다는 말이라도 한마디 해라. 네놈 때문에 신체발부… 신체발부… 주공, 그게 뭡니까? 신체발부 뭐라고 하는 것 말예요."

"신체발부수지부모 불감훼상효지시야(身體髮膚受之父母 不敢毁傷孝之始也). 효경(孝經) 개종명의(開宗明義) 장(章)."

"제길! 되게 기네. 좌우지간 신체발부수지부모, 그것까지 했단 말야, 임마!"

혈영신마는 모진아의 투박한 소리에 긴장이 사르르 풀리는 느낌을 받았다. 그러고 보니 지난 몇 달 동안 잠도 제대로 자지 못했다. 오늘 죽을지 내일 죽을지… 긴장을 몸에 달고 살았는데…….

모진아는 인피를 쓰기 위해 수염을 자른 것이 못내 아쉬운 듯 연신 턱을 어루만졌다. 인피를 쓰고 있을 적에는 얼굴 살결이 바짝 당겨 섭섭한 점을 몰랐는데 인피를 벗자 허전함이 드러난 것이다.

종리추는 벗겨낸 인피를 불살랐다. 살이 타는 매케한 노란내가 코를 자극했다. 명도 축에 끼일 수 있는 벽도삼걸의 보도(寶刀)는 땅에 묻었다. 흔적을 남기지 않기 위해 바위로 짓누르고 눈을 쌓았다.

벽도삼걸의 인피와 보도는 세상에서 완전히 사라졌다.

그런 후 행낭에서 다른 인피를 꺼냈다.

"또! 또 씁니까?"

이번에는 혈영신마도 인상을 찡그렸다.

인피면구란 것은 한 번은 호기심에 써본다 해도 두 번은 쓸 것이 못 되었다.

종리추는 묵묵히 아교와 종류 미상의 살점으로 얼굴 윤곽을 만들어 나갔다.

'이건 참 대단해. 인피를 씌우기 위해서는 죽은 사람의 얼굴을 기억하고 있어야 돼. 눈 모양, 입 모양, 코 모양……. 그러고도 잠을 잘 수 있다니…….'

혈영신마가 무림에 나와 제일 힘들었던 것은 첫 살인을 한 직후였다.

죽은 자의 얼굴이 생각나 밤에 잠을 자다가도 놀라서 벌떡벌떡 일어나곤 했다. 어쩌면 그렇게 생생히 생각나던지……. 아니, 얼굴 모습은 흐릿해서 알아볼 수 없는데 그놈의 부릅뜬 눈만은 너무 또렷하게 기억나곤 했다.

아마도 종리추는 죽은 자의 얼굴을 벗겨내면서 하나라도 더 기억에 담으려고 뚫어지게 쳐다봤을 게다.

종리추는 여러 가지로 패륜아(悖倫兒)다.

중원 무인들 중에는 인피면구를 쓰는 사람이 없다. 모진아의 말대로 신체발부수지부모 불감훼상효지시야라. 신체를 훼손하는 것은 십악대죄(十惡大罪)를 범한 중죄인을 응징할 때뿐이다.

죄없는 사체의 신체를 훼손했다는 사실만으로 종리추는 십악대죄를 저질렀다.

그런 연유로 중원 무인들은 인피면구를 쓰는 자는 사마(邪魔)의 무리로 간주한다.

모진아는 오십 대의 중년인으로 변했다. 혈영신마와 종리추는 모진아보다 약간 못 미치는 얼굴이다.

"염호(閻淏), 염추(閻愀), 염선(閻鏇), 하남 염가(閻家) 삼형제의 이름이야. 셋 다 의원(醫員)이야. 가업으로 오대째 이어오고 있지. 나이는 쉰넷, 둘, 쉰. 슬하에는……."

하남 염가 삼형제에 대한 이력(履歷)이 줄줄이 흘러나왔다.

마지막으로 종리추가 말했다.

"염가 삼형제는 곡성(曲城)에 있어. 지금도."

"……"

혈영신마와 모진아는 잠시 종리추의 말뜻을 이해하지 못했다. 시간이 조금 흘러서야 말의 중요성이 떠올랐다.

"아니, '지금도'라면? 염가 삼형제가 살아 있다는 말입니까?"

"그래."

"이 인피면구는… 어떻게 살아 있는 사람 얼굴 가죽을 벗겨서……."

비위가 어지간히 강한 모진아가 부르르 치를 떨었다.

종리추가 말했다.

"지금 무슨 생각을 하는 거야?"

"살아 있다면 인피면구는… 인피면구는……."

"이건… 정확히 말하면 인피가 아니라 토피(兎皮)라고 해야겠지. 토끼 뱃살로 만든 거니까."

"어, 어떻게?"

"세상에 불가능한 것은 없어."

"아무리 그래도……."

"그런 의미에서 의술을 연구해 봐."

"……?"

"웬만한 의술은 알고 있을 테지만 염가 삼형제는 의술이 뛰어나 인근에 소문이 자자한 자들이야. 그들 행세를 하려면 그럴싸한 의술을 지니고 있어야 돼."

"그럼 염가 삼형제는 죽은 것이 아니라……."

"살아 있는 사람들이야."

세상에! 죽은 자의 얼굴을 벗겨 인피면구를 만든다는 소문은 들었어도 산 자의 얼굴을 모방할 수 있다는 사실은 처음 알았다.

"하필이면 왜 그런 자를 흉내 냈습니까? 토끼 가죽으로 만들 바에는 이름자도 없는 촌놈으로 만들 것이지.'

"벽도삼걸 사건 때문에 산동 무인들은 세상 모든 사람을 의심해. 일이 그렇게 되어 있어. 인상착의가 달라도 외지인이 나타나면 의심의 눈초리를 풀지 않을 거야. 상당히 피곤해지지. 그럴 바에는 조금이라도 소문난 자가 좋아. 의심을 풀 수 있으니까."

"……."

"문제는 개방이야. 개방의 소식이 얼마나 빠른지 시험해 볼 좋은 기회지. 우리 존재가 염가 삼형제를 알고 있는 무인의 귀에 들어가고, 곡성에서 확인하고, 추적 명령을 내리는 게 빠른지 우리가 안산까지 가는 게 빠른지. 우리가 빠르면 남은 일정이 편하고 늦으면 고되."

혈영신마는 머리가 핑핑 돌았다.

종리추는 자신보다도 무공이 강하다.

그는 아직도 자신이 졌다는 사실을 인정할 수 없다. 한밤의 꿈처럼… 패배했던 순간이 먼 꿈속의 일처럼 느껴진다.

'이건 뭔가 잘못됐어. 혈영신공이 이렇게 무너질 리가 없어.'

그런 느낌이 그를 일어서게 만들었다. 목숨을 구걸하고자 일어선 게 아니다. 그는 자신이 왜 졌는지를 알고 싶었고 가능하다면 다시 한 번 확인해 보고 싶었다.

그가 생각하기에 종리추와 모진아라면 무공으로 뚫고 나가도 될 것 같았다. 자신도 무공으로 뚫고 나왔는데 하물며 자신보다 강한 자인데…….
 그런데 종리추는 충돌을 피하고 돌아가고 있다.
 최대한 자신의 존재를 드러내지 않고 완벽하게 일을 처리하고 있다. 그리고 그런 과정이 무척 치밀하고 완벽하다.
 '이런 자가 알려지지 않은 것은 우연이 아냐.'
 그는 호기심까지 치밀었다. 앞일이 어떻게 전개될 것인지.
 그때 모진아의 음성이 들려 상념을 접었다.
 "주공, 그럼 벽도삽걸 인피면구도 토피로 만든 게……."
 혈영신마도 궁금했다. 죽은 사람의 얼굴을 뒤집어썼다는 게 못내 찜찜했는데…….
 종리추의 대답은 간단했다.
 "아냐."

 길을 재촉하는 동안 세 사람은 많은 무인들을 만났다.
 "한심한 놈들……."
 모진아가 중얼거렸다.
 길에서 만난 무인들은 혈영신마와 일 대 일의 비무는 자신이 없는 사람들이 대부분인지라 우르르 몰려다니는 모습이 볼썽사납게 비쳤다.
 이게 현 무림의 실태였다.
 맹수에게는 영역이 있다.
 맹수에게 영역은 매우 중요하다. 먹이를 잡아먹을 수 있는 공간이기 때문에 영역이 없다는 것은 곧 죽음과도 직결된다.
 그래서 맹수들은 영역을 지키기 위해 싸움을 마다하지 않는다.
 지키는 자가 있으면 노리는 자도 있기 마련이다. 새끼에서 벗어나 자신만의 영역을 가지고자 하는 맹수들은 나이 먹고 힘이 없어진 맹수를 내쫓고 자리를 차지한다. 영역을 차지했더라도 먹이가 빈약하면 풍부한 곳을 찾아 이동한다.

이래저래 맹수의 세계에서는 싸움이 늘 일어나는 일 중에 하나이고 약자는 설 자리가 없어진다.

무림은 맹수의 세계다.

하지만 현 무림은 너무 강자가 약자를 조율한다. 강자로 성장하는 것은 막지 않지만 그러기 위해서는 강자들과 뜻을 같이해야 한다. 강자들의 뜻을 조금이라도 거스르면 여지없이 도태되고 만다.

이러한 과정을 거치면서 무림을 혼란에 빠뜨리는 사마는 자연히 제거되었다.

무림은 평화롭다.

약자들이 살아날 수 있는 공간이 생긴 것이다.

그들의 강자의 영역에서 강자의 눈치를 보고 산다. 너무 오랫동안 눈치를 보아왔기에 이제는 눈치를 보고 있다는 사실조차도 망각해 버렸지만.

무인들은 강한 무공을 익히고 싶어한다. 자신의 무공이 어느 정도인지 시험도 해보고 싶다. 낭인의 허울을 벗고 강자의 반열에 당당히 올라서고 싶다.

그런 사람은 모난 돌이고, 그래서 정(釘)을 맞는다.

아니라고 아무리 부인해도 십망이 무림을 짓누르고 있는 한 거침없이 검을 뽑아 들 사람은 많지 않다.

세 사람은 아무런 의심을 받지 않았다.

병기도 지니지 않고 간단한 행랑만 둘러멘 세 사람을 의심하는 사람은 없었다.

세 사람이 객잔에 자리를 잡고 앉아 소면(素麪)을 시켜 먹는데 옆 자리에 앉은 무인들 중 한 명이 말을 건네왔다.

"먼 길을 가는 사람 같은데… 어디서 오셨쇼?"

"하남 곡성에서 왔소이다."

종리추가 소면을 먹으며 대꾸했다.

"하남 곡성? 곡성에서 오셨다면 동향(同鄕)이네. 나도 곡성 사람이오. 살다 보니 어쩌다 여기까지 흘러왔지만. 반갑소. 이런 데서 동향 사람을 만나다니."

"……"

"난 장칠(張七)이라는 놈이우. 이름이 어찌 되슈?"

전에 물어왔던 무인들의 이름은 왕오(王五), 최삼(崔三) 등이었다. 하나같이 중원에 개똥처럼 널려 있는 이름들이다.

"허허! 곡성 염가 삼형제요."

"염가 삼형제?"

"의원을 하고 있다오."

"아! 의원이셨구려. 그런데 여기는 어쩐 일로……"

"의원이야 좋은 약재가 있다면 천 리도 마다 않는 사람들이지. 이 지역에서 나는 곽향(藿香)이 해서(解暑)에 즉효라 구하러 왔소."

전에는 두충(杜沖), 천마(天麻), 황백(黃柏) 등을 구하러 왔다고 말했다.

대하는 여기끼지다.

말을 걸어왔던 무인들은 이쯤에서 슬그머니 물러섰다. '좋은 약재 구해 가슈' 등등 마무리 말을 하면서.

무인이 말했다.

"아! 어쩐지 이름이 낯익다 했더니… 모가촌(毛家村)에서 천마를 구한다던 의원이셨구먼. 천마는 구하셨소?"

'위기닷!'

모진아와 혈영신마는 움찔했다. 하지만 너무나도 빠르게 지나간 반응이라 무인들은 수상한 점을 잡아내지 못했다. 그들은 종리추에게 신경을 곤두세우고 있었다.

말을 물었을 때 대꾸를 하는 사람이 우두머리일 가능성이 높다. 그리고 이들이 무인이라면 우두머리가 무공이 가장 강할 것이다. 혈영신마 일행이라면… 말을 하는 사람이 혈영신마이리라.

"웬 걸… 소문만 무성했지 쓸 만한 천마는 없습디다."

"……."

무인들의 눈빛이 반짝이기 시작했다. 슬그머니 병기에 손을 얹는 무인도 보였다.

종리추가 태연히 말을 이었다.

"천마란 참 재미있는 약재요."

무엇이 재미있는가? 천마는 값이 제법 나가는 약재지만 귀하다고 할 수는 없다.

"똑같은 천마를 백 사람에게 먹이면 백 가지 맛이 난다오. 맛이 다 다르니… 만병통치인 셈이지. 그런데 그 천마란 놈은 성질이 까탈스러워서 누가 건드리는 것을 무척 싫어한다오. 건드리기만 하면 바로 썩어버리지."

무인들은 종리추의 말속에 빠져 들어갔다.

천마는 많이 알지만 천마에게 그런 특성이 있다는 것을 아는 사람은 별로 많지 않았다.

　병기에 손을 올려놓은 무인이 손을 내렸다.

　경계가 풀어지고 있다는 증거다.

　"천마라는 놈은 참나무를 삭혀서 얻지. 버섯 균도 있어야 돼. 천마는 버섯 균을 먹고 자라기 때문에 그게 없으면 곤란하지. 험! 내 자랑이 너무 심했나? 좌우지간 우리가 구하고자 했던 천마는 생것인데 그게 없었어. 모두 쪄서 말린 것뿐이더라고. 쪄서 말린 것은 보관하기 편하지만 설사에만 약효가 있지. 생것은 변비를 고치는 데 좋고. 약효가 다르다는 말이지."

　종리추는 거만한 의원처럼 행세했다.

　마치 너희들이 의술을 알기나 하냐는 투였다.

　"험! 곽향이란 것… 많이 구해보쇼."

　장칠이라고 자신을 소개했던 무인이 듣기 귀찮다는 듯 몸을 일으켰다.

무인들은 객잔을 빠져나오자 제일 먼저 눈에 띈 걸개에게 의구심을 털어놓았다.

"저 객잔에 의원 세 명이 있는데… 하남 곡성에서 온 염가 삼형제라고 하더군. 한 번 알아보게. 말하는 투로 봐서는 의원이 틀림없어 보이는데… 어쩐지 구린내가 난단 말이야."

말을 들은 개방 걸개는 재빨리 움직였다.

그는 허리 매듭도 없는 백의개였지만 지금과 같은 상황에서 어떻게 처신해야 하는지는 지시를 받지 않아도 잘 알았다.

개방 걸개들 중에는 구걸을 하지 않고 무공 수련에만 몰두하는 걸개도 있다. 그러나 그런 특혜를 받기 위해서는 뛰어난 자질을 지녔어야 한다. 천에 한 명, 만에 한 명 나올까 말까 한다는.

"부모 잘 만나서……."

그렇다. 부모를 잘 만나서 선천적 강골로 태어난 아이들은 장문인이나 장로들의 눈에 들어 구걸을 하지 않고 무공 수련에만 몰두한다.

보통은… 개방이란 곳을 모른 채 동냥을 시작했고, 동냥을 하다 보니 개방을 알게 되었고, 그래서 개방 문도가 된 경우가 대부분이다.

동냥을 하는 데 가장 필요한 것이 무엇인가? 눈치다.

"여기 꼼짝 말고 있어요. 놓치면 안 돼요. 수상한 기미가 있어도 따라붙기만 하지 어찌해 볼 생각은 하지 마세요."

"염려 말게, 소형제."

종리추 일행에게 말을 걸었던 무인 네 명은 객잔이 잘 보이는 곳에 자리를 잡았다.

"심상치 않은데……?"

모진아가 창밖을 슬쩍 흘겨보며 말했다.

종리추도 바깥 동정을 유심히 살폈다.

점심으로 시켰던 소면은 다 먹고 입가심으로 차를 들던 중이었다.

"모진아."

"네."

"저 네 명… 유인해서 죽여."

"죽입니까?"

"……"

"알겠습니다."

모진아가 자리를 털고 일어섰다.

개방 백의개는 발에서 불이 날 정도로 뛰었다.

분타주를 만나야 한다. 아니, 그것은 꿈이다. 한낱 백의개로서는 분타주가 어디 있는지 모른다. 아는 사람… 일결이나 이결 사형들이라도 만나야 한다.

다른 때 같으면 산신각(山神閣)에 가면 우글우글 모여 있을 테지만 지금은 한 명도 없다. 모두들 혈영신마의 종적을 찾아 각처로 흩어졌으니.

백의개는 마음이 조급해졌다.

혈영신마로 의심되는 자를 찾았는데 신호탄은 일결 이상만 지니고 있고, 사형들을 만날 수 없으니… 아니, 신호탄을 지니고 있다 해도 쏘아 올리지는 못한다. 혈영신마인지 아닌지 확신도 서지 않는데.

'사형을 만나 조사해 봐야 돼. 염가 삼형제……'

그는 드디어 허리에 한 가닥 매듭이 있는 걸개를 만났다.

처음 보는 낯선 얼굴이었다.

'누구지? 어지간히 못난 사람이군.'

첫인상이 그랬다. 머리는 희끗희끗한 사람이 아직도 일결 매듭을 두르고 있다면 무능력한 자라고 볼 수밖에 없다. 정말 지지리도 무공에 자질이 없어 위로 올라가지 못하거나 늦은 나이에 걸개가 되어 개방에 입문한 문도이리라.

어느 쪽이나 무능력하기는 마찬가지다.

그 역시 늦은 나이에 개방에 입문했지만 조만간 일결 매듭을 받기로 내정되어 있는 처지다.

그는 일결 사형을 경시하는 마음이 들었다.

"저, 사형들을 만나야 하는데 지금 어딨습니까?"

"넌 어딜 그렇게 쏘다니는 거냐?"

"절… 아십니까?"

"시끄럿! 지금 혈영신마가 나타났다고 모두들 난린데. 빨리 따라와!"

일결 사형은 오리가 걷는 것처럼 뒤뚱거리는 신법으로 달려나갔다.

백의개가 보기에도 한심한 신법이었다.

'혈영신마가 나타나? 그럼 객잔에 있던 염가 삼형제는……? 쳇! 잘못 짚었군. 그자들도 수상하기는 한 자들인데… 사형을 만나면 말해 봐야겠어.'

일결 사형은 덕지덕지 붙어 있는 초가를 지나 마을 뒷산으로 접어들었다. 그리고 곧 산중턱에 이르렀다.

"헉헉! 아이고, 힘들다. 좀 쉬었다 가자."

일결 사형은 산을 타기도 힘이 드는 듯 조그만 바위에 엉덩이를 붙였다.

"사형, 혈영신마가 어디 나타났는지 알려주시면… 컥!"

백의개는 가장 고통없이 편하게 죽었다.

그는 양손으로 얼굴을 잡고 확 돌리는 힘을 감당하지 못해 목뼈가 부러졌다. 머리가 한 바퀴 원을 그리는가 싶더니 반동의 힘으로 되돌아왔다.

머리가 한 바퀴 돌았다가 다시 돌아오는 시간.

백의개가 고통을 느낀 시간이다. 아주 잠깐, 찰나에 불과한 시간이니 가장 고통없이 죽었지 않겠는가.

그를 죽인 사람은 염가 삼형제 중 셋째 염선, 종리추였다.

종리추는 백의개의 시신을 들고 몇 걸음 더 움직였다.

그곳에는 마을 사람들의 아궁이를 지펴줄 땔감이 수북이 쌓여 있었다. 대체로 마을은 산을 등지고 형성되었으며 겨울 산에는 땔감이 쌓여 있기 마련이다.

　베어놓고 말리느라 아직 거둬들이지 않은 땔감들이다.

　백의개의 시신을 땔감 위에 올려놓고 불을 지폈다.

　지지직……! 화악……!

　차디찬 눈 속에 묻혀 있던 나무들이지만 불기에 닿자 새 생명을 얻은 듯 활활 타올랐다.

　불길이 백의개의 몸에 이르는 것을 본 종리추는 신형을 날렸다.

　혈영신마는 마을을 벗어나 타박타박 걸었다.

　지금 그의 곁에는 아무도 없다. 종리추도, 모진아도 없이 홀로 무림을 떠돌 때처럼 혼자 몸이다.

　앞을 가로막는 사람도 없다.

　종리추와 모진아가 뒤처리를 하고 있을 테니… 가고 싶은 곳이 있으면 가면 된다.

　그런데도 이상하게… 혈영신마는 전과 같은 홀가분한 기분을 느끼지 못했다. 지금이나 혼자 무림을 떠돌 때나 혼자 몸인 것은 같은데 전처럼 개운하지 못했다.

　그는 곧 이유를 알았다.

　'어디로…….'

　갈 곳이 사라졌다.

　무림은 더 이상 그를 용납하지 않는다. 그가 무공을 드러내는 즉시 아귀처럼 달려들어 살점을 뜯어 먹을 게다. 전처럼 기다리는 짓도 하지 않으리라. 그를 보는 무인들은 삶과 죽음을 도외시하고 달려들 것이 뻔하다.

무공을 사용하지 못하는 무인, 그가 갈 곳이 어디 있으랴.

'후훗! 갈 곳이 있지. 죽음의 골짜기……. 나는 그곳으로 갈 수밖에 없어.'

생각이 거기에 미치자 종리추가 떠올랐다.

그도 무림에서 환영받지 못하는 처지인 것은 분명하다. 느낌만으로도 충분히 알 수 있다.

그러나 그는 갈 곳이 있다.

어디로 가는지는 모르지만 어딘가로 가고 있다. 그리고 그곳은 적어도 개죽음을 당하는 곳은 아닌 듯싶다.

'그는 어떻게 그럴 수 있을까? 어떻게…….'

시간은 점점 죽어가고 있다.

그는 예감하고 있다. 종리추가 다시 그의 앞에 모습을 드러내면 정말 그의 말대로 일 년 간은 그의 곁에 머물러야 될 것 같다는 예감.

그의 곁을 벗어나려면 지금 이 순간밖에는 없다.

혈영신마는 고민을 거듭하며 터벅터벅 걸었다.

그러다 마침내… 그가 가진 시간이 모두 소모되고 말았다.

종리추가 모습을 드러냈다.

그는 논두렁에 앉아 산불이 일어난 곳을 멀거니 바라보고 있다.

'휴우!'

한숨이 새어 나왔다.

종리추를 보자 오히려 마음이 홀가분해졌다.

그는 종리추 곁에 털썩 주저앉았다.

"이름이 뭐… 요?"

나이가 어려 보이니 하대를 해야 마땅한데 하대를 할 수도 없다. 그가 누구에게 말하면서 지금처럼 곤혹스러운 적은 없었다.
"종리추."
"……"
"모진아."
"……?"
"궁금할 것 같아서. 내 노예를 자처하는 사람… 그 사람 이름은 모진아야."
"아!"
"한 가지 궁금한 점이 있는데… 혈영신공에 당하면 왜 혈흔이 생기지? 빨갛게."

일반적으로 타격을 당한 부위는 먼저 죽는다. 그렇기에 시반(屍斑)이 까맣게 된다. 다른 부위보다 더 시커멓게 변한다. 혈영신공에 당하면 빨갛게 변한다고 한다.

"흡인(吸引) 때문이오."
"흡인?"
"중원 무학은 대부분 타격 시점에 경력을 발출하는 것에 초점이 맞춰져 있소. 혈영신공은 반대로 타격 시점에 진기를 거둬들이지. 상대는 타격을 받는 부위에서 진기가 빨려 나가는 느낌을 받게 되오."

종리추는 고개를 끄덕였다.
비로소 혈영신공의 무리를 알 것 같았다.
혈영신공은 반탄력을 이용한 무학이다. 사람이나 동물이나 타격을 받으면 자신도 알지 못하는 사이에 반탄력이 형성된다. 무공을 익히지 않은 사람은 너무 미미해서 알지 못할 뿐.
반탄력은 가해지는 충격에 비례해서 일어난다.

무인의 경우에는 그런 징후가 뚜렷하다. 진기를 조절할 수 있기에 약한 타격에, 강한 타격에 본능적으로 그에 합당한 반탄력이 형성된다.

그 순간 혈영신공은 진기를 거둬들인다.

반탄력은 형성되었으나 마주칠 힘이 없으니…….

일정 부위로 급격하게 밀려든 진기는 정체되어 굳어진다.

혈영신공에 스치기만 해도 사지가 마비되는 것 같다는 통설은 그래서 나왔으리라.

결국 혈영신공은 타격으로 죽이는 것이 아니라 인위적으로 주화입마를 유도해 내 죽이는 것과 같다.

그러기 위해서는 진기의 발출과 거둠이 신의 경지에 이르러야 한다. 시전자가 의식할 틈은 전혀 없다. 본능보다도 더 빠른 감각이 진기를 발출하고 거둬들여야 한다.

하단전을 이용한 무학이 아니다. 중단전이나 상단전을 이용한 무학이다.

금종수가 그렇다.

마음으로 운용되는 무공이기에 진기의 진퇴가 자유롭다.

종리추가 싸우면서 병자처럼 흐느적거리는 이유가 거기 있다. 필요 없는 곳에서는 진기를 발출하지 않고 정작 필요한 순간에는 거기에 맞는 진기를 발출하기 때문이다.

이제 한 가지 더 알았다.

사람을 죽이는 데 꼭 발출만이 능사가 아니라는 것을.

금종수로 혈영신공의 무리를 응용하면 어떤 결과가 나올까?

"그런데 왜 혈영신공이란 이름이 붙었지?"

혈영신마의 눈에 놀람이 떠올랐다.

그는 단 한 마디, 흡인이라는 말을 했을 뿐인데 종리추는 이미 무리를 깨달은 듯하지 않는가.

혈영신마는 대답 대신 손을 내밀었다.

"이 손이 사람을 죽일 수 있을 것 같소?"

혈영신마의 손은 아기의 손처럼 부드러워 보였다. 아니, 아기 손보다 더 부드러웠다. 세상에서 가장 부드러운 손을 꼽으라면 여인의 손이 아니라, 아기의 손이 아니라 혈영신마의 손을 꼽아야 할 것이다.

"혈영신공을 펼치기 위해서는 일 단계는 손의 감각을 최고조로 끌어올리는 것이오. 손의 감각이 눈을 대신하는 거지. 귀를 대신하고 감각까지 대신해야 하오. 그러기 위해서 혈영신공이 택한 방법은 껍질을 벗겨내는 것이오."

"……!"

"독초의 즙을 짜서 팔팔 끓인 독액(毒液)에 손을 담그면 피부가 시커멓게 타 들어가지. 손이 아물 때까지 기다리다 보면 죽은 피부가 벗겨지면서 홍색의 새하얀 속살이 모습을 드러내고… 모기를 손바닥에 올려놓았을 때 날갯짓을 하는 느낌을 받을 수 있을 때까지… 반복해서 껍질을 벗겨내는 게 혈영신공 첫 단계요."

"배울 만한 무공은 아니군."

혈영신마는 피식 웃었다.

"미련하게도 난 그런 무공을 익혔소."

"……"

"……"

두 사람은 말을 잃었다.

종리추는 금종수를 익힐 때를 생각했다.

밤마다 홍리족의 무덤을 찾아 귀신을 불러내던 일……. 정말 귀신이 튀어나오던 환상…….

금종수나 혈영신공이나 정상적인 무학은 아니다.

정말 아닌가? 아니다. 둘 다 마음을 닦는 무공이다. 지극히 정상적인 무공이다. 우매한 인간이 마음을 닦기 어려워 편법을 생각해 냈을 뿐이다. 그것이 무공을 닦는 기초라 생각하면서.

혈영신공을 완성한 혈영신마는 지금도 손의 피부를 벗겨내는 과정이 필요하다고 생각할까? 아닐 것이다. 종리추가 귀신을 불러내는 과정이 불필요했다고 생각하는 것처럼 혈영신마도 그런 과정이 필요없다고 생각할 게다.

모두 이룬 자의 생각이다.

이루지 못한 자는 이뤘을 때의 경지를 모르기에 처음의 과정이 극히 필요하다고 생각한다. 그런 방법이 아니고는 지금의 경지에 이르지도 못했을 게다.

혈영신공이나 금종수는 사마의 무공이 아니라 자신의 마음과 싸우는 무공이다.

중원 무인들은 잘못 알고 있다.

금종수나 혈영신공이 나타나면 무조건 사마의 무공으로 생각하는 것이 그렇다. 금종수가 다행히 별다른 상흔을 나타내지 않기에 망정이지 혈영신공처럼 뚜렷한 상흔을 나타낸다면 혈영신마에 앞서 종리추가 십망을 받았을지도 모른다.

"가지."

종리추가 먼저 일어섰다.

모진아가 터벅터벅 걸어오고 있었다. 아무런 일도 없었던 것처럼.

도망 다니는 자는 대부분 낮에는 잠자고 밤에 움직인다.

종리추는 그러지 않았다. 낮에는 움직이고 밤에는 객잔에 투숙해 편히 잠을 청했다.

먼저 객잔에서 있었던 일이 교훈이 되어 약재도 구입했다.

모든 일이 개방도의 귀에 흘러 들어간다고 생각해야 된다.

종리추는 한꺼번에 많은 양의 약재를 구입하지 않고 진귀하다는 약재만 조금씩 구입했다. 가난한 의원답게 터무니없이 비싼 약재는 군침을 삼키되 구입하지는 않았다.

안산에 이르기까지 많은 무인들과 접촉했고 질문을 받았지만 태연히 지나쳤다.

그때까지 무림은 백의개가 어떻게 되었는지, 객잔에서 말을 건넸던 무인 네 명이 어떻게 되었는지 알지 못했다.

*   *   *

"미치겠군! 미치겠어!"

개방 거야 분타주… 그는 곡성에서 날아온 조그만 쪽지를 손에 들고 펄쩍펄쩍 뛰었다.

감쪽같이 사라진 혈영신마를 찾는 일은 모래밭에 떨어진 바늘을 찾는 것보다 어려웠다.

거야 분타주는 서둘지 않았다.

체면이 말이 아니게 구겨졌지만 그럴수록 냉정을 회복해야 한다.

'아무도 빠져나갈 수 없어. 아무도…….'

개방 문도가 구석구석 퍼져 낯선 자들을 색출해 냈다.

많은 인력이 투여되면서도 힘들고 지루한 작업이지만 거야 분타주는 끈기있게 처리해 나갔다.

개방도가 발견한 모든 사람들의 내력이 밝혀지기 시작했다.

온 것이 너무 멀어 하루 이틀로 알아낼 것 같지 않은 사람은 개방 이름으로 정중히 청했다.

"혈영신마가 사라져서 그럽니다. 잠시 저희 개방에 머물러 주시겠습니까?"

말이 좋아 요청이지 협박이나 다름없었다. 사실 불응하면 강제로 끌고 올 계획이었고, 많은 사람들이 강제로 끌려와 썩은 냄새가 풀풀 풍기는 거적때기에서 생활했다.

하남 곡성은 참 묘한 곳이다.

멀다고 하기에는 가깝고 가깝다고 하기에는 멀다.

염가 삼형제 역시 내력을 알아내야 할 사람들이었으나 크게 신경 쓰지는 않았다. 처음에는 신경을 날카롭게 곤두세웠지만 워낙 당당하게 행세해서 의심스러운 구석을 찾아내지 못했다. 그들은 정말 의원이었다.

그런데… 곡성에서 날아온 전서에 의하면 염가 삼형제는 곡성을 떠난 적이 없다고 하지 않는가.

거야 분타주가 펄펄 뛰고 있을 때 개방 문도가 황급히 달려와 보고했다.

"염가 삼형제는 안산 부근에서 사라졌습니다."

"안산? 안산이 맞아?"

"틀림없습니다. 두 시진 전에 본 사람이 있습니다."

"빨리! 빨리 당주(堂主)님께 연락드려!"

"벌써 전서를 띄웠습니다."

"그럼 뭘 하고 있어! 빨리 준비들 해! 안산까지 가는 가장 빠른 길이 어디야!"

거야 분타주는 움직이지 못했다.

반 시진 후, 외칠당주(外七堂主)로부터 날아온 전서는 그의 손발을 꽁꽁 얼어붙게 만들었다. 전서에는 단 한 마디, '거야 분타로 돌아갈 것'이라는 글귀만이 적혀 있었다.

'허허! 이날 이때까지 실수란 것을 모르고 살았는데… 혈영신마… 놈에게 멋지게 뒤통수를 얻어맞았군.'

야산에서 함께 나락으로 떨어진 다른 사람들은 명예를 회복할 시간이 있다. 지금쯤 그들은 혈영신마가 염가 삼형제로 변장했다는 것을 알았을 테고, 안산으로 달려가고 있으리라. 다른 한쪽에서는 안산에서 빠져나갈 수 있는 모든 통로를 차단함과 동시에 좁혀오고 있을 테고.

천라지망이 펼쳐졌다.

수상한 사람, 낯선 사람은 누구도 예외없이 무당 현학 도인과 대면해야 한다. 지금까지와는 전혀 다른 아주 강력한 포위망이다. 혈영신마가 어디로 도주했는지 알 수 없을 때는 펼치지 못했던, 안산에 있다는 것을 알게 되어 비로소 펼치게 된 포위망이다.

그들은 거기서 명예를 회복하면 되지만… 거야 분타주는 평생 꼬리표가 되어 따라다닐 게다. 마두를 빤히 지켜보고도 알아보지 못한 무능력한 분타주로.

"돌아가자."

거야 분타주가 힘없이 말했다.

　　　　　　＊　　　＊　　　＊

 안산으로 당도한 종리추는 생선 비린내가 진동하는 어촌의 초라한 움막으로 들어섰다.
 빈궁한 어촌에서도 가장 초라해 보이는 움막이다. 다른 집들은 흙벽이지만 집다운 형태를 갖췄고, 나무 껍질로 만든 지붕이라도 얹었지만 종리추 일행이 들어선 집은 그마저도 없어 거적때기로 사방을 막아 간신히 비바람이나 피할 정도였다.
 "문주님, 어서 오십시오."
 미리 와 있던 천전홍이 반갑게 맞이했다.
 "그렇잖아도 무림 동태가 심상치 않아 걱정했습니다."
 천전홍이 말을 하며 바쁘게 행낭을 집어 들었다.
 "배는 준비해 놨습니다. 쾌선(快船)이라 내일 아침에는 독산호에 도착해 있을 겁니다."
 "피곤하군."
 "……?"
 "오늘은 여기서 쉬었다 가지."
 "문주님, 한시가 급한데……."
 "술 있나?"
 "……?"
 "없으면 좀 구해오지. 독주(毒酒)면 좋겠어. 오늘은 실컷 마시고 푹 잤으면 좋겠어."
 천전홍은 어쩔 수 없이 행낭을 내려놓았다.
 "술은 생각을 못했습니다만… 구해오겠습니다."

혈영신마는 묘한 기분에 사로잡혔다.
천전홍은 분명히 종리추에게 '문주'라는 말을 사용했다.
일문의 문주…….
그것은 혈영신마의 꿈이기도 했다.
혈영신공을 인정받아 일문의 문주가 되어 문도를 지도하고, 현숙한 아내를 맞아 오순도순 살고, 아침이면 밝은 햇살을 맞이하고 저녁이면 지는 노을을 보고…….
그렇게 될 줄 알았다. 오늘같이 쫓길 신세가 될 줄은 전혀 생각하지 못했다.
'그래, 오늘은 술이나 실컷 마셔보고 싶군.'
종리추는 혈영신마와 모진아에게 역한 냄새가 풍기는 약초 즙을 건네주었다.
인피면구를 벗겨낼 때 사용하는 약초 즙이다.
혈영신마는 약초 즙을 붓고 인피를 조금씩 벗겨낼 때마다 살을 지지는 고통에 비명을 내질렀던 옛날이 떠올라 싫었다. 그때는 정말 힘들었다. 독초에 손을 담글 때는 이빨이 으스러져라 이를 악물었다. 꺼멓게 타버린 양손을 바라보며 소리 내어 엉엉 울기도 했다.
종리추가 건네준 약초 즙은 그때의 기억을 되살리게 만들었다.
'마지막이었으면 좋겠군, 인피를 뒤집어쓰는 건…….'
지지직……!
얼굴에 흘러내리는 약초 즙이 소리를 내는 것은 아니었지만 혈영신마는 살이 타는 듯한 소리를 들었다.

천전홍은 독주를 아주 조금 구해왔다. 네 사람이 먹기에는 너무나도 양이 부족했다.

"이런 움집에서 술을 많이 구하면… 아무래도 주변 사람들의 이목을 생각해야 되니까요. 오늘은 잠을 청할 만큼만 마시고… 어태에 도착하면 많이 구하겠습니다."

"그러지. 술은 양으로 마시는 게 아니니까."

조그만 옹기로 두 순배씩 돌아가자 술 항아리가 밑바닥을 보이기 시작했다.

취기는 상당히 올라왔다.

"무슨 술인데 이렇게 독하지?"

술이라면 두주(斗酒)도 불사(不辭)하는 모진아가 인상을 찡그리며 물었다.

정말 독했다. 뿌연 술이 혀끝에 닿는 순간 톡 하고 쏘았고, 목구멍을 넘길 때는 불로 지지는 듯 화끈거렸다. 뱃속으로 들어갔을 때는 독기가 더욱 기승을 부려 전신을 불태우는 듯했다.

"모주(母酒)라고… 이곳 사람들이 생선 창자를 삭혀서 만든 술입니다. 이 술 한 잔만 마시면 어머니 품에 안긴 아기처럼 새근새근 잠이 든다 해서 모주라고 불립니다."

"그런가? 독하군."

종리추도 인상을 찡그렸다.

그의 얼굴은 붉게 달아올라 있었다.

혈영신마의 얼굴도 붉있다. 그의 무공인 혈영신공을 얼굴에 맞은 것처럼 빨갛게 달아올랐다. 얼굴이 홍시처럼 붉은 것은 천전홍도 마찬가지였다. 오직 모진아만이 하얗게 탈색되었다. 그는 술에 취할수록 얼굴이 하얘지는 체질이다.

　종리추는 술 항아리를 들어 남은 술을 따랐다.
　"아니, 저는 이제 그만 하렵니다. 너무 독해서······."
　천전홍이 사양했다.
　"잘 따르면 두 잔은 나오겠군. 마시게. 자네와 나 둘이 바닥을 내자고."
　술잔을 채우지 못했다. 조금 남은 술로 두 잔을 채우려니 칠 부쯤에서 멈춰야 했다.
　"주공, 싫다는 사람에게 권할 것이 아니라 제가······."
　"아니, 이 술은 천전홍과 내가 마실 술이야."
　갑자기··· 분위기가 얼어붙었다.
　술기가 확 달아나는 듯했다.
　취해서 한 말이 아니다. 종리추의 눈은 얼음처럼 차가워져 있었다.
　"문주님, 제가 잘못한 일이라도······."
　"아니, 없어. 너무 고마웠지. 많은 일을 해줘서."
　"······?"
　"이 술을 마시고 흔쾌히 춤을 춰보지. 백천의는 달마삼검(達磨三劍)을 조화지경에 이르도록 연마했다고 들었는데··· 얼마나 전수받았나?"
　"이, 이게 무슨!"
　천전홍은 말없이 앉아 있는데 모진아가 펄쩍 뛰었다.
　"살문주, 들지."
　천전홍의 말투가 바뀌었다.
　두 사람은 잔을 높이 들어 올린 후 단숨에 비웠다.

◆第六十二章◆
비사(悲死)

천전홍은 침착했다.

종리추, 모진아, 혈영신마… 하나같이 무서운 강호들인데 그런 사람들 앞에서 등까지 보이며 검을 찾아 손에 들었다.

"술잔이 비었으니 남을 사람은 남고 갈 사람은 가야겠지. 살문주, 살문주는 잘못된 길을 걷고 있어. 그냥 천부에 눌러앉았다면 아무런 해도 없었을 텐데."

모진아가 사태를 짐작하고 도로 주저앉았다.

그는 침통해 보였다.

"살문주나 혈영신마나… 모두 돌아가지 못해. 살문주, 아나? 병기를 구하겠다고 무림에 나간 사람들… 지금쯤 모두 고혼(孤魂)이 되어 저승을 떠돌고 있을 거야."

모진아의 양손이 부르르 떨렸다.

그는 싸움에 관한 한 누구도 따를 수 없는 경험을 가졌다.

중원에서는 백전노장(百戰老將)이란 말을 잘 사용하는데 정작 그 소리를 들을 사람은 모진아였다.

그의 판단에는 천전홍의 말이 옳다.

앞에서 날아오는 검날은 막을 수 있어도 뒤에서 찔러대는 비수는 막지 못한다. 외부가 아니라 내부의 적이다. 간세가 있어 적과 내통한다면 백전백패(百戰百敗)다.

유구, 유회…….

그들도 무림에 나가 있다.

천전홍의 말대로라면 그들 역시 죽음을 피할 수 없을 것이다.

종리추가 옅은 웃음을 지으며 말했다.

"병기는 얻을 거야. 우리도 무사히 돌아갈 거고. 사실 혈영신마를 구하겠다는 생각은 자네가 없었으면 하지 못했지. 큰 모험이기에 확실한 게 필요했어. 그게 자네지."

"……?"

"이상하지 않나? 지금에 와서야 이런 말을 하다니 말야. 왜냐하면 이제는 돌아가야 할 때거든."

천전홍의 안색이 새파랗게 질렸다.

종리추는 알고 있었다.

살문에 있을 때부터 천전홍의 존재를 알았다. 그러면서도 태연히 속아주었다. 속아주기뿐인가? 살문이 멸문할 때는 마지막 구명줄을 그에게 맡기기도 했다.

그렇다면… 모든 게 백지로 변했다. 종리추가 생각했던 대로 살문의 수하들은 병장기를 얻을 것이다. 매복이 있다 해도 알고 빼앗으려 드는 사람은 당할 도리가 없다. 아마도 매복에 대한 대처도 철두철미하게 해놨을 게다.

안산에 배를 준비해 놔라, 어태에 마차를 준비해라… 모두 거짓이다. 중원무림은 안산을 비롯해 독산호, 소양호, 어태 등에 개미새끼 한 마리 빠져나가지 못할 엄밀한 막을 형성하겠지만… 앞으로 종리추가 어디로 갈 것인지는 아무도 모른다.

자신 잘못이다. 자신이 종리추에게 살 길을 열어주었다.

"살문주… 무서운 사람이군."

"아니, 가여운 사람이지. 살려고 발버둥치는."

움막을 나온 두 사람은 검을 겨눴다.

자광이 붉은 노을처럼 은은하게 번져 나는 적룡검과 불가 무공을 익힌 사람답지 않게 새파란 살기로 번뜩이는 청강장검.

쉬익!

천전홍이 먼저 신형을 띄웠다.

청강장검에서 터져 나는 새파란 청광이 허공을 반으로 베어냈다.

츄우악……!

검기는 곧장 짓쳐와 종리추의 허리를 양단해 버릴 듯했다.

종리추는 뒤로 물러섰다.

베어오는 검은 물러서면 그만이다. 거리를 벌리면 어떤 공격이라도 무용지물이 될 수밖에 없다. 찔러오는 공격은 옆으로 피하면 된다. 문제는 속도와 제일검 다음에 이어질 변화다.

츄우우욱……!

천전홍의 장검은 채찍질을 당하는 적토마처럼 힘차게 달려왔다. 종리추가 한 걸음 물러서면 한 걸음만큼, 두 걸음 물러서면 두 걸음만큼…….

그의 두 발이 현란하게 움직였다. 도망가는 적을 쫓아오는 신법이다. 검에는 눈이 달려 쫓아오고 발은 종리추의 발과 끈으로 묶여 있는 것 같다.

물러서고 쫓기를 무려 이 장.

천전홍은 똑같은 검식(劍式)을 열두 번이나 펼쳤다. 그러던 어느 한 순간.

쉬이익……!

허공으로 솟구친 종리추가 천전홍의 머리를 뛰어넘어 반대쪽으로 떨어져 내렸다.

천전홍이 검을 위로 추켜 올렸다면 꼼짝없이 당했을 도박성이 짙은 행동이었다. 하지만 천전홍은 그러지 못했다. 그는 열세 번째 초식을 막 전개하려던 순간이었고, 종리추의 급작스러운 행동은 꿈에도 짐작하지 못했다.

'이런 비상식적인!'

후회해도 늦다. 종리추는 검도 마주치지 않은 상태에서 달마삼검 중 일검을 피해냈다.

'왜……?'

모진아는 고개를 갸웃거렸다.

종리추는 왜 검으로 막지 않고 물러선 것일까? 머리를 뛰어넘으면서… 난화각을 펼치면 머리를 날릴 수 있는데 왜 펼치지 않았을까?

달마삼검이 어떤 검인지 지켜보겠다는 심산인가? 아니다. 지금은 그럴 시간이 없다. 독주를 구한답시고 밖으로 나간 천전홍은 이미 연락을 취했을 게고 연락을 받은 무림 고수들이 달려오고 있다.

그들과 싸울 생각이라면 모를까 피할 생각이라면 시간이 없다.

'왜……?'

모진아는 이해하지 못했다.

츄뤼릭……!

천전홍은 똑같은 검식을 다시 전개했다.

검을 옆으로 뉘이고 곧장 달려오는 기세. 물러서지 않고 맞부딪치려 한다면 단숨에 허리를 갈라 버릴 기세다.

쉬익!

종리추는 다시 허공으로 솟구쳤다. 하지만.

슈아악……!

천전홍의 검이 비스듬히 솟구쳐 오르기 시작했다. 허공에 떠 있는 종리추를 향해 곧장 베어가는 검이 아니라 움직일 방위를 없애 버리는 검식이다.

종리추의 신형이 갑자기 무거운 추를 달아놓은 것처럼 뚝 떨어져 내렸다.

불가 무학 중 하나인 천근추(千斤墜) 수법이 종리추의 몸에서 재현되었다.

엄밀히 말하면 천근추는 아니다. 종리추가 전개한 천근추는 진기를 양발에 집중한 것에 지나지 않았다.

슈우욱……!

천전홍의 검기가 머리 위를 스쳐 지나갔다.

천전홍의 신형은 위로 솟구치는 장검을 쫓아 마치 연에 이끌려 허공에 떠오르는 사람처럼 둥실 떠오른 상태였다.
 천전홍의 눈가에 놀란 빛이 어렸다.
 천전홍은 허공에서 몸을 뒤집었다. 검세도 거뒀다. 발이 땅에 닿으려는 찰나 종리추의 신형을 확실히 포착한 후 다시 달려들었다. 청강장검은 달마삼검 중 제일식을 펼쳐 냈다.
 츄우욱……! 촤아악……!
 천전홍은 빠른 신법으로 피할 수 있는 모든 방위를 차단했다. 천전홍의 공격을 받으면 피해봤자 필요가 없다는 생각이 들게 된다. 그의 신법은 단순한 것 같으면서도 피할 방위를 허락하지 않는다.
 하기는 어쩌면 가장 단순한 것이 가장 무서운지도…….
 이번 검식의 시작은 달마삼검 제일식이었으나 중도에서 검세가 변했다.
 검을 휘두르는 데는 네 가지 방법이 있다.
 횡(橫)으로, 종(縱)으로, 사선(斜線)으로, 원(圓)으로.
 청강장검은 원을 사용했다.
 검끝이 미미하게 흔들리는 정도의 작은 원에서 시작하여 점점 크게 선을 그려 나갔다.
 공격을 받는 종리추의 입장에서는 피할 방위도 잃었고, 신형을 허공으로 띄울 수도 없게 되었다.
 마지막 방법은 오직 검을 부딪치는 것뿐이다.
 천전홍은 철저하게 검이 부딪치는 것을 원하고 있다. 처음부터 지금까지 그의 검세가 그런 방향으로 유도하고 있다.
 쉬이익……!

드디어 적룡검이 허공을 갈랐다.

놀라운 절학을 뿜어내는 것이 아니라 단순하게 위에서 아래로 내려치는 천지양단(天地兩斷)의 검초였다.

검과 검이 부딪치지 않을 수 없다.

캉! 까가강……!

단순하고 느리게만 보이던 검초들이 현란하게 작렬했다.

종리추와 천전홍은 단 한순간의 접촉에서 무려 십여 초의 검식을 주고받았다. 그러던 한순간.

"크윽!"

천전홍이 비틀거리며 뒤로 물러섰다.

그의 몰골은 말이 아니었다. 의복은 검초에 휩쓸려 너덜거렸고, 머리에 둘러매고 있던 영웅건(英雄巾)도 잘라져 떨어졌다. 머리도 마구 헝클어져 산발한 귀신 형상이 되었다.

결정적으로 그는 피를 흘리고 있다.

얼굴에 비스듬히 그어진 혈선을 타고 핏방울이 한 방울, 두 방울 새어 나왔다. 그러다… 머리 한 귀퉁이가 스르륵 미끄러졌다.

피분수가 솟구쳤다.

머리의 삼 할을 잃은 천전홍은 잠시 뒤뚱거리다 썩은 고목처럼 무너졌다.

쿵!

둔탁한 소리가 지축을 흔들었다.

모진아가 다가가 천전홍의 장검을 집어 들었다.

장검은 이미 장검으로서의 기능을 잃었다. 날카롭게 곤두섰던 검날이 마치 톱날처럼 이가 빠졌다.

모진아가 어깨를 으쓱해 보였다.

종리추는 충격을 받은 듯 천전홍이 죽었어도 검을 집어넣지 않고 멍하니 서 있었다.

혈영신마가 눈을 빛내며 다가와 물었다.

"살문주라? 누군가 했더니 하남을 떨쳐 울리던 살문의 문주이셨군. 듣기로는 멸문당했다고 하던데 건재했었어. 그건 그렇고… 문주, 어찌 된 일이오? 지금 천전홍이 펼친 검초가 달마삼검이 맞다면, 그리고 내가 잘못 보지 않았다면… 나와 싸울 때 문주가 전개한 도초와 아주 흡사하던데?"

"……."

종리추는 꿀 먹은 벙어리처럼 말을 잃었다.

혈영신마의 말이 맞다.

종리추가 혈영신마와 싸울 때 펼쳤던 도초는 달마삼검 제이초식이다. 아니다. 그는 달마삼검을 수련한 적도 없고 몸으로 견식한 것도 처음이니 달마삼검이라고 할 수 없다. 그때의 도초는 종리추가 창안한 도다.

그렇지만… 너무 똑같다.

어떻게 이리 똑같을 수 있을까?

혈영신마와 모진아는 종리추의 내심을 추측조차 할 수 없지만 그는 그들이 생각하는 것보다 훨씬 심각하게 고민했다.

천전홍이 펼친 제일초… 그것은 자신이 창안한 도초의 제일초였다. 제이초 역시 자신의 도초와 똑같았다.

제삼초는 약간 달랐다. 달마삼검은 원을 그렸지만 종리추는 사선을 생각했다. 원을 생각하지 않은 것은 아니지만 사선은 시작 점에서 변화를 일으키면 되고 원은 끊임없이 검초를 전개해야 한다.

자신이 제삼초를 펼칠 경우 신법은 적이 움직일 수 있는 모든 행동반경을 차단하지만 도는 비스듬히 하늘로 솟구친 채 움직이지 않는다. 도가 움직일 경우는 상대가 움직였을 때다. 상대의 움직임을 포착하고 따라가는 도초다.

상대보다 더욱 빠르게 도초를 전개할 수 있다는 자신감이 있을 때 전개할 수 있는 도법이다.

반면에 달마삼검은 원을 그린다. 끊임없이 원을 그리며 상대로 하여금 병장기를 부딪쳐 올 수밖에 없게끔 만든다. 상대가 병장기를 움직여 오는 순간 검초는 변한다.

역시 상대보다 빠르게 검초를 전개할 자신이 있어야 한다.

달마삼검은 무서운 쾌검이다.

종리추는 그런 연유로 공격하지 않았다. 제일초를 보고 깜짝 놀라 제이초, 제삼초를 보지 않을 수 없었다.

천전홍이 패하고 종리추가 이긴 것은 종리추의 검이 더 빨랐기 때문이다. 천전홍은 청강장검에 전신의 진기를 모두 쏟아 부어 서른 근 철봉도 반으로 갈라 버릴 거력을 실었지만 종리추의 내력이 더 강했다. 내력, 속도… 모두 빨랐다.

하지만… 천전홍을 이겼다고 백천의를 이긴다는 보장은 없다. 소림 장문인은 더욱 그렇다. 달마삼검을 이긴 게 아니다. 천전홍을 이긴 것뿐이다.

'달마삼검은 달기 십십검을 익힌 후에 수련하지. 결국 검을 전개하는 데 십삼초식까지 필요없다는 거야. 단 삼 초식에 모든 변화를 담은 이상……'

종리추는 이번 싸움에서 몇 가지 배운 게 있다.

모든 무공은 하나로 통한다.

말로야 누구나 할 수 있지만 종리추는 몸으로 깨달았다. 불가의 무공이든, 도가의 무공이든, 속가의 무공이든… 모든 무공은 하나로 귀일(歸一)한다.

초식이 똑같다고 이상할 게 없다.

인간의 움직임은 태초부터 똑같았다. 그러던 것이 경력을 싣는 과정에서 좀 더 폭발적인 움직임을 싣기 위해 색다른 움직임이 나왔다. 곧장 주먹을 내지르는 것보다 주먹을 뒤로 뺐다가 내지르는 것이 더 강한 타격을 줄 수 있다는 것을 알게 된 것이다.

몸속에 진기가 흐른다는 것을 알게 된 다음에는 움직임이 더욱 복잡해졌다.

문파가 생기고 무공의 종류도 다양해졌다.

하지만 궁극에 다다르면 본연의 인간으로 돌아간다.

단순한 움직임 속에 세상의 변화와 힘이 실려 있다. 그리고 단순함은 같을 수도 있다.

그것보다 더욱 중요하고 실전적인 깨달음이 있다.

달마삼검이나 자신이 창안한 도법이나 모두 기다리는 무공이다. 상대가 움직인 다음에야 전개할 수 있는 무공이다. 천전홍처럼 선공을 가해 상대를 압박할 수도 있지만 자신도 혈영신마와 싸울 적에는 공격적으로 운용했지만… 근본은 기다리는 무공이다.

천전홍이 십여 초 만에 머리가 잘린 것은 속도와 내력에서 뒤진 탓도 있지만 먼저 공격했기 때문이다. 사실 검을 부딪친 후 천전홍은 밀리기만 하다가 당했다.

초식대로라면 그렇지 않다. 전신에서 끌어올린 진기가 병기에 집중되어 거대한 응축력을 지닌다. 신형의 움직임을 따라 호선(弧線)을 그리며 뻗어 나가면서 더욱 강한 경력을 담게 된다.
병장기와 부딪칠 때는 상대하지 못할 거력으로 변해 있어 마주치는 모든 물질을 잘라 버린다.
천전홍은 병기가 잘리지 않았다. 검에 막강한 거력을 싣는 것은 성공했다. 하지만 그는 먼저 움직였기에 검에 담은 거력이 미약하나마 흘러 나갔다.
결정적인 패인이다.
그렇지 않았다면 그는 조금 더 버텼을지도 모른다.
'싸워서 이기려고 익히는 것이 무공이다. 굴복시키든 죽이든 싸웠으면 이겨야 한다. 그러나… 될 수 있으면 싸우지 않는 무공, 그것이 달마삼검이다.'
종리추는 벽안(碧眼)의 승려 달마의 체취를 느꼈다.
그의 시상, 그의 무공… 그의 설법(說法)이 뒷전에 맴돌았다.

안산은 포구(浦口)다.

포구 중에서도 제법 이름이 나 각종 어물과 연관된 사람들의 발길이 끊이지 않는다.

상인들에게는 일확천금(一攫千金)을 거머쥘 수 있는 놓칠 수 없는 땅이며 독산호에서 고기를 잡는 어부들에게는 생계를 유지시켜 주는 곳이다.

안산에서 거래되는 어물의 양이 산동성 전체 거래량의 삼 할에 육박한다고 하니 얼마나 활발한지는 미루어 짐작할 수 있다.

그렇다고 모두 다 잘 사는 것은 아니다.

주체하지 못할 만큼 많은 돈을 거머쥔 자도 있고 하루 세끼 걱정없이 사는 사람도 있지만 하루 종일 고된 일을 하고도 식솔들의 끼니 걱정에 주름살만 깊어가는 사람들도 있다.

벽상촌(壁上村) 사람들이 그랬다.

벽상촌 사람들은 안산에서도 알아줄 만큼 빈곤하다.

외지에서 흘러 들어온 떠돌이가 가장 먼저 자리를 잡는 곳도 벽상촌이며 싼값에 허드렛일을 할 사람을 찾기 위해 제일 먼저 발걸음을 옮기는 곳도 벽상촌이다.

벽상촌에 개미들이 모여들기 시작했다.

개미들은 부산하게 움직인다. 하지만 움직이는 소리는 귀를 기울여도 들을 수 없다.

벽상촌에 모여드는 개미들은 은밀하고 신속했으며 일사불란하면서도 살기로 번뜩였다.

벽상촌은 독산호 호반에 위치했다.

앞으로는 바다처럼 넓은 독산호가 탁 트여 있고, 마을 왼쪽으로는 어린아이도 한달음에 올라갈 수 있는 바위 산이, 뒤쪽으로는 바위 산보다는 조금 높지만 야트막하다는 표현에서 벗어날 수 없는 야산이 버티고 있다.

벽상촌 주민들, 그리고 벽상촌에 볼일이 있는 사람들은 마을 오른쪽에 나 있는 길을 통해 드나든다.

개미들은 편한 길을 마다하고 야산을 넘었다.

너무 가난해서 궁기(窮氣)가 자르르 흐르는 마을이지만 가구 수는 많아서 무려 이백여 호의 집들이 다닥다닥 붙어 있다.

개미들은 마을 외곽을 포위하고 그중 일부는 안으로 들어섰다

많은 집들을 지나쳤다.

그들은 목적한 곳이 있는 듯 일절 곁눈질도 하지 않았다.

이윽고 마을에서도 조금 떨어진 곳, 집이라고 할 수도 없는 거지 소

굴이나 다름없는 움막 앞에 이르자 은밀하기 이를 데 없던 개미들이 폭풍처럼 들이쳤다.

"페에엑! 퍼억!"

거세게 후려친 도기(刀氣)에 바람을 막아주던 거적때기가 싹둑 잘려 나갔다. 하늘에서 바윗덩어리가 떨어진 듯 거센 굉음을 토해낸 철추는 움막의 기둥을 우지끈 부러뜨렸다.

개미들이 폭풍처럼 일어난 기세에 움막은 순식간에 초토화되었다.

"태상삼존(太上三尊), 태상삼존……."

현학 도인은 연신 태상삼존만 중얼거렸다.

그는 도호처럼 고고한 사람이 아니었다. 키는 작달막했고 수염은 산적처럼 거칠게 자랐으며 불쑥 튀어나온 배가 인심 좋은 복신(福神)을 연상시켰다.

그는 고리눈을 뜨고 얼굴이 갈라진 채 누워 있는 시신을 바라봤다.

시신은 잠자다가 죽은 듯이 편안해 보였다.

반듯하게 누워 양손을 배에 얹은 상태다. 머리 한쪽이 깨끗하게 잘려 나가지 않았다면 자연사했다고 생각해도 좋을 만큼 편안했다.

"태상삼존, 이 사람이 누군가?"

"제 동생입니다."

움막에 들이쳤던 중인들이 시선이 일제히 한 청년에게 쏠렸다.

이목구비가 수려한 헌헌미장부가 중인들을 헤치고 앞으로 걸어나왔다.

"누구냐!"

미장부는 현학 도인의 일갈에도 주눅들지 않고 스님들처럼 양손을 모아 합장했다.

"소림의 백천의라고 합니다."

"백천의? 음… 소림의 속가제자 중에 사룡(四龍)이 있다더니 자네가 백천의였군."

현학 도인은 길을 비켜주었다.

죽은 자가 백천의에게 어떤 존재인지는 모른다. 동생이라고 했으니… 친동생인지, 사촌동생인지, 의형제인지……. 두 가지 분명한 것은 죽은 자 덕분에 개방보다도 더욱 빠른 정보를 얻을 수 있었고 그럼에도 불구하고 종리추와 혈영신마를 놓쳤다는 사실이다.

죽은 줄 알았던 살문 문주가 되살아 혈영신마를 구해갔으니… 하나도 골치 아픈데 둘이 함께 있으니…….

'범이 날개를 달았어. 태상천존, 태상천존…….'

백천의는 죽은 자에게 다가가 얼굴을 쓰다듬었다.

백천홍, 죽은 자의 이름이다.

그가 천전홍으로 변해 종리추 곁에 머물다 죽임을 당했다. 이럴 수도 있었다. 백천홍이 살문에 잠입할 때부터 이런 경우가 생길 가능성은 농후했다.

백천홍의 얼굴은 깨끗했다.

우측 머리 위부터 이마를 지나 코와 왼쪽 눈 사이를 거쳐 볼에 이르는 혈선(血線)만 없다면 늘 보던 얼굴 그대로였다.

종리추는 잘려진 머리를 붙여놓았다.

피도 깨끗이 닦아놓고 일그러진 인상도 곧게 펴놓았다.

그는 죽은 자에게 최대한의 애도를 표하고 떠났다.

백천의는 종리추가 말하는 소리를 들었다.

"벗이 될 수도 있었으나 가는 길이 다르니 죽일 수밖에 없었다. 용서하라."

종리추는 천전홍의 시신을 그런 마음으로 어루만졌으리라.

'무인의 길을 걸었으니 이렇게 죽어도 여한은 없을 터… 못난 우형(愚兄)을 용서해라. 공화(孔嬅) 소저(小姐)가 보고 싶어서 어떻게 눈을 감았을까…….'

백천의는 흘러내리려는 눈물을 간신히 삼켰다.

동생에게는 정혼녀가 있다. 예쁘고 현숙하고, 지혜도 뛰어난 소저다. 둘은 태중 혼인이었으나 이 세상 누구보다도 서로를 사랑했다.

'내가 너무 늦게 왔어. 늦게 오는 바람에 널 죽인 거야. 내가 널 죽였구나.'

백천의는 자책했다.

종리추가 천부를 떠날 때 그는 소림사로 향했다.

지금 와서 돌이켜 보면 그때부터 잘못됐다. 직접 가는 것이 아니라 전서로 소식을 전했더라면 닷새는 줄일 수 있었다. 황금 같은 닷새……. 그 차이가 종리추를 놓치고 동생을 죽게 만들었다.

두 번째 실수도 있다.

그는 자신이 종리추를 제거하려고 했다.

시간 계산도 했다.

소림사에서 벽상촌으로 달려올 시간과 종리추가 혈영신마를 구하고 달려오는 시간.

종리추는 너무 빨랐다. 무림 군웅들이라는 작자들이 너무 쉽게 당했다. 적어도 이틀은 걸리리라 보았던 구출이 하루 만에 끝나고 말았다.

근본적으로는 그러지 말았어야 한다. 자신은 물러서고 무당파 현학 도장에게 양보했어야 했다. 소림사에서 종리추를 제거할 수밖에 없다는 명을 받았을 때 곧바로 현학 도장에게 전서를 날렸더라면… 그랬다면 혈영신마도 놓치지 않았을 것이고 동생도 죽지 않았으리라.

세 번째 실수는 종리추를 너무 가볍게 보았다는 것이다. 아니, 백천홍이 감쪽같이 신분을 속였다고 생각했다. 완벽하게 살문 잠입에 성공했다고. 지난 일 년 동안 천부에 숨어 지내면서 온갖 수발을 들어주었으니 그렇게 생각하는 것도 당연하다.

발각된 사실을 조금이라도 눈치 챘다면 백천홍을 종리추와 만나게 하는 우행은 저지르지 않았으리라.

'바보같이……. 종리추는 이미 알고 있었는데. 네 번째 실수는 하지 않을 거야. 세 번이면 족해. 종리추… 이제는 생사대적(生死大敵)이 되었구나. 너 아니면 나, 둘 중에 한 명은 제 명에 죽지 못할 거야. 약속하지.'

백천의는 이를 악물었다.

"시신을 고향으로 보내고 싶습니다."

현학 도인은 고개를 끄덕였다.

백천의가 동생의 죽음을 애통해하고 있을 때 현학 도인은 바쁘게 명령을 내렸다.

"한 시진밖에 지나지 않았다. 경신술을 펼쳤다 해도 삼십 리를 벗어나지 못했다. 사방 이백 리를 막아라. 개미 한 마리 빠져나갈 틈을 주지 마라."

현학 도인의 명령은 당장 실행에 옮겨졌다.

개방 문도는 더욱 바쁘게 움직였다.

벽상촌 인근은 물론 벽상촌에서 빠져나갈 수 있는 모든 도읍으로 전서가 날았다.

하오문에도 연락을 취했다.

평소에는 발톱에 낀 때만큼도 여기지 않는 부류지만 지금은 그런 것을 따질 계제가 아니었다.

하오문에 속한 마방(馬房)에는 구파일방의 고수 중 한 명이 달려가 마차를 이용하는 모든 손님의 신상명세를 받고 있으리라.

배를 소유하고 있는 사람들도 감시의 대상이다.

누구든 배를 타고 호수나 강으로 나가는 사람은 낱낱이 조사되고 있으리라.

수로(水路)와 육로(陸路)의 모든 교통 수단은 차단된다.

종리추에게는 벽상촌에서 훔쳐 간 배 한 척밖에 없다.

천전홍은 소선을 마련하지 않았다. 어태에 마련해 두라던 마차는 물론 마련할 필요가 없었다. 종리추는 벽상촌에서 제거될 것이었기에. 그리고 한 시진만 여유가 있었다면 틀림없이 그렇게 되었을 테고.

호수는 완전히 막혔다.

호수에 떠 있는 배들은 샅샅이 조사받고 있다. 배를 댈 만한 곳에는 무림인들이 진을 치고 있다. 벌써 뭍으로 도주했다 해도 상관없다. 사람을 단 한 명이라도 만나는 순간 종리추의 운명은 종지부를 찍게 된다.

현학 도인은 백천홍… 죽은 자의 품속에 부적(符籍)을 넣어주었다. 이마에도 붙이고 양발 바닥에도 붙였다.

"휴우! 천선(天仙), 지선(地仙), 비선(飛仙), 진인(眞人), 신인(神人)의 기사와 병사, 일월성신(日月星辰), 모든 궁(宮), 구궁(九宮), 삼하(三河), 사해(四海), 오악(五嶽), 사독(四瀆)의 병사와 기사 구십 억이여! 이 재를 지키러……."

현학 도인은 죽은 자를 위해 도인으로서 할 수 있는 일을 다 했다.

그는 죽어서도 영광일 것이다. 약제(弱祭)이기는 하지만 무당파의 장로가 직접 제를 올려주니…….

◆第六十三章◆
구처(舊處)

종리추는 강변을 따라 배를 저었다.

강변에서 보면 얼굴을 알아볼 수 있을 만큼 가까운 거리다.

바쁘게 젓지도 않았다. 유람이라도 나온 듯 주위 경관을 감상하면서 천천히 저었다.

현학 도인은 삼십 리 정도를 빠져나갔을 거라고 했지만 사실 종리추는 채 오 리도 벗어나지 못한 상태였다.

"이제 배를 버릴 때가 됐군."

"……?"

"모진아, 겨울 물속이 얼마나 찬지 알아?"

"주, 주공! 그럼 물속으로!"

꽝!

모진아의 말이 떨어지기도 전에 종리추가 힘껏 발을 굴렀다.

뱃전에 구멍이 뻥 뚫리며 차가운 호수 물이 솟구쳐 올랐다.

"물속에서 오래 버티려면 아무 거나 뜯어내. 하루 종일 헤엄칠 수는 없잖아?"

말을 하면서 나룻배 한쪽을 뜯어냈다.

모진아에게 한 말은 곧 혈영신마에게 한 말도 되었다.

종리추의 행동을 본 두 사람은 서둘러 물에 뜰 만한 부분을 찾기 시작했다.

모진아는 종리추를 따라 난간을 뜯어냈고 혈영신마는 뱃전을 잡아 뜯었다.

이제는 물이 콸콸 쏟아져 들어왔다.

발목을 적시는가 싶더니 곧 무릎까지 차 올랐다. 세 사람은 아직도 배에 발을 딛고 있지만 배의 형체는 물속으로 가라앉아 보이지 않았다.

"정말 차갑네. 어쩐지 이번 여행은 고생문이 훤할 것 같더라니."

모진아가 중얼거렸다.

남만의 뜨거운 기후에 익숙한 모진아에게는 중원의 겨울조차도 견디기 힘들 게다. 하물며 이제는 물속에까지 처박혔으니 불평이 나올 만도 하다.

그러나 그런 정도로 불평을 터뜨릴 모진아가 아니다.

종리추는 속으로 웃었다.

모진아는 혈영신마에게 강한 투지를 느끼고 있다. 닿기만 해도 손발을 저리게 만든다는 혈영신공과 부딪쳐 보고 싶은 게다. 어떤 방위, 어떤 각도에 있는 적이든 차낼 수 있다는 각법의 소유자니 호승심이 일어날 만도 했다.

모진아가 말을 많이 하면 할수록 호승심이 높다는 증거다.

물이 배까지 올라오는 듯싶더니 곧 가슴까지 차 올랐다.

"소리 내지 말고 천천히 따라와. 사람들이 부유물로 볼 수 있도록 거리를 두고. 내가 잠수하면 서슴없이 잠수해. 숨을 깊이 들이마셔야 될 거야. 오래 잠수해야 될 테니까."

종리추가 앞서 나갔다. 물방울도 튀지 않는 느리고 조용한 유영(遊泳)이었다.

스윽!

종리추가 물속으로 잠수했다.

배를 버리고 채 십여 장을 가기도 전이었다.

모진아와 혈영신마는 숨을 크게 들이쉬고 잠수했다. 종리추를 잘 아는 모진아는 당연한 행동이었고, 그를 잘 모르는 혈영신마도 망설임없이 따라했다.

'이상한 자야. 행동을 할 때는 반드시 이유가 있어. 저런 자이기에 지금까지 살아 있을 수도……'

혈영신마는 종리추의 나이가 적다고 경시하지 못했다.

종리추는 혈영신마의 마음속에서 점점 큰 사람으로 변해가고 있었다.

다각다각다각……!

물속으로 머리를 들이 밀어놓고 한참 지난 후 숨이 막혀 더 이상 물속에 있기 힘들다고 생각될 즈음 서너 필 정도의 말발굽 소리가 들렸다.

물속에 머리를 담그고 있어 정확히 소리를 알아들을 수는 없었지만 분명히 말발굽 소리였다.

'이 소리를 들었단 말인가! 지금도 먼 거리인데⋯⋯.'
다각다각다각⋯⋯!
황급히 달려오는 말발굽 소리는 점점 커졌다.
이윽고 머리를 짓밟고 지나는 듯 가까이서 들렸다. 그리고 점점 멀어졌다.
종리추는 아직도 머리를 들지 않고 있다.
'제길! 숨 막혀 죽겠군. 이거야 원⋯⋯.'
혈영신마는 고개를 들고 싶었지만 포기했다.
종리추의 행동에는 반드시 이유가 있었다.
'차라리 혈영신공을 익히는 게 낫겠군.'
그런 생각까지 들었다. 인간이 숨을 쉴 수 없다는 것⋯ 그것은 어떤 고통보다도 지독했다. 혈관이 튀어나오고 눈이 빠질 것 같았다. 몸부림이라도⋯ 아니, 더 이상은 참을 수 없다.
수면 위로 머리를 들어 올리려던 혈영신마는 이상한 느낌이 들어 왼쪽을 쳐다봤다.
모진아가 자신을 쳐다보고 있다.
숨이 막혀 얼굴을 잔뜩 찌푸리면서도 뚫어지게 쳐다보고 있다.
'각법의 달인이라고 했던가? 십망을 받았던 오독마군의 대연신공⋯ 구연진해⋯ 그렇군. 저자는 나와 싸우고 싶어하는군.'
혈영신마는 갑자기 호승심이 치밀었다.
혈영신공을 익히고 처음 무림에 나와 비무를 청했을 때 느꼈던 가슴 벅찬 느낌이 되살아났다.
'좋아, 싸워주지.'
첫 싸움이 시작되었다.

첫 싸움치고는 이상한 인내력의 싸움이었다.
스윽……!
종리추가 수면 위로 떠올랐다.
그 순간에도 혈영신마와 모진아는 고통으로 일그러진 표정을 지으며 서로를 쳐다볼 뿐 떠오를 생각을 하지 않았다. 얼굴 표정마저도 감추고 싶었지만 그것만은 감추지 못했다.
두 사람은 몸이 붕 뜨는 듯한 기분을 느꼈다. 정신이 혼미해지기 전에 나타나는 현상이다. 그래도 두 사람은 물 밖으로 나갈 생각을 하지 않았다. 그때.
슈우욱……!
갑자기 날카로운 살기가 두 사람 사이를 가로질렀다.
'음……!'
살기는 두 사람에게 상처를 입히지 못했다. 상처를 입히기에는 너무 멀리서 터진 살기다. 두 걸음… 두 걸음 정도의 거리를 두고 터진 살기.
하지만 살기가 터지며 물살을 뒤흔들었고, 일렁이는 물살은 간신히 숨을 멈추고 있던 두 사람의 신경을 흔들어놓기에 충분했다.
두 사람은 누가 먼저랄 것도 없이 수면 위로 떠올랐다.
지금까지는 의지로 숨을 막고 있었지만 몸이 의지를 거부하는 순간이었다. 숨을 쉬고 싶다는 육체의 욕구가 의지, 이지, 호승심… 모든 것을 무너뜨렸다.
"휴우!"
"푸우!"
두 사람은 크게 숨을 들이쉬고도 한참 동안이나 숨을 골랐다.

그런 두 사람을 보고 종리추가 재미있다는 듯 웃어댔다.
"하하하! 어린아이들 같군."

종리추는 짜증이 치밀었다.
세 사람은 꼬박 하루를 물속에서 지냈다.
종리추는 포위의 허를 찌를 생각이었다.
무림 군웅은 벽상촌을 정점으로 사방 십여 리를 샅샅이 뒤지고 있다. 물론 포위를 한 범위는 그보다 훨씬 커 백여 리에 이르겠지만 가장 눈초리를 날카롭게 치켜뜬 곳은 사방 십여 리다.
시간이 흐를수록 군웅들의 눈초리는 범위를 넓혀갔다.
반면에 이미 뒤진 곳은 눈초리가 흐릿해진다.
경계를 하는 것이야 변함없겠지만 지금보다는 훨씬 약해진다.
종리추는 군웅들의 뒤를 쫓을 심산이었다. 그것은 군웅들보다 한 발 앞서 달려나가는 것과 같은 효과를 가져올 게다.
그런데… 모진아와 혈영신마는 탈출에는 관심이 없는 듯했다.
하룻동안 물속에 있어 전신이 차디차게 굳어와도 불평 한마디 없었다. 아니, 오히려 그런 극한의 상황을 즐기는 듯했다.
그들의 싸움은 계속되었다.
무슨 소리를 듣고 물속으로 잠수하고 난 후에는 반드시 검을 뽑아 물살을 갈라야 하니.
하루… 종리추는 가장 어처구니없고 지겨운 하루를 보냈다.
"자, 이제 그만 나가지."
종리추는 사방을 경계하며 뭍에 발을 디뎠다.
온몸이 저려왔다. 진기를 일으켜도 사지가 덜덜 떨려왔다.

그는 움직이기 전에 부지런히 손발을 주물렀다.

그러다 문득 이상한 생각이 들어 고개를 돌려보니… 이런!

종리추는 천부에 있으면서 긴긴 겨울 동안 강물 소리를 들었다. 차디찬 물에는 이미 익숙해질 대로 익숙해져 있다.

두 사람은 이렇게 긴 시간 겨울 물속에 있은 적이 없다.

몸이 덜덜 떨리고 사지가 굳는 느낌은 똑같을 게다.

그런데도 두 사람은 서로만 쳐다볼 뿐 몸을 풀 생각은 하지 않고 있다. 먼저 몸을 움직이는 사람이 지는 것처럼.

"모진아, 혈영신마. 정말 못 말릴 사람들이군. 좋아, 두 사람이 싸울 수 있는 기회를 주지. 하지만 지금은 아냐. 안전한 장소에 이를 때까지는 싸우지 못해. 두 사람은 몸을 최상의 상태로 만들어. 유감없이 싸울 수 있도록."

종리추의 말은 효과가 있었다.

그들은 문득 자신들이 무엇을 하고 있나 하는 생각을 했다.

혈영신마가 먼저 피식 웃었다. 그리고 종리추의 말대로 몸을 최상의 상태로 만들기 시작했다.

날이 밝으면 길을 재촉하고 해가 떨어지면 노숙을 하는 일과가 반복됐다.

십망을 겪어본 적이 있는 종리추는 구파일방의 경계망이 얼마나 촘촘한지를 잘 알고 있다. 산에서 나무를 하는 나무꾼이든 얼어 죽기 일보 직전인 행려병자는 단 한 사람만 만나도 종적이 드러난다는 것을 잘 안다.

과거 적지인살은 낮에는 자고 밤에 길을 재촉했다.

종리추는 반대로 했다.

낮에는 사람들이 활동을 하는지라 돌아다니는 사람이 비교도 할 수 없게 많지만 이쪽도 이점이 있다.

먼저 발견하기만 하면 숨을 수 있다는 것이다.

목적지에 이를 때까지 단 한 명이라도 만나서는 안 된다.

'잘들 하고 있는지 모르겠군.'

종리추는 수하들이 걱정되었다.

병장기를 구하러 간 수하들.

그들에게 함정이 있다는 것을 알려주었고 도저히 뚫을 수 없을 것 같은 엄밀한 막도 뚫게끔 수련을 시켰지만 그래도 걱정되는 것은 어쩔 수 없었다.

또한 병장기를 무사히 탈취했어도 무사히 돌아오라는 보장은 없다.

역시 혈영신마를 구한 것은 큰 모험이었다.

여러 사람의 생명을 담보로 한 행동이었다.

혈영신마만 구하지 않았더라도 수하들의 목숨은 보장될 수 있었을 텐데.

산길을 더듬어가던 종리추가 재빨리 바위 뒤로 몸을 숨겼다.

그는 한참 동안 귀를 기울여 본 후 털썩 주저앉았다.

등에 짊어지고 있던 가죽 담요를 꺼내 몸을 덮었다.

독산호를 빠져나온 후 노숙을 생각해서 짐승들을 잡아 만든 가죽 담요다.

토끼, 여우, 너구리…….

가죽을 얻을 수 있는 짐승은 모두 잡았다. 가죽을 벗겨 잇고 나무 속껍질로 밧줄을 만들어 엮었다.

몸을 최상의 상태로 만든다는 것은 비단 모진아와 혈영신마에게만 해당되는 말은 아니었다. 종리추뿐만 아니라 무인이라면 누구에게나, 어떤 상황에서나 해당되는 말이었다.

종리추의 행동을 본 모진아와 혈영신마도 각기 자리를 잡고 가죽 담요를 꺼내 덮었다.

탁, 탁, 탁……!

멀리서 나무 패는 소리가 들렸다.

이럴 때가 가장 지겹다.

땅꾼이나 약초를 캐는 사람들은 움직이기라도 하니 잠시 기다리면 그만이지만 나무 패는 사람은 날이 어두워질 때까지 움직이지 않기가 일쑤다. 그럴 경우 돌아가는 길이 없다면… 할 수 있는가? 앉아서 기다려야지.

흔히 개구쟁이이면서도 영특한 아이를 두고 알몸으로 내쫓아도 굶어죽지 않을 놈이라는 소리를 한다.

종리추가 그런 사람이다.

그는 동물이라고는 쥐새끼 한 마리 없을 것 같은 민둥산에서도 용케 먹을 것을 구해왔다.

독산호를 벗어나면서부터 일행은 철저하게 황폐하고 척박한 곳만을 골라서 걸었다.

사람을 만나지 않으려면 어쩔 수 없는 노릇이다. 사람을 만날 가능성이 있다면 아무리 가고 싶은 길이라도 가서는 안 된다. 그러자니 자연 척박한 곳을 고를 수밖에 없다.

오늘도 종리추는 토끼 두 마리와 꿩 한 마리를 잡아왔다.

세상이 모두 잠든 고요한 밤.

하루 한 끼로 만족해야 하는 세 사람의 식사 시간이다.

불을 지필 수가 없으니 생으로 먹어야 한다.

피가 뚝뚝 떨어지는 것은 참는다 해도 목구멍에서부터 확 하고 치솟는 역겨운 노린내는 정말 견디기 힘들다.

세 사람은 묵묵히 살점을 뜯어 먹었다.

"편하게 길을 가는 건 어떤가? 몇 놈쯤 소리 소문 없이 죽일 수 있는데……."

"안 돼."

그 점에 대해서만은 단호했다.

필요없는 살생은 미물도 저지르지 않는다는 주장이었다.

살인을 전문적으로 하는 살문의 문주가 사람을 죽이지 않는다니, 청부를 받고 죽이는 것과 살기 위해 몇 놈쯤 죽이는 것, 무엇이 다르단 말인가.

이해할 수 없는 주장이다.

이해할 수 있을 것 같기도 하다. 며칠 간 같이 지내면서 지켜본 종리추는 살인, 공갈, 협박… 이런 것과는 거리가 먼 사람이다. 그의 성품으로는 무인이 아닌 유생(儒生)이 됐어야 옳다.

"진심으로 죽이고 싶은 사람이 있으면 살문에 해라. 살문은 단 한 건의 청부도 실패한 적이 없다. 살문의 살생부(殺生簿)에 이름이 올랐으면 생을 정리해라. 삼 일 간의 시간이 있으니 정리할 시간은 넉넉하다."

살문이 멸문당하기 전 무림에 회자되던 말이다.

혈영신마도 그런 소리를 들었다.

'살문주, 한번 싸워볼 만한 자.'

종리추에 대한 혈영신마의 평가는 그랬다.

암습이나 기습 따위로 무방비 상태에 있는 사람을 죽이는 살수 따위를 상대하고 싶은 생각은 없었지만 워낙 완벽하게 살행을 하는 자라니 한 번쯤 겨뤄보고 싶은 생각은 있었다. 오늘날 그에게 구함을 받고 그와 동행하게 될 줄은 꿈에도 생각 못했지만.

무인이 아니라 유생이 되어야 옳을 자, 염라대왕의 화신이라고 할 수 있는 살문 문주.

혈영신마는 아무리 두 사람을 연관 지어봐도 이어지지가 않았다.

"살문주, 하나만 물어봅시다. 첫 살인을 언제 했소?"

"열 살."

종리추는 묵묵히 고기만 먹고 있고 대답은 모진아가 대신했다.

"열 살?"

"그것도 무인을 죽였지."

"……!"

"열세 살 때는 서른 명 넘게 죽였고. 싸움이라면 도가 트인 전사들이었지. 일당백(一當百)은 못 돼도 일당십(一當十)은 충분한 전사들이었어."

모진아의 말에 혈영신마는 입을 쩍 벌렸다.

하루 종일 굶은 터라 뱃가죽이 등에 달라붙어 있건만 고기를 삼킬 생각도 하지 못했다. 또 연관이 되지 않는다.

만약 소문으로 '살문주는 열 살에 무인을 죽였다', '열세 살에는 전사를 서른 명 넘게 죽인 악마다' 라는 소리를 들었다면 의심없이 믿었

구처(舊處) 235

을 것이다.

하지만 종리추를 보면서 그런 말을 한다면 농담인 줄 알고 웃어 젖힐 게다.

과거의 종리추, 살문주인 종리추, 그리고 현재 눈앞에 앉아 있는 종리추는 같은 사람이 아닌 것 같다.

"문주, 그런데 우린 어디쯤 와 있는 거요? 이렇게 걸은 지 한 달이 넘은 것 같은데… 꽤 많이 걸어온 것 같은데 어디가 어딘지 알 수가 있어야지. 산세도 갑자기 험해지고……."

사람과 만나지 않고 한 달 간 숨어서 이동한다는 것은 정말 힘들다. 하지만 해내고 있다.

"내일쯤이면 목적지에 도착할 테니 오늘은 마음 편히 자둬."

혈영신마는 반말 겸 온말을 사용하는데 종리추는 서슴없이 반말을 사용했다.

그러나 그런 것은 귀에 들어오지도 않았다.

"내, 내일이라고 했소?"

"주공, 내일이면 목적지에 도착한다고 했습니까? 도대체 여기가 어딥니까?"

혈영신마와 모진아의 음성이 동시에 터져 나왔다.

"……."

종리추는 고기만 먹고 있다.

그는 토끼 한 마리를 아주 맛있게 먹었다. 생것을.

혈영신마와 모진아는 종리추의 모습에서 대답을 듣지 못할 것이라고 짐작했다.

그는 그런 사람이다.

듣는 사람이 없어도 필요없는 말은 하지 않는다.

고기를 먹고 싶은 생각이 싹 달아났다. 배도 고프지 않았다. 이제는 쫓기지 않는다는 생각이 들자 그동안의 피로가 한꺼번에 몰려왔다. 동시에 가슴속에 묻어두었던 호승심이 고개를 치밀었다.

혈영신마와 모진아는 서로를 쳐다보며 의미심장한 눈길을 주고받았다.

종리추는 첩첩산중(疊疊山中)으로 들어갔다.

이제는 거리낄 것이 없었다. 앞에 사람이 있나 살펴볼 필요도 없었다. 산이 워낙 높고 골이 깊어 웬만한 사람은 들어올 엄두조차 내지 못하는 산중이니 사람이 있을 턱이 없었다.

"거, 바람 한번 모지네."

모진아는 산바람을 정면으로 맞으며 투덜거렸다.

이곳은 보아하니 한여름에도 한기를 느낄 정도로 깊은 곳이다. 하물며 겨울산이니 말해 무엇 하랴.

종리추는 쉬지도 않았다.

지난 한 달 동안 못 걸은 걸음을 마저 걷겠다는 듯 신법을 펼친 것이 아닌가 의심할 정도로 빨리 걸었다.

혈영신마는 문득 의아한 생각이 들었다.

종리추는 언젠가 이곳에 와본 것이 틀림없다. 그렇지 않고는 이렇게 길을 잘 알고 있을 리 없다. 그는 머뭇거리는 것도 없고 방향을 잡느라 산을 둘러보는 일도 없다. 마치 동네 골목이라도 되는 듯 익숙하게 걷는다.

반면에 종리추를 '주공'이라 부르는 모진아는 걸음이 서툴다.

첫눈에도 처음 와본 사람이다.

한 사람은 잘 알고 한 사람은 전혀 모르고… 그런 일이 있을 수 있을까? '주공'이라고 부르면서?

새벽부터 걷기 시작한 걸음이 한낮이 될 때까지 지속되었다.

보통 사람들은 하루 종일 걸려도 오를까 말까 한 산을 두 개나 넘었다.

산을 내려오자 또다시 산이 나왔다.

사방이 산이다. 높고 높은 산봉우리가 시야를 가려 하늘이 주먹만하게 보인다.

때는 정오가 약간 지났을 뿐인데 산자락에는 벌써 어둠이 깃들기 시작했다.

종리추는 산을 올라가지 않고 골짜기 안으로 파고들었다.

태곳적부터 사람 발길이 닿지 않았던 듯한 원시림은 세 사람을 반기지 않았다.

눈과 바위, 험한 산길… 군데군데 얼어붙어 있는 얼음들.

'사람이 산다. 아니다. 산다고는 할 수 없어도 사람 발길이 닿은 곳이야.'

혈영신마는 곳곳에서 사람의 자취를 찾아냈다.

어떤 곳은 눈에 발자국이 찍혀 있기도 했고 어떤 곳은 길을 내느라고 나뭇가지를 자른 듯하다.
　'살문이 여기 숨어 있나?'
　혈영신마는 곧 고개를 저었다.
　살문이 이곳에 있다면 모진아의 발걸음이 이처럼 서툴지는 않을 것이다.
　골짜기를 타고 걸어 들어가기를 근 한 시진.
　세상으로 어둠이 스멀스멀 피어 올랐다. 고개를 들어 하늘을 쳐다보니 하늘은 아직도 새파랗다. 하지만 골짜기는 초저녁이라도 된 듯 어둑어둑하다.
　산굽이를 굽이굽이 돌았다.
　말이 골짜기를 타는 것이지 산을 몇 개나 지나쳤는지 모른다.
　하늘도 어둠이 깃들 무렵, 그러니까 산속에서 꼬박 하루를 보낸 후에야 종리추의 발걸음이 멈췄다.
　"주공, 여기가 어딥니까?"
　"목적지."
　"옛?"
　모진아는 좌우를 두리번거렸다.
　종리추가 목적지라고 한 곳은 사람이 머물 만한 곳이 아니었다. 좌우는 벼랑에 가까운 비탈이고 그나마도 바위가 푸석푸석해 기어오를 수도 없다.
　앞으로 나가기도 그렇다. 길이 끊어지고 울창한 수림만 가득하다. 수림도 수림 나름, 이곳 수림은 한결같이 장정 서너 명이 팔을 둘러야 감쌀 수 있는 거목들이다.
　이런 곳에서는 집 한 채를 지을래도 며칠이 걸린다.

집만 지으면 사람이 사는 곳인가? 먹을 것은? 당장 필요한 물은?

이런 곳에 머물 것 같았으면 지나쳐 온 길에도 머물 곳이 많았는데. 적어도 이곳보다는 훨씬 양호한 곳인데.

"주공, 이곳은 아무래도……."

모진아의 말이 중간에서 끊겼다.

그는 들었다. 사방에서 압박해 오는 살기를, 그리고 사박사박 걸어오는 소리를.

"모진아."

"네."

"혈영신마."

"말하시오."

"살기를 느꼈나?"

"……."

"대항해 봐. 틈이 보이면 죽여도 좋아."

"……!"

혈영신마와 모진아는 종리추를 의아한 눈으로 쳐다봤다.

'진심이야!'

종리추는 무공을 한껏 펼쳐도 좋다는 듯 사방을 두리번거리고 있다. 살기를 쫓는 것은 아니다. 그는 산세를 살피고 있다.

혈영신마가 먼저 움직였다. 회공부지(回空浮地)라는 신법을 펼쳐 나무 사이를 가로질렀다. 지금처럼 나무가 울창한 수림에서 펼치는 신법으로 나무를 박차고 다음 나무로, 또 박차고 다음 나무로……. 발이 땅에 닿지 않는 신법이다.

'우측에 셋, 좌측에는 둘. 셋을 처리하겠다 이거지.'

모진아는 선수를 놓쳤지만 행동은 뒤지지 않았다. 그 역시 혈영신마와 같은 회공부지를 펼치며 좌측에서 뻗어 나오는 살기를 향해 쏘아갔다.

"엇!"

"앗!"

모진아와 혈영신마는 거의 동시에 경악성을 토해냈다.

새까만 파리 떼 수천 마리가 달려든다. 한겨울에 무슨 파리? 얼핏 이상하다는 생각이 들었지만 망설이고 있을 여유가 없다.

두 사람은 일제히 신형을 퉁겨냈다.

앞이고 옆이고 빠져나갈 공간이 없었다. 그들은 뒤로 물러섰다.

"엇!"

"이런!"

두 사람은 또 한 번 경악성을 토해냈다.

방금 전까지만 해도 분명히 땅이었는데 땅은 어디로 사라지고 시커먼 동혈(洞穴)이 입을 쩍 벌리고 있다. 그것도 그들이 착지하려는 곳에.

두 사람은 허공에서 신형을 비틀어 조금 더 뒤로 물러섰다.

그제야 땅에 발을 디딜 수 있었다.

등줄기에서 식은땀이 주르륵 흘러내렸다.

'파리 떼! 파리 떼가 어디 갔지?'

두 사람은 마치 귀신에 홀린 듯했다.

분명히 수천 마리의 파리 떼가 달려들었는데 수림은 무슨 파리가 있냐는 듯 시치미를 뚝 떼고 있다. 파리는커녕 파리 그림자도 보이지 않는다.

두 사람은 약속이라도 한 듯 땅을 쳐다봤다.

동혈도 사라졌다.

시커먼 아가리를 쩍 벌리고 있었는데… 그 속에서 독아(毒牙)처럼 번뜩이는 창날을 보았는데… 그리고 보니 살기도 씻은 듯이 사라지고 없지 않은가?

"주공, 이, 이게……."

종리추는 성큼성큼 걸어갔다.

방금 전 그들을 향해 입을 벌렸던 땅을 밟으며.

"무사했군요."

모진아는 낯익은 음성, 낯익은 얼굴을 보고 멍한 표정이 되었다.

홍리족의 족장 구맥.

그가 마음에 두고 있는 여인, 하지만 종리추와 어린의 관계를 생각해서 마음속에 묻어놓고 꺼내놓지 못하는 연심(戀心)의 여인 구맥이 활짝 웃으며 마중했다.

"조, 족장! 족장은 천부에……."

"저희도 바로 떠났어요. 족장님께서 떠나고 반나절 후에."

"그럼 여긴?"

"새 보금자리예요."

모진아는 종리추를 향해 도끼눈을 떴다.

"주공! 어찌 이럴 수 있습니까! 이런 일이 있는데도 감쪽같이 숨기고! 아니, 오는 도중에라도 언질도 못 줍니까!"

"그래서? 모진아, 목청이 많이 높아진 것 같은데?"

모진아는 새롭게 들리는 음성을 듣자 슬그머니 몸을 뒤로 뺐다.

그가 가장 분통 터지고, 귀찮고, 무서워하는 존재가 나타났다. 어린.

구처(舊處) 243

모진아는 반가운 사람들을 만났다.

"무사했구나!"

"그럼 어떻게 될 줄 알았습니까? 사부님이 무사하신데 우리도 무사해야죠. 사부님보다 먼저 죽으면 불충 아닙니까?"

모진아는 고개를 갸웃거렸다.

어찌 들으면 맞는 말 같기도 한데… 좌우지간 썩 좋은 말은 아닌 것 같다.

"말만 늘어가지고……. 그래, 척퇴비침은?"

유구와 유회는 발을 들어 보였다.

"그게 척퇴비침이냐? 어디 한번 사용해 봐."

"누구에게요?"

모진아는 유구의 말속에서 상당한 자부심을 읽었다. 그는 자신이 시험해 봐주기를 바라고 있다.

"건방진 놈! 자잘한 병기 좀 얻었다고."

쉬익!

모진아는 말을 하는 중간에 번개같이 짓쳐 갔다.

그가 기습을 감행한 것이다. 유구와 유회는 어차피 살수의 길을 걷고 있다. 그들에게는 강한 무공보다 당하지 않아야 한다는 현실이 중요하다.

패애앵……!

유구가 자오각으로 맞서왔다.

발을 뻗는 시기가 적절해 상당히 멋진 각법이었지만 모진아가 보기에는 아직도 부족했다. 시기 좋고, 각도 좋고, 경력도 강하지만 세기(細

技)가 부족하다.

힘을 중시할 경우 왕왕 세기를 경시하게 된다.

잘못된 생각이다. 세기가 완벽해야 보다 강한 경력이 나온다.

패앵……!

모진아도 똑같은 자오각을 뻗어냈다.

모진아의 자오각은 유구의 자오각을 차단하고, 이어서 전개한 흑살각은 번개같이 유구의 가슴을 찍어갔다. 하지만.

"엇!"

이번에도 모진아는 헛바람을 내지르며 뒤로 물러섰다.

자오각으로 자오각을 밀어냈는데… 밀린 자오각이 환영각으로 변해 복부를 차온다.

물론 신경 쓸 것도 없다.

흑살각에 가슴을 맞으면 가슴 뼈가 모두 으스러져 버린다. 섬전처럼 빠른 환영각을 펼쳤어도 맞지 않는다. 가슴이 으스러진 유구의 몸이 넘어갈 것이고, 중심이 흔들린 환영각은 목표를 맞추지 못할 것이다.

그런데도 모진아가 물러선 것은 발끝에서 튀어 나가는 칼날 때문이다.

칼날은… 만약 들은 대로 칼날이 발사될 수 있다면… 양패구상(兩敗俱傷)이다. 유구는 흑살각에 맞아 죽겠지만 모진아도 무사하지 못한다. 칼날이 노리는 부위가 복부에서 가슴까지이니 모진아 역시 죽음을 면하기 어렵다. 발사되는 칼날은 몸을 뚫고 나갈 테니까. 날이 톱니처럼 서 있어 오장육부를 훑어내면서 관통할 테니까.

"하하! 어떻습니까?"

유구가 재미있다는 듯 웃었다.

모진아는 이제야 종리추가 병장기를 얻으라 한 이유를 알았다. 사실 그는 종리추의 명을 같이 듣기는 했지만 구연진해라면 특별한 병기가 필요하지 않을 줄 알았다.

있어서 나쁠 게 전혀 없는 병기다. 척퇴비침을 소지함으로써 유구는 절정고수 반열에 들었다고 봐도 좋다.

"좋군, 좋아. 하하하!"

모진아는 흔쾌하게 웃어 젖혔다.

혈살편복은 새로 얻은 병기 방절편을 손에 익히느라 눈코 뜰 새 없었다.

모두 같은 처지였다.

유구와 유회는 구연진해를 펼치는 도중 언제라도 척퇴비침을 발동시킬 수 있어야 한다. 가급적이면 척퇴비침이 튀어나온 상태에서 무공을 사용하는 것보다 상대가 격중되기 직전에 발동시키는 것이 좋다.

음양철극은 더 힘들다.

그는 양손에 하나씩 한 쌍으로 이루어진 쌍극을 사용했다. 날이 두 개라서 쌍극이 아니라 극을 두 개 사용해서 음양쌍극이다.

그는 백조쌍극을 얻었다. 무게도 다르고 한 손으로 사용해야 한다.

광부는 눈이 뜨면서부터 저녁에 잠들 때까지 벽력사부를 갈고닦았다. 오랜 세월 광에 처박아두어 녹이 잔뜩 슨 것을 닦아내야 한다. 단지 녹을 벗겨내는 작업이 아니다. 명품은 스스로 주인을 찾는다고 한다. 온갖 성의를 다해서 벽력사부와 하나가 되어야 한다.

뭐니 뭐니 해도 좌리살검이 가장 힘들다고 봐야 했다.

그는 천왕검제의 천왕구식을 수련한다.

자신이 사용했던 무공이 아닌 전혀 다른 무공을 수련한다는 게 얼마나 힘든 일인가. 이제 와서 새로운 무공을 익히느니 차라리 자신의 무공을 갈고닦는 것이 더 낫지 않을까?

하지만 한다. 종리추가 시킨 일이니까.

구류검수는 가장 편한 편이다.

사실 그는 할 일이 없다.

가끔 새로 얻은 검자로 화산파의 매화검법을 펼쳐 보는 것이 유일하게 할 일이다.

그는 좌리살검의 무공 수련을 돕고 있다. 그들이 보았던 천왕구식은 천왕검제의 무공이었고, 좌리살검의 천왕구식이 되도록 지켜보고 조언해 준다.

후사도는 음양철극과 같은 입장이다.

그의 병기는 소도였으나 끝이 쫙 벌어진 표도를 사용해야 한다.

그런 점에서는 혼세천왕도 같다.

그가 처음으로 가진 병기는 종리추가 만들어준 단병쌍추였으나 이제 낭아추를 익힌다.

모두 한가하게 잡담이나 하고 있을 틈이 전혀 없다.

새로운 보금자리는 사흘을 둘러봐야 할 만큼 넓고 복잡했다.

혈영신마와 모진아는 자신들이 봤던 파리 떼의 실체를 보고 고소를 금치 못했다.

그들이 파리라고 봤던 것은 그물코에 불과했다.

이것은 죽은 살문사살의 병기에서 착안한 기관이라고 봐야 한다.

수겹으로 겹쳐진 그물이 한꺼번에 튀어나오면 누구라도 파리 떼가 날아드는 것처럼 보리라. 그물코에 파리 형상의 나뭇조각이 매달려 있기 때문이다. 또 나뭇조각은 몸에 구멍이 나 있어 묘한 소리를 흘려낸다. 마치 파리가 날갯짓을 하는 듯한.

설혹 그물을 알아본 사람이 있어도 위험은 변하지 않는다.

살문사살은 그물에 독가시를 붙였다.

기관에서 발사된 그물에도 독가시가 붙어 있다. 살문사살의 그물보다 더욱 지독해서 그물에 닿기만 하면 독가시가 살을 파고든다.

살문사살의 그물은 전개한 후 거둬들이기가 만만치 않았다. 그래서 그들은 단 한 번밖에 공격을 하지 못했다.

기관은 그런 단점마저도 보완했다. 전개된 그물이 허공을 때리면 위로 쳐들리며 뒤로 돌아간다. 둘둘 말리면서.

아름드리 나무를 최대한 이용한 걸작이다.

수림에는 그물뿐만이 아니라 다른 기관도 설치되어 있다.

그들이 봤던 함정처럼 순식간에 열렸다 닫히는 함정이 하나둘이 아니다.

혈영신마와 모진아가 수림을 돌아다니며 가야 할 곳과 가지 말아야 할 곳을 아는 데만 사흘이 걸렸다.

모진아는 구맥이 제일 먼저 마중 나온 이유도 알았다.

적지인살, 배금향, 구맥, 비부.

그동안 살문의 보호를 받을 뿐 별다른 일을 하지 않았던 사람들이 여기서는 중요한 역할을 한다.

그들이 기관을 조종한다.

종리추, 혈영신마, 모진아는 구맥이 조종하는 기관 안으로 들어섰고, 당연히 구맥이 제일 먼저 마중할 수밖에 없다.

"너무 정교해. 이건 철옹성이야. 백만 대군이 쳐들어와도 어쩌지 못하겠어."

혈영신마가 감탄한 것처럼 수림은 요새였다.

이만한 요새를 하루 이틀 사이에 만들었을 리 없다.

요새를 만든 사람은 벽리군이다.

아무도 짐작하지 못했으리라. 벽리군이 이만한 일을 해내리라고는. 하오문의 일개 향주가 무림사에 기록될 만한 일을 해내리라고는.

물론 벽리군 혼자서는 해낼 수 없는 일이다.

그녀는 기관을 알지도 못하고 설치할 만한 장소를 물색할 만큼 중원을 많이 알지도 못한다.

용금화.

지도를 제작하던 노인.

종리추는 용금화에게 자신이 살아 있는 동안은 지도 보완 작업을 멈추지 않겠다고 약속했다.

종리추는 용금화를 살혼부 비처로 보냈다.

용금화를 중간에서 가로챈 사람은 벽리군이다.

종리추가 죽음을 무릅쓰고 살문에 남을 때, 자신과 정원지를 비밀 통로로 내보낼 때 그녀는 비밀 통로를 지나며 용금화를 떠올렸다.

미로를 지나 안전이 확인되자 그녀는 종리추의 지시를 따르지 않고 살혼부 비처로 찾아가 용금화를 만났다.

"문주님은 살아남기 힘들 거예요."

"……."

"살아난다 해도 재기는 불가능하겠죠. 어쩌면 중원무림의 공적이 될지도 몰라요."

"……."

"문주님이 살수이기는 하지만 죽일 사람만 죽였어요. 그것만은 인정해 주세요."

"바라는 게 뭐요?"

"문주님께서 머물 공간이 필요해요. 중원무림의 공적이 되어도 살아남을 공간. 중원에서 말예요."

"나는 지도를 만들 뿐……."

"살문은 기관 천지였어요. 살문에 기관을 설치하신 분이 누군지 아시죠? 알려주세요."

"나는 지도를 만드는 사람이오. 기관 같은 것은 모르오. 그런 사람도 모르고 관심도 없소."

"아실 거예요. 지도를 만드려면 중원 각지를 떠돌아야죠. 중원 방방곡곡 안 가보신 데가 없을 거예요. 기인이사도 많이 아실 거고. 한 번만 도와주세요."

"살문을 재건할 심산이오?"

'아니요' 라는 말이 목구멍까지 치밀었다. 그래야 용금화가 나서줄 것 같았다.

"예, 문주님께서 살아남으시고 하시겠다면요."

"……."

"그런 데가 없어도 문주님은 하실 거예요. 하시겠다고 작심하면. 문주님을 아시잖아요."

"……."

용금화는 오래 생각했다.

앉은 자리에서 꼬박 반나절을 침묵으로 보냈다. 그런 연후에 대답했다.

"한번 알아보리다."

벽리군은 천부에 들어간 다음에도 용금화와 연락을 끊지 않았다.

그가 어디 있는지, 무엇을 하는지 묻지도 않았다. 서로 선만 닿아 있으면 언젠가는 도움을 줄 것이라고 생각했다.

정작 중원무림의 공적이 되어도 살아남을 수 있는 장소를 찾고, 살문에 버금가는 기관을 설치할 때가 되면 용금화 쪽에서 은자를 요구해 오리라고 생각했다.

그래서 하잘것없는 정보를 얻느라 지불되는 돈이 더 아까웠다.

여름이 지나고 가을이 되었을 때 용금화가 전서를 보내왔다.

산서성(山西省) 태원부(太原府) 팔부령(八賦嶺) 구인곡(蚯蚓谷).

몇 자 안 되는 간단한 글, 그리고 약도(略圖).

다른 것은 없었다. 기관을 설치할 테니 은자를 얼마 보내라는 말도, 어떤 곳인지 간략한 설명도.

그러나 좋았다. 가슴이 뛰었다.

천부 말고도 종리추가 은신할 수 있는 장소가 마련되었으니.

벽리군은 구인곡에 대한 비밀을 종리추가 떠나기 전날, 어린의 처소에서 알몸을 보인 날, 그날 옷을 입고 난 후 알려주었다.

세부적인 계획은 즉시 잡혔다.

어차피 천전홍을 제거해야 되는 마당이고, 그러면 천부를 벗어나야 하니.

백천의는 너무 둔했다.

살문의 정보망이 어떻게 운용된다는 것을 알면서도 믿지 않았다. 촌사람들의 입에서 입으로 건네지는 정보가 얼마나 신빙성있을까 하는 생각을 했으리라.

용금화가 만든 지도와 벽리군이 꾸준히 유지해 온 정보망이 없었다면 이번 계획은 실패했을 공산이 크다. 성공했다 하더라도 병기를 구하려고 무림에 나간 수하들은 무사하지 못했으리라.

"이건 수림 전체가 기관이야. 이거야 원… 발을 딛기가 겁나니."

"이렇게 사람 냄새가 안 나면서도 무섭게 만들 수 있다니 놀랍군요. 자연을 최대한 이용했어요. 손을 댄 건 모두 땅속이나 나무 속으로 숨기고."

모진아의 경탄에 혈영신마가 맞장구쳤다.

수림에는 모진아조차 처음 보는 인물이 있다.

이름도 밝히지 않아 사람들이 부르는 대로 삼현옹(三絃翁)이라고 부를 수밖에 없는 노인이다.

나이는 칠십이 넘은 듯한데 안광은 새파랗게 살아 있다.

그는 다른 것은 다 좋은데 사람을 벌레 취급하는 것이 단점이다.

어쨌든 이토록 큰 공사를 감독, 보완하는 데 쓰라고 준 은자 오천 냥으로 해결했다는 게 놀랍기만 하다.

삼현옹은 기관의 총책임자로 적지인살 등 네 명을 지도하며 오늘도 수림을 뒤지고 있다. 무공도 익히지 않은 평범한 칠십 노인임에도 불구하고.

새 보금자리는 너무 외진 곳으로 깊숙이 들어왔다는 단점을 제외하고는 완벽했다. 이토록 외진 곳을 찾을 사람도 없겠지만.

◆第六十四章◆
박장(拍掌)

 얼굴에 웃음기가 어리지 않아야 어울리는 여인, 차디찬 이지적 인상이 매력적인 여인, 강단있는 사내의 기개가 풍겨나는 여인.
 그녀가 눈살을 찌푸렸다.
 앞에 두 사내와 한 여인이 앉아 있건만 좀처럼 입을 열려고 하지 않았다.
 말을 건넬 분위기도 아니었다. 그녀의 이마에 새겨진 깊은 골은 얼마나 고민이 깊은가를 여실히 드러내 주었다.
 한참 만에 여인은 깊은 한숨을 내쉬며 고개를 쳐들었다.
 말은 하지 않았다. 앞에 놓인 서신을 살짝 밀어놓는 것으로 그쳤다. 누구에게도 아니다. 단지 앞으로 놓았을 뿐이다.
 그렇잖아도 무슨 일인가 궁금했던 두 사내와 한 여인.
 한 사내가 먼저 서신을 펼쳐 보았다.

"앗!"

사내의 입에서 경악성이 터졌다.

"무슨 일이야?"

다른 사내가 물었다.

사내는 대답하지 않았다. 그의 이마에도 여인처럼 깊은 골이 새겨졌다.

사내는 서신을 돌렸다.

"흐흐! 이것 참, 재미있네."

두 번째 사내가 낄낄거렸다.

"무슨 일이야?"

맞은편에 앉아 있던 여인이 물었다.

청초한 아름다움이 돋보이는 여인이다.

"직접 읽어봐. 무척 재미있네."

사내가 건넨 서신을 읽어본 여인은 아랫입술을 잘끈 깨물었다.

종리추(鍾離崷) 사(死).
살문(殺門) 멸(滅). 기한(期限) 반 년.

서신 밑에는 점 여섯 개가 계인(契印)처럼 찍혀 있다.

"어떡하실 거예요?"

여인이 물었다.

빙화(氷花), 얼음으로 조각해 놓은 것 같은 여인은 대답하지 않았다.

소고는 대답할 수 없었다.

아직도 그녀의 마음은 결단을 미루고 있었다.

"어떡하긴, 점 여섯 개면 필(必)인데. 우리가 살려면 죽여야지."

야이간이 낄낄거렸다.

소여은은 눈을 곱게 흘겼다.

살기가 발동했다는 소리다. 그녀는 본격적으로 실행에 나서면서부터 사람이 완전히 바뀌었다. 살기가 치밀지 않을 때는 웃음기가 없었고 살기가 치밀면 눈웃음을 쳤다.

"이봐, 내가 아냐. 죽일 놈은 종리추라고."

"야이간."

적사가 불렀다.

"왜?"

"입 다물어."

야이간은 입을 다물었다.

그는 아직 적사와 부딪칠 생각이 없었다.

소고가 말했다.

"종리추가 어디 있는지는 아무도 몰라. 우리도 모르고. 정보를 총동원하겠지만 찾는다는 보장은 없어. 그동안 이 일을 어떻게 해결할 것인지 모두 해답을 찾아봐."

말은 그렇게 했지만 소고는 이미 결론을 알고 있다.

적사, 야이간, 소여은도 해답을 안다.

구파일방이 묵월광을 묵인하는 대신 묵월광은 구파일방이 청하는 일에 나서줘야 한다.

점 여섯 개면 필히 행해야 한다. 행하지 않을 경우 구파일방과 맺은 약조는 깨진다.

구파일방이 묵월광을 친다는 협박이나 다름없다.

정보력을 총동원했지만 찾지 못했다는 변명도 통하지 않는다.
계인 여섯 개는 하늘의 명령이다. 어떤 일이 있어도 해야 하며 하지 못할 경우에는 구파일방과 상대해야 한다.
'종리추… 우리는 악연인가 봐. 계속 못할 짓만 하네.'
소고는… 진심으로 미안했다. 종리추에게는 그러고 싶지 않은데 못된 일만 시키게 된다. 그것도 모자라서 이제는 직접 목숨을 거둬야 한다.
묵월광의 정보력을 동원하면 쉽게 찾을 수 있을 게다.
종리추도 먹고 살아야 하는 인간이고, 인간인 이상 사는 데 필요한 생필품을 사야 하니까.
열 명에서 스무 명 가량이 소모할 만큼 생필품을 구해가는 자.

적사와 야이간이 물러간 후 소여은은 소고와 마주앉았다.
"언니, 정말 종리추를 죽일 거예요?"
"……."
"방법이 없을까요?"
소고와 소여은은 서로 마주 봤다.
천성이 독해 살혼부에 선택된 사람들이다. 자라면서는 혹독한 환경에서 강한 살수가 되기 위한 수련을 했다. 비록 여자의 몸이지만 인간의 정 같은 것은 가볍게 내동댕이칠 수 있을 만큼 독하다.
소고가 물었다.
"종리추와 몇 번 만났지?"
"몇 번 안 되죠."
"나도 그래."

두 여인은 서로의 심중을 알았다.

종리추를 죽이고 싶지 않은 마음, 하지만······.

"이렇게 해. 종리추의 종적이 파악될 때까지 방법을 생각해 봐. 방법이 없으면 죽여야지. 나도 생각해 볼게."

소여은은 고개를 끄덕였다.

그 방법밖에는 없었다. 묵월광이 무림에 붙어 있는 길은.

소여은은 생각했다.

'사무령은 꿈이야. 말 그대로 전설이었어. 영원히 이루어질 수 없는······.'

 구파일방 장문인 열 명이 침통한 표정으로 앉아 있다. 그중에서도 특히 개방, 무당, 공동파 장문인의 표정이 어두웠다.
 다른 사람들도 있다.
 삼절기인과 백천의.
 구파일방 장문인들 외에는 참석할 수 없는 회합에 참가했다는 것 자체가 특별하다.
 삼절기인은 직접 대면한 벽도삼걸에 대해서 소상히 이야기했다. 백천의는 자신이 알고 있는 종리추에 대해 말했다.
 이야기가 깊어질수록 장문인들의 안색은 더욱 어두워졌다.
 멸문한 줄 알았던 살문이 건재하다는 사실은 큰 충격이다. 더군다나 살문주는 십망을 선포받은 혈영신마를 구해갔다.
 그것은 문제가 안 된다. 정작 큰 문제는 종리추다. 삼절기인과 백천의의 말을 들어보니 종리추야말로 위험 인물이다. 위험해도 아주 위험하다.

신출귀몰한 행적.

개방을 누르는 정보력.

뭇 군웅들 앞에서, 삼절기인 앞에서 대담하게 벽도삼걸 행세를 할 수 있는 배포.

대마두의 자질을 고루 갖춘 인물이다.

그 중심에 구파일방의 태두인 소림사도 있다.

소림사 덕분에 벽상촌을 알았고 급습을 가할 수 있었지만 반대로 생각하면 사전에 얼마든지 차단시킬 수 있는 일을 복잡하게 만든 장본인도 소림사다.

소림사가 천부라는 곳을 진작 알려주기만 했어도 이런 일은 벌어지지 않았다.

"아미타불······! 빈승이 나이가 들어 판단력이 흐려졌나 보오. 이번 일의 책임을 지고 앞으로 소림에서는··· 장문인들을 뫼시지 않겠소."

엄청난 발언이 새어 나왔다.

소림사는 물론이고 중원무림이 발칵 뒤집힐 발언이다.

소림사에서 장문인들을 뫼시지 않겠다는 말은 앞으로 소림사에서는 장문인들의 회합을 주관하지 않겠다는 말이다. 무림의 태두 소림사라는 명예를 버리겠다는 말과도 같다.

혜공 선사의 말이 이어졌다.

"그렇다고 당면 문제를 좌시하지만은 않겠소. 살문의 종적이 드러나는 대로 백팔나한(百八羅漢)과 칠십이단승(七十二丹僧)을 보내겠소."

혜공 선사는 그 말을 끝으로 눈을 감고 염주를 굴렸다.

백팔나한, 칠십이단승… 이들 백팔십 명은 소림사의 골수(骨髓)다. 소림 무학의 정수이며 소림이 오늘날의 명예를 누리게 만들어주는 기반이다.

소림사에서 백팔십 명의 무승을 일시에 출사(出寺)시킨 적은 없었다.

"……"

장문인들도 혜공 선사처럼 침묵을 지켰다.

장문인들의 회합은 이 년에 한 번씩 열기로 잠정 합의되었다.

장소는 소림을 제외한 팔파일방이 돌아가며 제공하고 장소를 제공하는 곳이 향후 이 년 동안 무림의 구심점이 된다.

소림을 주축으로 한 중원무림이 구파일방을 구심점으로 한 무림으로 바뀌고 말았다.

조금 과하다고 할 수도 있지만 살문 문주의 거처를 알면서도 멸절시키지 않았던 행위는 어떤 대가로도 치를 수 없었다.

소림이 무림의 태두라는 자리를 내놓았고 백팔십 명의 무승을 출사시킨다고 공표했는데도 불구하고 신망은 땅에 떨어졌다.

십망…….

무림은 처음으로 십망이 실패했다고 인정했다. 그리고 그 죄과는 모두 소림사가 뒤집어썼다. 십망을 이끈 사람은 무당파의 현학 도장이었지만 무당파나 개방에는 아무런 질책도 돌아가지 않았다.

장문인들이 빠져나간 산사는 고즈넉했다.

"빈승은 후회하지 않소."

"……"

"종리추는 빈승에게 약조했소. 죽일 만한 이유가 없는 자는 죽이지 않겠다고."

"……."

"그는 그렇게 했소. 우리 소림이 나서서 일거수일투족을 제재하기 전에 스스로 알아서. 살문 살수에게 죽은 자… 아미타불! 인두겁을 쓴 자들이오."

"……."

조용했다.

이제는 모두 알고 있다.

행와의 장 가주, 동성의 광무자… 모두 묵월광의 손에 죽었다.

그런 것을 살문 소행으로 오인했다. 만약 살문이 아니라 묵월광이라는 것을 알았다면 행동은 전혀 달라졌으리라.

멸문당할 문파는 살문이 아니라 묵월광이다.

종리추는 왜 나서서 부인하지 않았을까?

살문은 형식만 살수 문파이지 명문 정파나 다름없었다. 청부 살인을 한다는 점에서는 결코 명문 정파라고 할 수 없지만 하는 행동에는 엄격한 규율이 있었다.

살문과 살천문이 거의 동시에 멸문했을 때 묵월광이 나타났다.

묵월광의 소고는 구파일방이 손에 피를 묻히기 싫어한다는 것을 잘 꿰뚫어 봤다.

일이 잘못되기 시작한 시점을 찾으라면 묵월광의 존재를 전혀 눈치채지 못했을 때부터다. 아니, 알고는 있었다. 그들이 움직이는 것을 알 시 못했을 뿐.

"이제… 종리추가 십망을 선포받은 혈영신마를 구해갔으니 죄를 지은 것이오. 아미타불! 무림에서 기별이 오면 백팔나한과 단승을 보내시오. 아미타불!"

혜공 선사가 말을 끝내자 자리를 함께 했던 승려들이 몸을 일으켰다.

소림의 진정한 실력자인 혜 자 돌림의 승려들.

그들은 대사형이자 방장인 혜공 선사의 결단에 이의를 달지 않았다.

계율원 원주 혜선 대사, 성격이 강퍅하고 승려이면서도 용서를 몰라 계율원 원주로는 더없이 적합한 사람이다.

그는 혈영신마를 잡으러 먼 길을 떠났다가 빈 허공만 움켜쥐었다. 현학 도장을 쫓아 벽상촌에도 가봤지만 역시 빈 허공뿐이었다. 아니, 사람이 있기는 했다. 백천의의 동생 백천홍이 싸늘한 시신이 되어.

"무슨 일을 그 따위로 하는 게냐!"

혜선 대사의 질책은 매서웠다.

"……"

백천의는 할 말이 없었다.

"떨어진 위신을 회복해야 한다. 알았느냐!"

"예, 명심하겠습니다."

"명심 정도로는 안 되지."

"……?"

혜선 대사는 아직 먹물이 마르지 않은 서신을 내밀었다.

서신에는 십여 명에 이르는 사람들의 명호가 적혀 있었다.

"제일 먼저 할 일은 그들을 포섭하는 것이다. 이제 소림도 변해야 한다. 과거의 방법으로는 더 이상 사마의 행동을 저지할 수 없어. 십망이라고 선포한들 무엇 하리. 모두 빠져나가고 마는 것을. 이제는 직접 손에 피를 묻혀야 한다."
"알겠습니다."
백천의는 혜선 대사의 말뜻을 알아들었다.

백천의가 제일 먼저 만난 사람은 삼절기인이다.
삼절기인은 호의적이지 않았다.
"자네가 웬일인가?"
"종리추를 죽이고자 합니다."
"흥!"
"혈영신마도 죽일 겁니다."
"그러게."
"앞으로 중원무림에 사마외도가 발을 붙일 곳은 없을 겁니다."
"……."
"도와주십시오."
"허허! 이 늙은이에게 무슨 힘이 있다고."
"장문인의 뜻이 아닙니다. 제 뜻입니다. 악행을 저지르는 자, 누구를 막론하고 제일 먼저 제 검이 찾아갈 겁니다."
"진심인가?"
"진심입니다."
삼절기인의 눈빛이 반짝였다.
백천의는 소림에 등을 돌리는 말을 하고 있다.
소림의 제자로서 소림의 명령에 앞서 검을 뽑겠다는 것은 파문당한다 해도 변명의 여지가 없는 행동이다.
삼절기인이 물었다.

"어떻게 할 참인가?"

개방에 불행한 사람이 있다.
불의(不義)를 원수처럼 미워해 불의를 보면 다짜고짜 타구봉(打狗棒)부터 치켜들었던 사람, 간사한 자를 보면 면전에서 욕지거리를 해댄 사람.
개방 의기의 표상이던 흑봉광괴.
그는 살혼부 십망을 실패한 다음부터 두문불출(杜門不出), 거처에만 머물고 있다.
그는 또 삼절기인과는 뜻이 맞아 막역한 사이로 지내고 있다.
"삼절… 자네 지금 나보고 방주의 명령을 어기라고 말하는 겐가? 개방을 배신하라고?"
"배신하라는 말은 아니지."
"그 말이 그 말이지."
"명예를 바라고 하는 일이 아닐세. 사리사욕은 더더군다나 없네. 무림을 피로 물들이는 악도가 사라지길 바라는 마음뿐일세."
"……"
"우리는 철저하게 비밀리에 움직일 걸세. 죽일 사람만 죽이면 되니 드러날 것도 없을 게고. 개방을 배신하는 행위 같은 것은 없네. 방주에게 보고하지 않고 행동하는 일은 있을지라도."
"보고하지 않고 움직인다……."
"그거지."

삼절기인은 흑봉광괴에 이어 공동파의 비영파파를 만났다.

비영파파는 안색이 초췌해져 있었다.

결국은 멸문시키지도 못할 살문을 공격하는 데에 공동파의 희망이라고 할 수 있는 육천군 중 사천군이 죽었다. 남은 사람은 단 두 명. 하지만 그들은 살문 싸움이 있고 난 후부터 넋이 나간 듯하다. 아마도 살문과의 싸움이 큰 충격이었나 보다.

비영파파는 흔쾌히 승낙했다.

"종리추를 죽이는 일이라면 얼마든지. 개방을 조심해야 될 거외다. 개방의 분운추월은 종리추에게 호의적이었소."

삼절기인이 구파일방을 돌아다니는 동안 백천의는 사룡 중 삼룡을 만났다.

소림 속가제자 중 가장 뛰어나다는 걸물들.

소림 삼십육방을 통과했으며 무림으로부터도 무공을 인정받은 사람들이다.

정운(鄭澐), 고진명(高振明), 상태수(尙太秀).

무림은 그들을 백천의와 더불어 소림사룡이라고 부른다.

오랜만에 한 자리에 모인 소림사룡은 말없이 술잔을 주고받았다.

백천의가 당한 일은 그들 모두가 당한 일이다.

"혜선 대사님의 밀지(密旨)를 받았어. 동참하지."

"후후! 나도 하겠어."

"나도 밀지를 받았어. 언제든 달려가지."

그들은 기꺼이 새로운 방식을 받아들이기로 결의했다.

똑똑똑.

"들어오시오."

덜컹!

백천의는 침상에 편히 누워 있다가 야심한 시각에 찾아온 여인을 보자 벌떡 일어났다.

"소, 소저!"

"나도 하겠어요."

"뭐, 뭐를……?"

"다 들었어요. 종리추를 죽이겠다는 말씀."

"소저, 이 일은……."

"여자가 필요할 때도 있을 거예요. 저는 이제부터 공화가 아니에요. 복수에 미친 여자일 뿐이에요."

백천의는 여인의 결심을 돌릴 수 없다는 것을 직감했다.

너무 울어서 통통 부운 얼굴, 그래도 공화 소저의 미모는 아름답기만 했다.

'천홍… 우형이 너만 죽인 게 아니구나. 공화 소저도 함께 죽였어. 공화 소저의 마음도.'

천외천(天外天).

구파일방에서도 악을 극도로 미워하면서도 무공이 높은 고수들이 모였다. 속가 무인들 중에서는 삼절기인을 비롯해 무림삼정 중 일 인인 철권(鐵拳) 구양춘(歐陽春)이 가세했고, 벽도삼걸을 잃은 하후 가주가 폐관을 깨고 도를 들었다.

그들의 수는 무려 마흔 명에 육박했다.

그들은 자신들의 비밀 결사 집단을 '천외천'이라고 명명했으며 악을 멸절시키기 위해서는 방파 간의 알력을 초월하기로 다짐했다.
　초대 천주로는 개방의 흑봉광괴가 추대되었다.
　개방의 막대한 정보력을 이용하고자 하는 심산이었다.
　사마외도와는 상극인 천외천은 이렇게 탄생했다.

◆第六十五章◆
재개(再開)

종리추는 세상으로부터 완전히 사라졌다.

중원 무인들이 눈에 불을 켜고 찾아도 그의 종적을 파악해 낼 수 없었다.

개방, 하오문, 묵월광의 정보…….

모두들 마음만 조급할 뿐 뚜렷하게 손에 잡히는 정보는 찾아내지 못했다.

소고는 모래 위에 지어진 성이 얼마나 허약한가를 뼈저리게 절감했다. 아프지도 않은 생이빨을 강제로 뽑아내고 그 자리를 대신 차지한다는 게 얼마나 어려운지도.

'종리추 같았으면 어떻게 했을까?'

몇 달을 같은 문제로 고민했는데도 대책이 나오지 않았다.

이건 종리추를 살리느냐, 죽이느냐 하는 문제가 아니라 보다 근본적인, 그가 어디 있느냐 하는 일 때문에 골치가 아팠다.

찾아야 죽이든지 살리든지 할 것이 아닌가.

'너무 잘 알고 있어. 개방은 물론이고 하오문, 묵월광까지… 손바닥 들여다보듯이 알고 있어. 걸려들 리 없어. 먼저 움직일 때까지 기다리는 게 최선이야.'

묵월광의 신용은 금이 가기 시작했다.

공개적으로 공표한 청부가 아니니 겉으로야 살천문의 뒤를 이은 살수 문파로 자리매김을 확고히 하고 있지만 정파 무림인은 등을 돌리기 시작했다.

그들이 묵월광을 묵인해 준 것은 필요할 때 써먹고자 해서인데 반년이 지나도록 종리추의 행적조차 찾아내지 못하는 살수 문파를 무엇하러 묵인한단 말인가.

소고는 후원을 거닐었다.

예쁜 꽃들이 활짝 피어 교태를 자랑한다.

나비와 벌들이 분주하게 오간다.

구파일방이 죽음의 손으로 사용하던 살천문은 흔적없이 사라졌다.

그들은 지금 묵월광처럼 구파일방의 암묵적인 지원을 받기 때문에 마음대로 손댈 수 없었다. 결국 종리추라는 살점을 도려내며 동사시키는 데는 성공했지만…….

'묵월광은 이미 깊은 수렁에 빠졌어. 헤어 나오고 싶어도 헤어 나올 수 없는 수렁으로. 청부 살인을 중단해도 과거의 행적이 있으니 꼬투리를 잡기 시작하면 끝도 없어. 실망을 받을지도 모르고, 꼭두각시 살수 문파를 내세워 뒤통수를 칠지도 모르지. 음…….'

소고는 흐드러지게 피어난 꽃들이 눈에 들어오지 않았다.

사무령이 되기 위해서는 중원무림인의 합공에도 견딜 수 있어야 한다. 당당하게 살인을 하고 어깨를 활짝 편 채 대로를 걸어야 한다.

아무래도 살수 문파를 거느리고 있는 입장에서는 힘든 일이다.

그런 조건이라면 살수 문파를 이끌고 있는 것보다 홀몸으로 무림을 떠도는 게 더 나을 수도 있다.

결국은 마두로 낙인 찍혀 십망을 선포받고 죽게 되겠지만.

'사무령, 너무 큰 짐이야.'

소고는 처음으로 사무령이라는 말이 지겹게 느껴졌다. 너무 무겁고 힘들었다.

종리추는 어땠을까?

살문 문주로서 무림과 살천문의 공격을 받게 된다는 사실을 알았을 때 그는 어떤 감정으로 하루하루를 보냈을까.

당시에는 미안하다는 생각만 들었지 처절했을 그의 심정은 짐작하지 못했다.

이제 묵월광이 살문과 같은 입장에 처해지자 그가 떠올랐다.

그에게 너무 미안했다.

그나마 살아 있는 것만도 다행인데… 이제는 발견하는 즉시 죽여야 하는 입장이라니.

그때, 소고는 은밀하게 다가오는 기척을 감지했다.

낯빛을 풀었다. 자신이 고민하고 있다는 것은 삼령주(三靈主)가 아는 것으로 족하다.

쉬익……!

날렵하게 신형을 날린 상대는 소고도 눈치 채지 못할 빠르기로 꽃밭으로 숨어들었다.

"무슨 일이야?"

가까이 다가온 자는 일살이다.

그는 소고 혼자 있을 때나 여러 명과 같이 있을 때나 항상 은밀한 곳에 몸을 숨겼다. 그가 몸을 드러낼 때는 소고가 나오라고 명령을 내렸을 때뿐이다.

"희소식입니다."

일살이 들떠서 대답했다.

"종리추의 종적이 드러났습니다."

"뭣!"

소고는 평정을 잃을 만큼 놀랐다.

"지금 막 들어온 정보에 따르면 여민(黎澠)의 팔복검(八覆劍)이 피살당했답니다."

"그래……"

소고는 다시 시큰둥해졌다.

검을 든 무인은 항시 죽음을 생각하고 살아야 한다. 그런 무인 한둘쯤 죽었다고 종리추를 찾은 듯 들떠 있다니… 분명 묵월광이 손 대지 않았고 무림인들 중에서도 그와 결전을 벌인 자가 없었으리라. 그러니 종리추의 짓이라고 단정했겠지.

그러나… 이어지는 말에 소고는 눈을 부릅떴다.

"팔복검이 죽은 후 송근(宋漌)이라는 자가 나타나 이제야 원수를 갚았다고 고래고래 고함을 질렀답니다. 역시 살문의 살수는 확실하다면서."

"그게 언제 일이냐?"

"나흘 전입니다."

"송근이라는 자는 어디 있어?"

"팔복검의 가솔들이 도륙하려는 것을 개방이 낚아채 갔답니다. 그자는 한마디 더 했는데 원한이 있는 자는 팔부령 대래봉(大崍峯)에 가서 소원을 빌라고 했답니다."

"팔부령 대래봉, 대래봉이 확실해?"

"몇 번 확인해 봤습니다. 들은 사람이 의외로 많습니다. 팔부령 대래봉으로 움직이는 사람도 있고……."

'팔부령 대래봉… 거기 숨어 있었어. 그러기에 잡지 못한 거야. 팔부령에 숨어 있으니 찾을 수가 없지.'

소고도 팔부령에 대해서는 조금 안다.

나는 새도 넘지 못한다는 험산 준령이다. 겨울에는 사람 발길이 완전히 끊기는 곳이며 여름에도 산속 깊이 들어가는 사람은 없다고 한다.

"지금 당장 이십팔숙을 준비시켜."

"팔부령으로 떠납니까?"

"내가 직접 간다."

소고는 갑자기 바빠졌다.

삼령주를 소집했다.

그들이 연락을 받고 모이기까지 걸린 시간은 일 다경에 불과한데 소고에게는 하루나 되는 듯 길게 느껴졌다.

"사령, 조령, 화령. 전부 동원해. 목적시는 팔부령이야."

"종리추의 종적이 드러났다는 소리는 들었습니다. 그렇다고 묵월광을 전부 움직일 필요는……."

사령주 적사가 시큰둥한 표정으로 말했다.

당금 묵월광이 처한 사정을 모르는 것은 아니지만 종리추를 쳐야 한다는 생각에는 반대였다. 반대이기는 하지만… 겉으로 끄집어낼 수 없는 마음속의 반대다.

'종리추는 사내야. 충성도 맹세했고……. 수하를 먼저 버린 사람은… 소고 당신이야. 큰 실수했어. 차라리 야이간이나 나를 버릴 것이지…….'

"반 시진 후에 출발할 테니까 준비 단단히 시켜. 팔부령은 암습하기 딱 좋은 곳이야. 모두들 알 거야. 종리추가 살문을 이끌면서 단 한 번도 청부 살인에 실패한 적이 없다는 걸."

'소고, 종리추는 실패한 적이 없지만 우리 십칠(十七) 사령(蛇靈)은 무적이오.'

적사는 종리추의 죽음을 기정사실화했다.

그는 팔부령까지 가는 동안 종리추를 구할 수 있는 방책이 없나 생각해 볼 참이었다.

'화령은 있으나마나야. 팔부령 싸움은 진검 싸움이야. 화령들의 싸움과는 거리가 멀어. 그런데도 나를 동반시키는 것은… 언니는 종리추가 살 수 있는 기회를 찾고 싶은 거야. 마지막으로.'

화령주 소여은의 얼굴이 어두워졌다.

'이제 묵월광은 끝났군.'

야이간은 자신이 일어설 때가 다가왔다는 것을 직감했다.

복지부동(伏地不動)이라는 말이 있다. 땅에 배를 깔고 엎드려 움직이지 않는 것을 말한다. 한 사람 밑에서 숨죽이며 사는 사람을 일컫기도 한다.

지금까지는 복지부동이었다.
하지만 이제는……
야이간은 속으로 웃음을 지었다.

2

 팔부령은 요주(遼州)와 태원부의 경계에 위치한다.
 그래서 어떤 사람은 태원부의 팔부령이라고도 하고 어떤 사람은 요주의 팔부령이라고도 한다.
 워낙 산이 험하고 깊어 사람이 넘나들 수 없으므로 자연히 생성된 경계다.
 대체로 주(州)의 경계란 것은 나라에서 편하게 관리하기 위해 그어 놓은 선으로 지형이나 인구 수 등에 밀접한 관계를 가진다.
 중원 역사가 수많은 부침을 했지만 태원부와 요주의 경계만은 변한 적이 없다.
 요주는 태원부를, 태원부는 요주를 마치 먼 나라 사람처럼 대한다. 산 하나만 넘으면 만날 수 있는 사람들인데도 말이 다르고 문화와 풍습이 다르다.

모두 팔부령이 그렇게 만들어놓았다.

사람 발길이 뚝 끊긴 팔부령에 요즘 들어 사람 그림자가 보이기 시작했다.

태원부 쪽에서 올라가든 요주 쪽에서 올라가든… 그들은 한결같이 같은 물음을 던진다.

"대래봉을 가려는데 어디로 가면 됩니까?"

팔부령 주위에 모여 사는 산촌 사람들의 대답도 거의 엇비슷하다.

"저기 저 산 보이쇼?"

"어느 산 말이오?"

"저기 구름 속에 잠긴 산 말이오."

"아!"

"저기가 대래봉이오. 아무도 올라가 본 사람이 없어 올라가는 길은 모르고. 요즘 대래봉을 찾는 사람들이 부쩍 늘었는데 웬만하면 가지 마쇼. 올라가기도 전에 호랑이 밥 되기 십상이오."

삼절기인은 앞서 가는 두 사람을 쫓아 천천히 산을 올랐다.

길도 모르는 산길을 찾아 나서는 것처럼 우매한 행동은 없다. 실제로 앞서 가는 사람들은 자주 길을 잃었고 들어갔다가는 되돌아 나오는 일을 반복했다.

웬만한 사람들 같으면 짜증이 치밀어서라도, 아니, 겁이 나서라도 하산을 하고 말 상황이다.

두 사람은 포기하지 않았다.

한 사람은 오십 대의 중년인이었고, 한 사람은 이십 대의 청년이었는데 서로 말 한마디 나누지 않고 묵묵히 산을 올랐다.

보아하니 서로 초면인 듯했다.
산에서 만나 같은 뜻을 지니고 대래봉을 찾는 사람들이다.
두 사람은 정상 문턱도 밟아보지 못한 채 밤을 맞았다.
우어엉……!
멀리서 승냥이인지 늑대인지 분간하기 힘든 울음소리가 들려왔다.
두 사람은 잠도 자지 않았다.
눈을 부릅뜨고 대래봉 정상을 노려본 채 입술을 꼭 깨물고 있다.
'원한이 하늘에 닿았군. 도대체 무슨 일이기에……. 분명히 살인을 청부하러 올라가는 사람들일 터.'
삼절기인은 검을 뽑아 들고 위협하며 무슨 사연인지 알아보고 싶었다. 도대체 무슨 사연이 있기에 살인을 청부하냐고. 그래서 이유가 납득되지 않으면 목을 베어버리고 싶었다.
살인 청부란 정말 원한이 깊어서 찾아오는 사람들도 있지만 많은 사람들이 이권 때문에 찾아온다. 조금 더 많은 은자를 손에 쥐고자 애꿎은 사람을 죽여달라고 청부하는 자들.
긴 밤 동안 눈썹 한 번 붙이지 않은 두 사람은 사위를 분간할 수 있을 정도로 날이 밝자 서둘러 길을 재촉했다.

삼절기인은 산속에서 사흘을 보냈다.
정말 대래봉은 길을 알지 못하고는 오를 수 없는 천신들의 안식처 같았다.
그런데 어느 정도 높다는 산에 오르자 조그만 소로가 드러났다.
다른 산봉도 마찬가지였다. 푸르기만 한 산록에 황토빛 소로가 뱀처럼 구불구불 이어져 있다.

'대래봉은 저쪽…….'

삼절기인은 굳이 설명을 듣지 않아도 대래봉이 어디인지 알아냈다. 물론 가는 길도 알았다.

산 정상부터 이어지는 소로는 방문객들을 영접하는 양 공손하게 길 안내를 해주었다.

두 사람은 부리나케 길을 재촉했고, 삼절기인은 얌전히 뒤를 쫓았다.

대래봉 정상은 구름을 뚫고 올라가야 모습을 드러낸다.

진정한 구름은 아니다. 산 정상에 짙게 드리운 운무(雲霧)가 구름처럼 보일 뿐이다.

산정에는 사람이 별로 많지 않았다.

기껏해야 다섯 명뿐이다.

하지만 이들이 살인 청부를 하러 온 사람들이라는 것을 감안하면 결코 적은 숫자가 아니다.

그들은 조금 간격을 벌린 채 자기 순서를 기다리는 눈치였다.

삼절기인은 그들이 서 있는 이유를 곧 알아냈다.

일명(一名) 퇴후(退後), 일명(一名) 진입(進入).
이인(二人) 이상(以上) 동행시(同行時) 대표(代表) 일명(一名) 진입(進入).
무인(武人) 해검(解劍) 후(後) 진입(進入).
대기(待機) 중(中) 대화(對話), 시비(是非) 금지(禁止).
불이행시(不履行時) 즉참(卽斬).

삼절기인은 푯말을 보고 피식 실소를 흘려냈다.

'살수 주제에 무당파 흉내를 내고 있나……'

삼절기인은 고개를 들어 산 정상을 바라보았다.

그가 있는 곳에서는 산 정상이 뚜렷하게 보였다.

사람은 오직 한 명만 있었다. 그는 청부를 하러 온 사람인 듯 땅에 납작 엎드려 무슨 말인가를 중얼거렸다.

음성까지 들리지는 않았다.

산 정상과 청부자들이 대기하는 곳의 거리는 참으로 묘해서 눈으로 볼 수는 있는데 소리를 들을 수는 없었다.

'이건 좀 이상한데……? 청부자들의 신변이 완전히 노출되고 있어. 대체로 살인 청부를 하는 자들은 자신의 신분이 노출되는 것을 꺼리는 편인데…….'

그렇다. 그래서 살수 문파가 살인 청부를 받을 적에는 아무도 보지 않는 곳에서 비밀리에 받는다. 살인을 실패하고 잡히는 경우에도 청부자가 누군지는 절대 말하지 않는다.

청부자의 신변을 노출시키느냐 그렇지 않느냐에 살수 문파의 흥망이 달려 있다고 봐도 된다.

이곳은 환히 노출되어 있다.

삼절기인은 이들이 정말 살인 청부를 하러 왔는지 물어보고 싶었다. 하지만 참았다. 사서 시비를 걸 필요는 없었다. 아직은 알아내야 할 것이 많았다.

무엇인가 한참 중얼거리던 사내가 일어섰다.

산정을 내려오는 그의 얼굴은 밝아 보였다.

차례를 기다리고 있던 사내가 부리나케 뛰어 올라가 넙죽 엎드렸다.

그리고 무슨 말인가 중얼거리기 시작했다.

삼절기인은 평평하고 널찍한 바위 위에 검을 풀어놓았다.
도와 창은 지니지 않았다. 그런 모습은 너무 독특해서 누구라도 삼절기인임을 알아볼 수 있다.
'미친놈들!'
욕이 새어 나왔다.
바위에는 무당파에서나 볼 수 있는 해검지(解劍地)라는 글자가 음각되어 있었다.
검을 풀어놓은 삼절기인은 천천히 산정으로 올라갔다.
산정에는 큰 바위가 있고, 바위에는 부처님의 형상이 새겨져 있다. 그런데… 특이한 조각이다. 부처님이 돌아앉은 모습이지 않은가.
바위 아래는 사찰처럼 향단(香壇)이 설치되어 있고, 앞선 자가 피워놓은 듯한 향이 살아지고 있다.
삼절기인은 향 하나를 들어 불씨를 당긴 후 향로에 꽂았다.
향단 밑에는 깔끔하게 다듬어진 청석이 있다.
그곳이 엎드리는 곳이리라.
삼절기인은 부처님에게 축원을 드리는 듯한 모습으로 깊이 엎드렸다.
"……."
그는 무슨 말인가 나오기를 기다렸지만 주위에서는 아무 소리도 들리지 않았다.
'누군가 있어. 있으니까 말을 하고 듣는 거겠지. 어딘가에는 숨어 있는데… 어디 있느냐. 나와라, 나와…….'

재개(再開) 287

삼절기인은 엎드린 자세 그대로 천신지청술을 펼쳤다.
개미 기어가는 소리까지 잡아낼 수 있을 만큼 청각이 활짝 열렸다. 하지만 그가 기대하는 은신한 사람이 흘리는 소리 같은 것은 전혀 들리지 않았다.
삼절기인은 다른 사람들처럼 먼저 입을 열기로 했다.
누구를 청부할까? 생각나는 사람은 많았지만 그들의 명호를 거론한다는 것은 그들에 대한 모욕이다.
"하남무림에 삼절기인이라는 자가 있습니다. 그놈을 죽여주십쇼."
"……."
아무 소리도 들리지 않았다.
그는 청부자들이 왜 끊임없이 중얼거렸는지 이유를 알았다. 이렇게 대답이 없으니 계속 청부를 한 게다. 산정을 내려올 때 그들의 모습은 밝았다. 청부를 들어주었으니까 안색이 밝아졌겠지.
'무슨 징조든 보이겠지.'
"하남무림에 삼절기인이라는 자가 있습니다. 그놈을 죽여주십쇼."
삼절기인은 같은 말을 반복하기 시작했다.
지금쯤 팔부령의 진입로라고 할 수 있는 노가촌(盧家村)에는 천외천 무인들이 모여 있을 게다.
'빠져나갈 구멍을 주면 안 돼. 일시에 일망타진하는 거야. 한 놈도 빠짐없이 모두. 그런데 도대체 이놈들이 어디 숨어 있는 거야?'
"하남무림에 삼절기인이라는 자가 있습니다. 그놈을 죽여주십쇼."
그는 많은 것을 알기는 틀렸다고 생각했다.
이런 식으로는 도저히 은거지를 알아내지 못한다.

기회는 단 한 번, 응답이 있는 즉시 응답자의 위치를 파악하고 제압해야 한다. 그자만이 살문의 은거지를 알아낼 수 있는 유일한 열쇠다.

"하남무림에 삼절기인이라는 자가 있습니다. 그놈을 죽여주십쇼."

삼절기인이 똑같은 말을 네 번째 했을 때.

"청부금은?"

웅웅 울리는 듯한 음성이 들렸다.

'땅속이야! 이 속에 있어!'

삼절기인은 응답자의 은신처를 알아냈다. 어디에 있는가? 좀 더 정확한 위치를 파악해 내야 한다.

"은자 일만 냥입니다."

"지불 시기와 장소는 우리가 정한다. 지금 이 자리에서 절반, 나머지 절반은 일이 성사된 후에 받겠다."

꽤 긴 소리였는데 이번에도 잡아내지 못했다.

응답하는 소리가 마치 동공(洞空)을 휘휘 저어 나오는 듯하다.

삼절기인은 품에서 조그마한 종이 한 장을 꺼냈다.

"은문(殷門) 전장(錢莊)의 어음입니다. 오천 냥입니다."

그가 꺼내놓은 것은 어음이 아니다. 전서가 필요할 때 사용하기 위해 준비해 가지고 다니던 종잇조각에 불과하다.

"……"

응답자는 잠시 말을 없었다.

"좋다. 청부를 수락한다."

'보지는 못하고 듣기만 하는 것 같은데… 이거 귀신이 곡할 노릇이군. 분명히 소리는 들리는데 잡아내지를 못하니.'

"감사합니다."

삼절기인은 몸을 일으킬 수밖에 없었다.
청부를 수락했는데 무슨 볼일이 더 남았겠는가.
그는 청부 수락을 받고도 얼굴을 찌푸린 유일한 사람이었다.

'청부를 수락했으니 나를 찾아올 터……. 그때 잡는 수밖에.'
개방 문도가 팔부령을 이 잡듯이 뒤지고 있다. 하지만 살문의 종적은 잡아내지 못했다.
"너무 넓어요. 이 안에 숨으면 염라사자도 잡아가지 못할 거에요."
개방 문도가 그렇게 투덜거릴 정도라면 찾기는 틀렸다.
설혹 찾아낸다 해도 찾아낸 자를 감쪽같이 죽여 버리고 다른 곳으로 이동하면 그만이다.
종리추는 얄미운 곳에 숨었다.
산을 터벅터벅 내려오던 삼절기인의 발걸음이 우뚝 멈췄다.
나무 아래 털썩 주저앉아 신발을 털고 있는 중년인, 그가 예사롭지 않았다.
그는 매우 작았다. 몸집도 깡말랐다. 얼굴도 살이 붙은 얼굴은 아니다. 손도, 발도 작고 가늘다. 뼈만 앙상하다는 편이 옳다.
그런데 그가 나무 아래 앉아 있자 거대한 나무 두 그루가 그에게 붙어 있는 느낌이 든다.
'고수야!'
그도 살인 청부를 하려고 온 것일까?
삼절기인은 자신이 알고 있는 사람들 중에 중년인만한 무공을 지닌 사람이 누군가 떠올려 봤지만 생각나는 사람이 없었다.

"제길! 이놈의 날씨는 어떻게 된 게 한여름인데도 가을처럼 추우니. 빨리 이놈의 산을 벗어나든가 해야지."

'중원인의 말투가 아니다. 이자는……'

그제야 중년인이 고개를 들어 삼절기인을 흘낏 쳐다봤다.

"삼절기인?"

삼절기인은 긴장했다.

진기를 최대한 끌어올리고 자신이 알고 있는 절초 중에 가장 자신있는 초식을 떠올렸다.

자신이 누군가? 무림삼정 중에 한 명이지 않은가. 세력이 없어 그렇지 세력만 있다면 구파일방 장문인과 같은 위치에 서 있을 게다.

"미련하긴 더럽게 미련한 놈이네. 이놈아, 자신이 자신을 청부하는 놈이 어디 있어! 문주님께서 전하라는 말씀이다. 첫 번째 말씀, 죽고 싶어 청부했으니 죽여주는 게 사람 도리라고. 두 번째 말씀, 살문에 청부를 하면서 종잇조각으로 속였으니 응징해야 마땅하다고. 됐냐?"

"후후후! 그렇잖아도 찾았는데 제 발로 걸어왔군. 살문의 주구, 어디 무공이 입만큼 매서운가 볼까?"

삼절기인은 조금도 긴장을 풀지 않았다.

중년인의 무공은 입만큼이나 매울 것이다.

중년인이 신발을 툭툭 털더니 다시 신었다. 그리고 일어나 걸어왔다.

쉬익! 팡! 파팡! 쒝에엑……!

모진아의 공격은 숨 쉴 틈이 없었다.

그는 한 번도 땅에 내려서지 않았다. 허공에 떠오른 상태 그대로 연속적으로 공격해 왔다.

그가 허공에 머물 수 있는 힘은 모순되게도 삼절기인이 제공해 주었다. 그가 내뻗는 초식, 그가 마주쳐 가는 권장각(拳掌脚) 그 모두가 반탄력이 되어 중년인을 다시 허공으로 띄워주었다.

'대단한 각법이다. 중원에 이런 각법이 있다니!'

감탄만 하고 있을 틈이 없었다.

중년인의 각법은 파괴력이 엄청났다. 바위고 나무고… 부딪치는 것은 모조리 부숴 버렸다. 그리고 그러한 위력은 시간이 지날수록 더욱 배가되는 듯했다.

'이런 제길! 속도에서 뒤지고 있어. 뭐 이런 놈이 다 있어!'

삼절기인은 쉴 새 없이 검법을 펼쳐 냈지만 중년인의 옷깃조차도 건드리지 못했다.

각법과 검의 싸움은 검이 절대적으로 유리하다.

같은 실력을 가진 고수끼리 싸울 경우에는 더욱 우열이 갈라진다.

삼절기인이 제대로 초식을 펼쳐 내지 못하는 이유는 무척 빠른 각법이라는 것도 한 이유지만 처음 보는 무공이라는 것이 더 컸다.

그는 각법만으로 이렇게 화려하고 정교하며 빠른 공격을 펼치는 경우를 상상해 본 적이 없다.

쒜에엑! 파라랑……!

중년인의 각법은 너무 현란했다.

각법의 고수가 허공에서 같은 발로 같은 초식을 반복하여 사용할 수 있는 횟수는 세 번 내지 네 번이 고작이다.

중년인은 무려 여섯 번이나 똑같은 공격을 펼쳤다.

삼절기인은 물러섰고, 공격해 오고, 또 물러서고…….

중년인의 발길질이 여섯 번째까지 똑같다. 노리는 부위는 안면. 허공에 뜬 상태로 반탄력도 없이 일방적으로 공격해 왔으니 땅에 떨어질 때가 됐다.

'가슴이 비었어! 기회!'

삼절기인은 기회를 놓치지 않았다.

쉐에엑……!

물러서기만 하던 삼절기인이 검공이 쾌속하게 터져 나갔다. 그를 삼절 중 일절, 검의 달인으로 올려놓은 검공이다. 여름 밤 윙윙거리며 귀찮게 하는 파리를 양단한 검법이다.

그때, 중년인의 다른 발이 공격하는 발을 둘러 감았다.

빙그르……!

중년인의 신형은 마치 허공에서 쓰러진 허수아비가 일어서는 것처럼 우뚝 일어섰다. 동시에 다른 발을 감쌌던 발이 풀리며 발 바깥쪽으로 삼절기인의 검을 후려 찼다.

터엉……!

삼절기인의 검은 정면으로 가슴을 베어가던 중 옆에서 후려 찬 발길은 검배(劍背)를 정확히 가격했다.

삼절기인은 검을 쥔 손에서 찢어지는 듯한 아픔을 느꼈다.

그의 불길한 예측대로 검은 손아귀를 찢어내고 멀리 날아갔다.

'이런 어처구니없는!'

삼절기인은 다시 한 번 싸워보고 싶었다.

다시 기회를 가져 승부를 가린다면… 자신에게 도와 창이 있어 세 가지 병기를 자유자재로 사용할 수 있는 기회가 주어진다면… 검으로 공격했다가, 도로 공격했다가, 어느 순간에는 창이 불쑥 공격하고… 그런 공격을 할 수 있다면 좋은 승부를 낼 수도 있는데.
그는 자신에게 그런 기회가 돌아오지 않을 것이란 걸 안다.
퍼억!
중년인의 발길이 안면에 틀어박혔다.

모진아는 얼굴이 함몰된 삼절기인의 시신을 내려보며 큰 숨을 들이켰다.
'힘든 상대였어.'
짧게 끝난 싸움이다. 하지만 남들이 짧다고 생각하는 시간 동안 모진아는 무려 오십여 차례나 각법을 전개했다.
더군다나 상대는 도와 창도 없는 상태였다.
만약 그에게 자신의 무공을 최대한 펼칠 수 있는 기회가 주어졌다면 백중지세(伯仲之勢)를 이뤘을 것이다.
모진아는 삼절기인의 시신을 들고 산 밑으로 쏜살같이 달려 내려갔다.
노가촌, 요주에서 팔부령으로 들어서는 사람들이 반드시 거쳐야 하는 마을이다.
모진아는 노가촌이 보이는 곳, 사람들이 드나드는 길목에 삼절기인의 시신을 내려놓고 종리추가 준 헝겊을 활짝 펼쳐 시신의 앞가슴에 매달았다.

청부(請負)
청부자(請負者) 삼절기인(三絶奇人).

청부대상자(請負對象者) **삼절기인**(三絶奇人).

청부(請負) **완료**(完了). **살문**(殺門).

살문이 멸문 후 정식으로 무림에 나선 첫 사건이다.

◆第六十六章◆
파란(波瀾)

일 년 열두 달 사람 자취라고는 찾아볼 수 없던 팔부령이 많은 무인들로 시끌벅적했다. 하지만 그들이 머물고 있는 곳은 팔부령 안이 아니라 바깥 마을 쪽이기에 산속의 고요함은 잃지 않은 상태였다.

'틀렸어. 살릴 방도가 없어.'

소고에게는 오직 한 가지 방도밖에 남지 않았다.

종리추 사(死).

그는 어쩌자고 무림인들의 신망을 한 몸에 받고 있는 삼절기인을 죽였단 말인가.

들리는 소문에 의하면 소림사에서 백팔나한과 칠십이 단승이 출사했다고 한다.

무당파도 현복 도인을 필두로 백여 명에 이르는 절정고수들이 대거 도관을 박차고 나왔으며 화산, 공동, 청성… 구파일방에서 파견한 고수들의 수만 해도 천여 명이 넘어선다. 거기에 분노한 군웅들이 속속 모여들고 있으니.

"너무 무모했네요. 이렇게 정면으로 맞설 필요는 없는데."

소여은이 한숨을 쉬며 말했다.

그들은 팔부령 산속으로 들어왔다.

그들 역시 군웅들에게는 눈에 가시 같은 살수 문파이기에 군웅들과 어울려 있을 수 없었다. 그들의 눈을 피해 산속에 자리를 잡는 게 최선이었다.

머물 곳 하나도 마음대로 정할 수 없는 입장.

그것이 구파일방의 눈치를 보는 살수 문파의 현실이다.

"소고, 한마디만 해도 되겠소?"

적사가 안개 속으로 몸을 숨긴 팔부령을 보며 말했다.

"말해 봐."

"난… 이 싸움에서 빠지고 싶소."

"……"

"……"

소고와 적사의 눈이 마주쳤다.

이건 분명한 항명(抗命)이다. 살수 문파에서 항명은 곧 죽음과 이어진다.

"이유가 뭐야?"

적사는 서슴없이 대답했다.

"그는 사무령이기 때문이오."

"뭣!"

소고는 깜짝 놀랐다.

적사가 한 말은 늘 그녀의 가슴속에 앙금처럼 눌어붙어 있던 잔재였다.

그녀는 사무령이 되고자 노력했다.

혹한의 추위 속에서도, 손에 얼음이 들어도 검을 잡았다.

그러나 정작 무림에 나오니 그녀의 생각과는 너무 많이 달랐다.

그녀는 묵월광을 단단하게 고정시킨 후 영역을 넓혀갈 생각이었다. 사천성, 산서성, 절강성……. 결국은 중원 살수계를 일통하고 살수계의 여왕으로 군림하고자 했다.

묵월광이 그렇게 커진다면 누가 감히 뭐라고 하겠는가.

소고는 한 성(省)에 하나의 살수 문파만 있는 이유를 알게 되었다. 그들이 영역을 넓히지 못하고 자신의 영역 안에만 안주하는 까닭도 알게 되었다.

소림 장문인으로부터 묵월광의 활동을 묵인받았을 때 그녀는 자신했다.

'이제 시작이야.'

그러나 그것은 시작이 아니라 끝이었다.

묵월광이 더 뻗어 나갈 곳은 없었다. 구파일방은 사사건건 간섭했고 이유없는 살생을 할까 봐 눈을 번뜩였다.

그들이 살수 문파를 묵인하는 데는 자신의 손에 피를 묻히지 않겠다는 의도보다 더 큰 뜻이 담겨 있다. 민중의 원한이나 분노는 어떻게든 해결해 주어야 한다.

소림사를 찾는 사람들은 무공을 익힌 무인뿐만이 아니라 부처님을 모시는 불자가 더 많다. 무당파를 찾는 사람도 마찬가지다. 무인보다는 도교를 믿는 도인(道人)들이 훨씬 더 많다.

그들은 원한과 분노, 한이 생겼을 때 그들이 믿고 따르는 소림이나 무당, 화산, 청성 같은 문파를 찾게 된다.

구파일방은 어떻게든 그들의 원한을 풀어줘야 한다.

말도 되지 않는 억지 같으면 훈계를 할 수도 있지만 그들의 분노는 대부분 합당한 이유가 있다.

그렇다고 같은 정도인을 향해, 무공을 모르는 범인들을 향해 검을 뽑아야 하는가.

살수 문파는 악(惡)이지만 존재해야 하는 필요악(必要惡)이다.

소고가 사무령이 될 길은 막혔다.

그녀는 자신의 한계를 절감했고, 절감하는 순간부터 종리추가 떠오르기 시작했다.

그는 살수 문파를 창건했으면서도 구파일방의 눈치를 살피지 않은 유일한 사람이다.

구파일방과 약간의 끈은 맺었지만 살문의 행동을 제어할 정도는 아니었다.

'그라면 사무령이 될 수 있을지도……'

소고는 비로소 알았다.

사무령은 무공만 가지고 이룰 수 없다는 것을.

"언니, 나도 이 싸움에서 빠지고 싶어."

소여은이 힘든 표정으로 말했다.

사람들이 있는 자리에서, 살수들이 지켜보는 앞에서.

'나는 사무령이 아냐. 적사, 소여은… 당당하게 살인하고 구파일방과 맞선 무지한 자를 사무령으로 인정하고 있어. 여기서 죽으면 무지한 자이지만 살아난다면 사무령이 될 거야.'

소고는 전신의 힘이 쭉 빠졌다.

"야이간, 네 생각은… 야이간? 야이간!"

소고는 야이간을 찾았다.

그는 보이지 않았다. 방금 전까지만 해도 뒤를 쫓아왔는데 흔적없이 사라져 버렸다.

그가 데리고 있던 청살과 실수 서른 명은 만사가 귀찮다는 듯 여기 저기 널브러져 있는데 야이간만이 모습을 보이지 않는다.

'길을 잃었나?'

얼핏 떠오른 생각이지만 곧 도리질했다.

그는 멍청하지 않다. 영특하다 못해 간사할 정도다. 그래서 그를 짓눌렀다. 잔머리를 굴리지 못하도록 자존심이고 뭐고 없이 철저히 짓뭉갰다.

이제는 묵월광에 동화되었다고 생각했는데…….

세 사람은 서로를 쳐다보고 똑같은 생각을 했다.

'위험해!'

그 시간 야이간은 무림 군웅들이 운집한 마을로 들어섰다.

'종리추는 미련한 놈이 아니지. 정면으로 무림과 맞설 때는 다 생각이 있을 것, 괜히 선두에 서서 칼 맞을 필요 없지. 후후! 소고, 잊은 게 있어. 살수라면 말야, 항상 등 뒤에서 날아오는 화살을 조심해야 하는 거야.'

그는 군웅들이 모여 있는 마을에 이르자 곧바로 구파일방의 장로들이 모여 있다는 집으로 향했다.

구파일방에서 파견한 문도는 아직 도착하지 않았다.

파란(波瀾) 303

가장 가까운 곳에 있는 화산파에서 보내온 매화검수 서른네 명과 전부터 와서 팔부령 곳곳을 뒤지던 개방 문도 삼백여 명이 전부였다.

화산파의 옥진(玉塵) 도인(道人)과 개방의 무불신개(無不神丐)가 지금까지 팔부령에 달려온 사람 중 제일 배분이 높은 사람들이었다. 그들은 군웅들을 추스를 뿐 성급하게 달려들지 않았다.

야이간은 그들이 머문다는 집의 대문을 불쑥 밀었지만 예상했던 대로 화산파의 매화검수와 개방의 호법들에게 길이 막혔다.

"무슨 일이오?"

"장로님을 뵈러 왔소."

야이간은 당당했다. 그에게는 그만한 자격이 있었다.

너무도 당당한 모습에 매화검수와 개방 호법들은 잠시 야이간을 훑어보더니 다시 물었다.

"어느 장로님을 뵈러 오셨소?"

"옥진 도장님과 무불신개 장로님이 계신 것으로 알고 왔소. 두 분을 모두 뵈어야겠소."

"소협의 존성대명이 어찌 되시는지……?"

"곤륜에서 온 현무길(玄武趌)이오."

"고, 곤륜?"

곤륜이라는 말에 매화검수와 개방 호법들은 당혹스러웠다.

곤륜파의 무공은 중원에 널리 알려져 있다. 곤륜파의 무공 중 최고의 절학이라면 단연 운룡대구식과 분심검법(分心劍法)이다.

무인이 아니라 해도 중원 사람들 치고 곤륜을 모르는 사람이 있을까?

산지조종(山之祖宗)은 곤륜산(崑崙山)이요, 수지조종(水之祖宗)은 황

하수(黃河水)라.

곤륜산의 본래 이름은 수미산(須彌山)이며 중원 모든 산의 어머니라고 할 수도 있는, 중원에서 가장 정기가 그득한 영산(靈山)이다.

곤륜산은 흔히 쓰는 말속에도 내재되어 있다.

옥석혼교(玉石混交), 옥석동가(玉石同架)…….

여기에 쓰이는 옥(玉)은 모두 곤륜산에서 나는 옥이다.

그러나 이들 중 곤륜파의 무학을 직접 눈으로 본 사람은 없었다.

곤륜파는 청해(靑海) 너머에 있다. 중원에서 너무 멀리 떨어져 있는 것이다. 더군다나 중원에서 곤륜산으로 가려면 사막을 가로질러야 한다.

곤륜은 누구나 알고 있으면서도 너무 모르고 있는 곳이다.

"지금 곤륜이라고 하셨소?"

"현무길, 곤륜의 현무길이오."

야이간은 최대한 정중한 모습으로 예를 취하며 말했다.

"자, 잠깐만 기다리시오. 장로님께 여쭤보고 오겠소."

옥진 도인, 무불신개와 마주 앉은 야이간은 사심없는 맑은 얼굴로 말했다.

"하남무림에 묵월광이라는 살수 문파가 있다고 들었습니다."

"그렇다고 들었네."

"그중 한 명은 제가 처단했습니다. 이름이 야이간이라고… 상당히 사악해 보였습니다."

"그런가? 잘했네."

장로 두 사람은 느닷없이 찾아온 곤륜파의 현무길에 대한 정보가 하나도 없었다.

"묵월광이 여기 와 있다는 것은 알고 계십니까?"

무불신개가 인상을 찡그렸다.

그들은 묵월광이 와 있다는 것을 알고 있다. 왜 왔는지도. 인상을 찡그린 것은 현무길의 태도가 마치 추궁하는 듯이 비쳤기 때문이다.

현무길은 곧 사과했다.

"아, 죄송합니다. 제 언사가 너무 지나쳤습니다. 묵월광의 소고라는 자에게 원한이 깊다 보니 흥분을 주체하지 못했습니다."

무불신개가 고개를 끄덕였다.

"소고라는 자와 원한이 깊으신가?"

"중원에 간여하지 않는 곤륜에서 저를 보낸 이유는 중원무림에 악의 싹이 자라고 있기 때문입니다."

"악의 싹?"

"소고가 익힌 무공은 혈암검귀의 혈뢰삼벽입니다."

"뭣!"

"그런 일이!"

두 장로는 크게 놀랐다.

십망을 받아 죽은 것으로 되어 있는 혈암검귀의 무공이 묵월광의 소고에게 이어지고 있다니!

"그 밑에 사령주 적사라는 자는 몽골 내만족의 무공을 익혔습니다. 살기가 매우 진한 도법이죠."

"음……!"

이제는 침음이 새어 나왔다.

"화령주 소여은이라는 여인도 있습니다. 돌이켜 보시면… 중원무림에서 지난 일 년 동안 독살당한 사람이 몇 명이나 되는지 헤아릴 수 있을 겁니다."

"소협이 어찌 그렇게 잘 아시는가?"

'드디어 심문이 시작되었군. 늙은 여우들……'

"소고는 저희 곤륜의 무가지보(無價之寶)인 분심검급(分心劍級)을 훔쳐 달아났습니다. 저는 그래서 파견되었고 소고에 대해서 자세히 알아낼 수 있었습니다. 죄송하고 창피한 노릇이지만 저의 무공으로는 어찌할 수 없어서……."

야이간은 정말 창피하다는 듯 말끝을 흐렸다.

"허허! 그럴 걸세. 곤륜 무학이 뛰어나지만 묵월광도 만만치 않지. 소협 혼자서는 어쩔 수 없었을 거네. 그런데… 그런 점을 알면서 소협 혼자만 보냈는가?"

'두 번째 심문.'

"제가 연락을 드리면 사문에서 사형제들을 보낼 겁니다. 저도 그럴 생각으로 지금까지는 숨어 지냈지만……."

"말을 계속 해보시게."

"소고는 종리추와 손을 잡으려 합니다."

"그럴 리가 없을 거네. 장담하지."

"제가 직접 보고 들은 말입니다. 소고는 종리추를 사무령으로 생각하고 있습니다."

"사, 사무령!"

"사무령……. 음……!"

'여우들. 흔들리고 있군. 하기는 사무령이라는 말처럼 심신을 뒤흔드는 말도 없을 테지.'

"소협의 사부님께서는 어떤 분이신가?"

옥진 도인이 물었다.

"광(光) 자(字), 운(雲) 자(字)를 쓰십니다."

"광운 진인! 자네가 정말 광운 진인의 고제자인가?"

'시험이 끝났군.'

"말씀 받들기 어렵습니다. 무학을 전수받기는 했지만 소생의 자질이 너무 우둔해서……."

화산파는 도가 문파다. 곤륜파도 도가를 신봉한다.

도력이 높은 광운 진인과 옥진 도인은 서로 만난 적은 없지만 이름 자는 들어봤다.

야이간은 쐐기를 박을 필요성을 느끼고 허리에 찬 검을 풀어 앞으로 내밀었다.

사부 광운 진인은 무학의 귀재였다.

그는 곤륜파의 절학인 분심검법에 역시 곤륜파의 절학인 용호풍운 조(龍虎風雲爪)를 가미시켜 그만의 독특한 검법인 분심분광검법(分心分 光劍法)을 창안해 냈다.

야이간이 익힌 검법은 분심분광검법이다.

그가 내민 검에는 분심분광(分心分光) 광운(光雲)이라는 글자가 새겨 져 있었다.

보지는 않았지만 말로는 들은 바 있는 광운 진인의 보검이다.

야이간이 광운 진인의 보검을 지니고 있다는 것은 그의 제자라는 말 이지 않은가.

야이간이 한 말은 거짓이 아니었다.

그는 자신이 마음먹기에 따라서는 정파 무인이 될 수도, 살수가 될 수도 있는 몸이었다.
 지금까지는 살수였으나 그를 아는 사람은 아무도 없다.
 곤륜파에서도 그의 소식을 모를 것이다. 원래 세속 일에는 관심이 없고 오로지 도(道)만 추구하는 도인들이니.
 야이간의 검을 본 옥진 도인과 무불신개는 의심을 버렸다.
 "그러나저러나 묵월광이 종리추와 손을 잡는다면 희생이 더 커질 것 같은데… 도장의 생각은 어떠시오?"
 "음… 살수 문파의 전설이 사무령이라고 들었소이다. 종리추가 당당히 맞서는 것을 보고 사무령이라 생각할 수도 있겠죠. 둘이 손을 잡게 해서는 안 될 것 같습니다."
 '됐군.'
 "어차피 살문의 은거지는 당분간 파악하기 힘들 듯하니……."
 결정은 내려졌다.

 야이간은 묵월광의 힘을 너무 잘 안다.
 화령주의 화령들은 고려할 필요가 없다. 그녀들은 암습에는 달인들이지만 정통 무공과는 거리가 먼 여인들이다. 그보다는 자신이 데리고 있던 청살괴와 적사의 십칠사령이 무섭다.
 야이간의 말을 세세하게 들은 두 장로는 치를 떨었다.
 그들이 막연히 생각하고 있던 묵월광과 실제의 묵월광은 너무 달랐다. 겨우 살수 나부랭이로 생각했는데 말을 듣고 보니 지나치게 큰 세력이지 않은가.
 두 장로는 묵월광이 종리추와 손을 잡을 경우를 생각하자 다급해졌다.

"소협이 길을 안내해 주시게."

"희생이 많을 겁니다."

"감수해야지. 종리추와 손을 잡으면 더 많은 사람이 죽네."

묵월광도 무섭지만 살문도 무섭다.

살문주 종리추는 몇 명 되지 않는 사람들로 살천문을 몰살시켰다. 더군다나 공동파에서 자랑하던 육천군에게도 재기할 수 없는 타격을 입혔다.

완력은 두렵지 않은 법이다. 정작 두려운 것은 머리를 쓰는 자다.

군웅들이 부산하게 병장기를 손질했다. 이미 머리카락도 잘릴 만큼 날카롭게 날이 선 병기들이지만 결전을 앞두니 흥분이 앞섰다.

소고는 부지런히 산속으로 파고들었다.

애초의 계획은 산을 넘어갈 생각이었는데 그만 길을 잘못 들고 말았다.

하기는 산을 넘어간다는 계획도 터무니없기는 마찬가지였다.

야이간이 잔꾀를 부린다면 팔부령을 벗어나기 전에 곤경에 처할 것이 자명했다.

"여기가 어디지?"

"모르겠어요. 좌우지간 기분은 좋지 않은 곳이네요."

소여은의 대답처럼 묵월광은 사지(死地)로 접어들었다.

지금이 전쟁 중이고 소고가 병사를 이끄는 군사라면 꼭 죽기 십상인 곳으로 기어 들어온 셈이다.

사방이 깎아지른 절벽이니 위에서 바위를 굴리면 압사당하게 된다.

앞뒤로 길을 막고 화살을 쏘아대면 꼼짝없이 죽을 수밖에 없다.

물론 전쟁일 때의 경우다.

"야이간… 그놈은 내 손으로 죽이겠어."

적사가 이를 부드득 갈았다.

그는 간특한 야이간을 계속 데리고 있는 소고가 못마땅했다. 그가 일만 냥으로 저지른 행동만 봐도 그의 심성이 어떤지 짐작했어야 하지 않는가.

한편으로는 이해가 되기도 한다.

묵월광에서 야이간처럼 무공이 높은 자도 드물다.

그는 곤륜파의 정통 무학을 전수받았기 때문에 어떤 경우에는 적사나 소여은보다 더 소용이 될 수도 있다.

사실 묵월광에서 정통 무공을 익힌 자는 야이간 한 사람뿐이지 않은가.

그가 데리고 있는 청살괴도 그런대로 쓸 만하다.

돈에 무공을 판 자들이지만 살인 솜씨 하나만은 알아줄 만하다. 사천성을 휘어잡고 있는 살수 문파의 문도들이고 그중에서도 정예만 추려왔다고 하니 되물을 필요도 없다.

그들은 야이간이 떠났다는 것을 알면서도 묵묵히 따라오고 있다.

소고처럼 그들에게도 선택의 여지가 없다.

워낙 피에 절어 산 사람들이라 겉모습부터 군웅들로부터 의심을 받게 되어 있다. 그들의 퇴폐적인 모습을 접한 군웅들이 무슨 행동을 할지는 불문가지다.

"우선 여기를 빠져나가……."

소고는 입을 다물었다.

지금이 전쟁 중인가? 아니다. 그런데 수많은 사람들이 절벽 위에 모습을 드러내고 있다.

"이, 이게 도대체 어떻게 된 일이죠? 이렇게 빨리 따라오다니. 세상에 이런 일이!"

팔부령은 십여 보만 걸어도 자신이 걸어온 길을 잊어버릴 만큼 수림이 우거진 곳이다. 산속으로 숨어든다면 하늘을 나는 재주가 있어도 찾기 힘들다.

그런데 아니다. 이들은 너무 간단하게 따라왔다.

'뭔가 있어!'

적사는 뒤로 물러섰다.

"소고, 내가 뒤를 맡을 테니 전력으로 빠져나가시오!"

그들에게 남은 길은 돌아가느냐, 앞으로 짓쳐들어가느냐 두 가닥 길밖에 없었다.

쉬익!

소고가 먼저 신형을 띄웠다.

쉬익! 쉬이익……!

소고의 곁에 있던 화령주와 화령이 그 다음으로 달려나갔고 십칠사령이 뒤를 받쳤다.

이상한 일은 그때 일어났다.

당연히 따라서 신형을 날려야 할 청살괴 살수들이 슬그머니 뒤로 물러섰다.

'저놈들이군! 저놈들이 길 안내를 했어!'

마음 같아서는 도륙을 내버리고 싶지만 그럴 틈이 없었다.

쉬익! 쉬이익……!

절벽 위에서 화살이 비 오듯 쏟아져 내렸다.

"아악!"
키가 작고, 적당히 살이 쪘고, 얼굴이 귀엽기 이를 데 없는 여인이 비명을 내질렀다.
화살이 그녀의 등 뒤로 파고들어 앞가슴을 비집고 나왔다.
"아아악!"
눈매가 서늘해서 맑은 인상을 풍기던 여인도 비명을 토해냈다.
그녀는 눈에 화살을 맞았고, 화살 촉은 머리 뒤로 삐져 나왔다.
화령들이 추풍낙엽(秋風落葉)처럼 쓰러졌다.
그녀들은 원래 무인이 아니다. 사내에게 버림받았고, 한 번쯤 목숨을 끊었던 한 많은 여인들에 불과하다. 소여은이 그녀들에게 가르친 것도 사내를 침상으로 끌어들여 죽이는 비술뿐이다. 화령이 펼치는 신법이래야 이제 갓 무공을 접한 어린아이 수준이니…….
창창창……!
십칠사령은 전력을 다해 화살을 막았다.
그들은 절체절명의 상황에서도 당황하지 않았다. 적사가 수련시킨 지옥 수련은 그들로 하여금 인간이 지닌 두려움을 아예 없애 버렸다.
죽음.
다른 사람들에게는 두려운 말이지만 십칠사령에게는 전혀 낯설지 않다.
하지만 그들도 한 명, 두 명 쓰러졌다.
누구와 싸워서 쓰러진 것도 아니고 하늘에서 쏟아지는 화살 비를 막다가 쓰러졌다.

"사령을… 십칠사령을 앞세워! 그들이라도 살려!"

소여은이 발악을 하듯 고함을 질렀지만 이미 어수선해진 화령들은 길을 비키지 않았다.

"아악!"

"아아악……!"

비명이 연이어 터졌다.

야이간은 옥진 도장과 함께 길을 뚫었다.

청살괴 살수들은 착실하게도 그가 지시한 대로 곳곳에 흔적을 남겨 놓았다.

한 사람당 은자 이천 냥.

막대한 돈이다.

그만한 돈을 주겠다는데 동조하지 않을 자가 없다. 그리고 야이간의 말은 믿어도 좋았다. 그들도 봤다. 소고에게 얼마나 돈이 많은지. 매달 중원 각지에서 얼마나 많은 돈이 쏟아져 들어오는지.

소고는 살수 문파를 세우지 않아도 호의호식하며 먹고 살 수 있는 여자다.

그런 여자가 왜 살수 문파를 창건하여 고생을 사서 하는지 청살괴 살수들은 이해할 수 없었지만… 야이간이 돈을 준다는 데는 마다할 리가 없었다.

청살괴는 모여서 의논했다.

"야이간이 소고를 죽일 생각인 것 같은데… 그럼 묵월광은 우리 차지가 되나?"

"야이간이 소고를 죽이면 우린 야이간을 죽이는 거야. 묵월광을 통

째로 삼키는 거지. 어때?"

"좋아."

의논은 간단히 통일했다.

야인간은 청살괴 살수들이 어떤 과정을 거쳐 자신의 말을 듣게 되었는지 짐작하고도 남았다.

'미련한 놈들! 내가 너희 같은 놈들에게 당할 것 같아? 토사구팽(兎死狗烹)이라는 말이 있단다. 토끼를 잡고 나면 사냥개는 필요없는 법이지.'

앞에서 두런두런 말하는 소리가 들렸다.

야이간이 우뚝 서자 옥진 도장이 야이간보다 먼저 걸음을 멈췄다.

옥진 도장의 손이 위로 쳐들렸다.

쉬익! 쉬이익……!

서른일곱 명의 매화검수가 청살괴 살수를 향해 일제히 솟구쳤다.

소고가 협곡(峽谷)을 빠져나왔을 때 살아남은 사람은 절반에 불과했다.

그들 중 화령은 아홉 명밖에 남지 않았다.

스물여덟 명이 처참하게 죽어간 것이다.

적사가 독사처럼 매섭게 키운 십칠사령도 다섯 명이나 유명을 달리했다.

소고는 움직일 생각마저도 잃어버렸다.

적사, 소여은, 살아남은 화령 아홉 명, 이제는 열두 명으로 줄어든 십이사령.

모두 움직일 생각을 포기했다.

협곡만 빠져나오면 괜찮을 것 같았는데…….

눈앞에 펼쳐진 광경은 가히 장관이다.

울울창창한 수림, 그리고 수림마다 보이는 각기 다른 사람들.

군웅들은 협곡 밖에서 그들이 나올 때를 기다렸다.

"내가 말해 보지, 도대체 왜 우리를 공격하는지."

앞으로 나서려는 소고의 소매를 소여은이 잡았다.

그녀는 고개를 살래살래 흔들었다.

군웅들의 눈가에 떠오른 빛은 증오다. 경멸이다. 그들은 묵월광을 사로잡으려는 것이 아니라 죽여서 멸절시키려는 거다.

도대체 야이간은 이들에게 무슨 짓을 했단 말인가. 어떤 감언이설(甘言利說)을 늘어놓았기에 이들의 눈가에 살기가 피어나고 있단 말인가.

"이제는 끝이네요."

소여은이 손가락만한 은장도를 꺼내 들었다.

그녀가 세상에 태어나서 제일 먼저 만진 병기다.

소여은의 모습을 본 적사가 픽 웃으며 권추를 꺼내 손에 끼었다.

"못된 짓을 했지?"

"……?"

"종리추에게 말야."

"……."

"만약… 이건 만약인데… 내가 묵월광을 포기하고 종리추와 손을 잡았다면 어떻게 됐을까?"

"후후! 너무 늦은 말이지만… 아마도 지금 이 지경이 되지는 않았겠지."

적사는 소고를 장문인으로 대하지 않았다.

지금은 옛날… 살혼부 살수들이 네 명의 아이를 데리고 암동으로 들어갔던 때로 돌아갔다.

"종리추는 사무령이 될 수 있을까?"

소고는 손바닥만한 하늘을 올려다보며 말했다.

"언니, 이 꼴 보기 싫은 작자들을 생각해서라도 사무령이 되어주기를 빌어야지."

"그래, 그래야지."

정말 어처구니없다. 하필이면 야이간이 이때 움직이리라고는 생각하지 못했다.

야이간은 간사한 것만큼이나 결단력이 빠르다.

그는 과연 효웅이 될 자격이 있다.

아주 잠깐 보인 틈… 일파를 뒤집기에는 틈이라고 할 수도 없는 미세한 균열이었는데 야이간은 망치로 두들겨 벽을 무너뜨리고 있다.

'할아버지…….'

소고는 마지막으로 청면살수를 떠올렸다.

청면살수와는 피가 섞였다고 할 수 없다. 그에게서 무공비급을 받았고 살혼부의 숨은 힘을 건네받았지만 사부라고 할 것도 없다. 그런 채무 관계는 자신이 사무령이 되는 순간 모두 탕감된다.

그러나 소고는 청면살수에게서 할아버지의 진한 정을 느꼈다. 아니, 아버지의 정을 느꼈다.

청면살수는 할머니의 연인이다.

그가 모든 것을 잃고 처참한 모습이 된 것도 전부 할머니 탓이지 않은가.

할아버지……. 입으로는 그렇게 부를지라도 그는 아버지다.

'미안하군요. 사무령이 되어보려고 했는데. 풋! 사무령… 정말 전설인가 봐요. 하지만 며칠만 참아보세요. 종리추가 이 사람들과 일전을 벌일 테니 사무령이 될지 안 될지는 조만간 판가름나요.'

손바닥만한 하늘은 정말 푸르렀다.

녹음이 짙은 수풀에서는 맑은 풀잎 냄새가 풍겼다.

군웅들이 서서히 움직이기 시작했다.

『사신』 제7권으로…

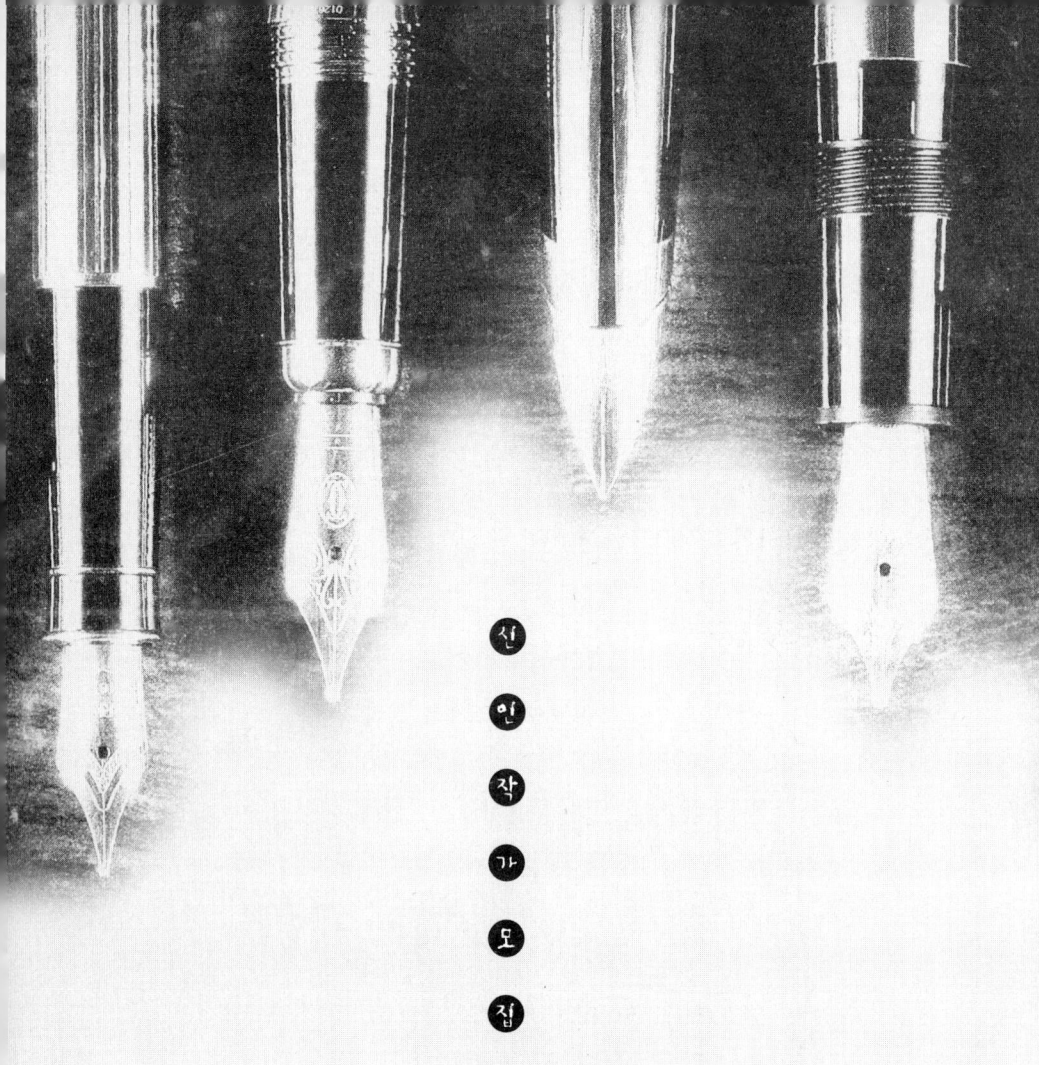

신
인
작
가
모
집

시작이 반이라고 했습니다.
작가의 길에 대한 보이지 않는 벽을 과감히 깨뜨리십시오!
청어람은 작가 지망생 여러분들의
멋진 방향타가 되어드리겠습니다.

저희 도서출판 청어람에서는
소설 신인 작가분들을 모집합니다.
판타지와 무협을 사랑하시는 분들의 많은 참여를 바랍니다.
소정의 원고(A4용지 150매)를 메일이나 우편으로 보내주시면
검토 후 출판 여부를 알려드리겠습니다.

주소:경기도 부천시 원미구 심곡1동 350-1 남성B/D 3F 우편번호420-011
TEL:032-656-4452 · **FAX**:032-656-4453
http://www.chungeoram.com
e-mail:chungeoram@chungeoram.com